# Gestatten: Bienzle, Pensionär!

## *Bienzle kann's nicht lassen!*

*Bienzle legte beide Hände auf Gächters Schultern und zog den Freund kurz an sich. „Du wirst mir fehlen." – „Und du mir erst", gab Gächter mit belegter Stimme zurück. Dann stiegen sie in ihre Autos und fuhren in verschiedene Richtungen davon.*

So endet *Adieu, Bienzle!*, der letzte Roman mit dem schwäbischen Kriminalhauptkommissar. Der erfahrene Beamte verabschiedet sich nicht nur von seinem Kollegen und Freund Günter Gächter, sondern auch aus dem Berufsleben. Weitere Romane würde es nicht geben, weitere Fälle würde der bewährte Nesenbach-Maigret nicht mehr lösen. Ersteres stimmt, Letzteres nicht! Denn: BIENZLE KANN'S NICHT LASSEN. Zwar behauptet er immer, er wolle sich nicht mehr einmischen. Aber wenn die alten Kollegen um Rat fragen oder wenn er – rein zufällig – in eine Geschichte hineingezogen wird, die endlich mal wieder Leben in seinen zähen Ruhestand bringt, soll er da „Nein" sagen? Er tut es nicht. Und so erleben wir Ernst Bienzle fast wie in alten Tagen, auch wenn er ein anderer geworden ist.

*Felix Huby*, bürgerlich Eberhard Hungerbühler, war bis 1979 Journalist, zuletzt sieben Jahre lang beim SPIEGEL. Seit 1979 ist er freier Schriftsteller. Er ist Autor u.a. von Kinderbüchern, Kriminalromanen, 34 Fernseh-Tatorten mit den Kommissaren Schimanski (Götz George), Palü (Jochen Senf), Stöver (Manfred Krug), Casstorff (Robert Atzorn) und Bienzle (Dietz Werner Steck) sowie Theaterstücken, u. a. *Schwabenblues, Georg Elser – Allein gegen Hitler, Das Stuttgarter Hutzelmännlein* und *55 Sommer*. Im Belser Verlag erschienen von ihm *Die Schwaben und die Republik. So semmer halt!* und zuletzt *Net mit uns! Helden und Rebellen aus Baden und Schwaben*. Huby ist Träger des Robert-Geissendörfer-Preises, des Berliner Krimipreises und des Ehrenglauser. 2007 erhielt er die Golden Romy für das beste Drehbuch des Jahres. Der Autor lebt in Berlin. Er ist verheiratet und hat zwei erwachsene Söhne.

Felix Huby

# Gestatten: Bienzle, Pensionär!

Zwölf Geschichten
um den beliebten Kommissar

Illustrationen von Peter Ruge

belser

# Inhalt

# Ein Birnbaum in seinem Garten stand

Der alte Mann saß auf einer Bank an der fensterlosen Westseite des schmalen Häuschens und betrachtete den einzigen Baum, der in seinem Schrebergarten stand. Am Nachmittag hatte es heftig geregnet. Die noch feuchten Blätter des Birnbaums schimmerten rötlich in der milden Abendsonne. Die Früchte hatte Oskar Rombach längst geerntet. Rund um den Stamm lagen bereits viele bunte Blätter und langsam, ganz langsam gesellten sich neue dazu. Immer wieder löste sich eines und segelte zu Boden. In der kaum bewegten Luft schwankte es leicht hin und her, ehe es sich sanft zu den anderen legte. Oskar Rombach zählte mit, wenn er es schaffte, ein Blatt genau in dem Moment zu entdecken, da es sich löste. Meistens war er bei sechzehn oder siebzehn, wenn es die Erde erreichte.

Um diese Jahreszeit waren nur wenige Leute in ihrem „Gütle", wie man hierzulande die Schrebergärten nannte. Bis vor Kurzem war zudem das Nachbargrundstück verwaist gewesen. Jetzt hatte es ein ehemaliger Polizeibeamter gepachtet. Er war wohl erst kürzlich pensioniert worden, hatte sich mit dem Namen Ernst Bienzle vorgestellt und sich danach aber nur höchst selten hier draußen, an dem sanften Hang über dem Neckarufer, sehen lassen. Einmal, es hatte damals genau so geregnet wie heute und das Gras in den Gärten triefte vor Nässe, hatte er barfuß mitten in der ungepflegten Wiese nebenan gestanden, reglos und offenbar tief in Gedanken versunken. Oskar Rombach war zum Zaun hinübergegangen und hatte gefragt: „Geht's Ihnen gut?" Der einstige Kommissar hatte sich umgedreht und gesagt: „Eigentlich schon, aber halt nur eigentlich."

„Und was macht Sie so unglücklich?"

„Unglücklich? Ich weiß nicht, unsicher trifft's besser. Wissen Sie, wenn man mit einem Mal gar keine so rechte Aufgabe mehr hat …" Er sprach nicht weiter, bückte sich nach seinen Schuhen und Strümpfen, hob sie auf und schickte sich an, sein Gütle zu verlassen.

„Da hilft so a Gärtle natürlich au net weiter", sagte Rombach.

Bienzle wendete sich dem Nachbarn noch mal zu. „‚Man verliert sich tagsüber in Beschäftigungen, unwichtigen Verpflichtungen und abends in Geselligkeit', habe ich bei Max Frisch gelesen. Man werde zum Greis, wenn man sich zu nichts mehr verpflichtet fühle, schreibt er in seinen letzten Tagebuchnotizen, wenn man nicht mehr glaubt, irgendjemand in der Welt etwas schuldig zu sein und dazu brauche man nicht einmal einen Stock oder einen Rollstuhl, es gebe auch wanderfähige Greise."

Rombach nickte. „Ja, so empfinde ich's manchmal auch."

„‚Vorderhand erschreckt mich noch meine zunehmende Nachlässigkeit gegenüber Freunden und meine zunehmende Gleichgültigkeit gegenüber öffentlichen Ereignissen', schreibt Frisch, und mir geht es genauso", sagte Bienzle.

„Wie alt war der Mensch, wie er des g'schriebe hat?" Der Name Max Frisch sagte Oskar Rombach nichts.

„Ich weiß nicht. Er wurde fast 80 Jahre alt. Es haben ihm nur ein paar Tage gefehlt."

„Da hättet mir zwei ja eigentlich für so düschtere Gedanke no a bissle Zeit“, sagte Rombach.

Danach war der ehemalige Kommissar nur noch einmal erschienen. Es war ja dann auch Winter geworden. Er hatte Rombach seine Visitenkarte gegeben, falls mal was passieren würde auf seinem Grundschtückle. „Sie sind ja wohl die ganze Zeit hier draußen.“

„Ja“, hatte Rombach gesagt. „Ich hab regelrecht darauf zu gelebt in den letzten Jahren. Mein Garten ist mein Ein und Alles.“

Während er an das Zusammentreffen mit Bienzle gedacht hatte, waren weitere Blätter gefallen, ohne dass er sie beobachtet hätte.

Otto Rombach saß oft auf der grob gezimmerten Bank. Meist starrte er nur in den Garten, ohne die Blicke auf etwas Bestimmtes zu richten. Zu jeder Jahreszeit hockte er fast täglich Stunden lang hier. Im letzten Dezember hatte er sich sogar einmal regelrecht einschneien lassen. Ein Nachbar fand ihn, als schon der ganze Körper mit einer zehn Zentimeter dicken Schneeschicht bedeckt war. Oskar Rombach hatte gelesen, der Kältetod werde von den Sterbenden als angenehm empfunden. Aber er starb nicht. Er lag nur drei Wochen lang mit einer schweren Lungenentzündung im Bett.

Es war nun fünf Jahre her, dass er hier eingezogen war. Alles hatten sie gemeinsam vorbereitet und angelegt: Links vom Plattenweg die Beete mit den Gemüsepflanzen, rechts die mit den Blumen und Büschen. Nur die Begrenzungshecke aus dichten Eibenbüschen hatte ein Gärtner gepflanzt. Als Oskar die wenigen Möbel in das Häuschen getragen hatte, war er immer wieder stehen geblieben, um die akkurate Pracht zu bestaunen. Alles war so geworden, wie Kathrin es geplant und wie sie es gemeinsam gestaltet hatten. Das sollte ihr künftiges Zuhause sein – weit weg von der lärmenden Stadt. Sein Altersruhesitz. Am Nachmittag hatte er sich ein wenig hingelegt. Und als er eine Stunde später aufgewacht war, hatte er vor der Couch einen Zettel gefunden. „Tut mir leid, aber ich verlasse dich. Kathrin." Acht Worte. Mehr nicht. Später war noch ein Brief gekommen. Ohne Absenderadresse, „Du hast dir den Garten so sehr gewünscht, ich wäre dort lebendig begraben gewesen", schrieb Kathrin. „Aber immer wenn ich mit dir darüber reden wollte, hast du nicht zugehört oder bist mir rüde über den Mund gefahren. Da hab ich gedacht: Lass ihm seinen Willen. Aber ich wollte nicht so leben."

Und dann, an einem späten Herbstabend im letzten Jahr, einem Tag wie heute, stand sie plötzlich vor ihm. Er hatte hier auf der Bank gesessen und auf die Stelle unter dem Birnbaum gestarrt. Aber dann war, wie so oft, die Verzweiflung über seine Einsamkeit ihn ihm hochgestiegen, bis sie ihn im Hals gewürgt hatte. „Ich wollte sehen, wie's dir geht in deinem Paradies", hatte sie gesagt. „Es geht mir schlecht", hatte er geantwortet und sich langsam erhoben. „Und wie geht es dir?" „Wunderbar! Ich habe mein Glück gefunden – spät zwar, aber …" Weiter kam sie nicht. Mit dem Spaten, mit dem er am Nachmittag das Gemüsebeet umgegraben hatte, schlug er zu. Und mit dem gleichen Spaten hatte er sie in der Nacht noch unter dem Birnbaum begraben.

Er hat sich gewundert, dass nie jemand nach ihr gefragt hatte. Jetzt zog er sein Handy und eine Visitenkarte aus der Brusttasche seines bunt karierten Wollhemdes und wählte die Nummer, die auf dem Kärtchen stand. „Herr Bienzle, ich bin's. Ihr Nachbar aus den Gärten …"

# Mord im Schloss

Der März war für die Jahreszeit zu kalt gewesen. Doch auf den Feldern, die sich unterhalb des Schlosses bis zum Steilanstieg der Schwäbischen Alb hinzogen, lag schon ein Hauch von Grün. Der Rossbergturm war durch den Nebel, der sich den ganzen Tag hartnäckig gehalten hatte, nur schemenhaft zu erkennen. Laura Regener stand am Fenster ihres Büros. Den Hörer des Telefons hatte sie zwischen ihre Schulter und das rechte Ohr geklemmt. Sie betrachtete ihre Hände, während sie sprach. „Wann dürfen wir Sie denn morgen erwarten?", fragte sie.

„Ich werde auf jeden Fall pünktlich zur Lesung da sein. Das heißt bei mir eine Viertelstunde vor Beginn. Das wissen Sie ja noch aus dem letzten Jahr. Ich mag es nicht, wenn man vor der Lesung herumsteht, unnötiges Zeug redet und dabei immer nervoser wird."

Das kam Laura sehr entgegen, auch wenn es ein wenig arrogant geklungen hatte. Sie mochte diesen sinnlosen Small Talk genauso wenig wie ihr Gast. Dabei war er im vergangenen Jahr so kurz vor Beginn erschienen, dass ein Gespräch überhaupt nicht mehr möglich gewesen war.

„Wissen Sie", tönte es aus dem Telefon, „Fontane hat einmal geschrieben: ‚Das ist nichts weiter als Zeitverschwendung, dieses ewige Herumstehen mit all den matten Pilgern. Einer schwafelt über Wagners Walküre, einer über Bücher, die er nicht gelesen hat, der dritte findet deinen Roman langweilig. Und immer lungern die drei Grazien des Lebens herum: Gleichgültigkeit, Besserwisserei und Neid.'"

„Aber wir dürfen Sie doch nach der Lesung wieder zu einem kleinen Abendessen einladen? … Wenn Sie sich an letztes Jahr erinnern …"

„Nicht so gern", fuhr der Schriftsteller dazwischen.

Plötzlich war alles wieder da. Laura sah den Toten am Fuß der hölzernen Geisterstiege liegen, die am hinteren Ende der Schlossmauer gut fünf Meter steil hinabführte. Er musste mit ziemlicher Kraft die Treppe hinuntergestoßen worden sein – keine Chance, sich noch irgendwo aufzufangen oder am Geländer festzuklammern. Die Polizei wollte den Sturz zunächst als Unfall abhaken. Erst als der Kriminalkommissar Ernst Bienzle aus Stuttgart dazugekommen war und einen schmalen Zettel aus dem Hemdentäschchen des Toten zog, änderte sich die Meinung. Auf dem Zettel stand mit der Hand geschrieben: *Am Ende zahlt der Mensch für alles. Jeder büst für seine Tat.*

Auch der Schriftsteller erinnerte sich jetzt wieder an dieses schreckliche Ereignis und fragte sich sofort, welcher Teufel ihn wohl geritten hatte, dass er genau übers Jahr wieder einer Lesung im Gomaringer Schloss zugestimmt hatte. Zugegeben, die Frauen, die er dort wieder antreffen würde, waren anders als die meisten der oft verhuschten Bibliothekarinnen, Buchhändlerinnen und Volkshochschultanten, die er auf seinen vielen Lesereisen getroffen hatte, und deshalb spürte er nun doch eine gewisse Vorfreude.

Damals war er schon am Abend zuvor angekommen. Er hatte bei Freunden in Tübingen gewohnt, und um den Ablauf der Lesung zu besprechen, war er mit den Damen, die offenbar den

Kristallisationspunkt des örtlichen Kulturlebens bildeten, in ein Lokal in Gomaringen gegangen. Sie hatten zuerst ein Glas Champagner und danach einen wunderbaren Weißwein getrunken und sehr gut dazu gegessen. Die Stimmung war aufgeräumt und fröhlich gewesen. Der Charme der drei Frauen hatte ihn bezaubert, zumal sie alle offenbar auch sehr viel von Literatur verstanden. Jede von ihnen hatte mehr gelesen als er. Darunter auch den einen oder anderen Roman von ihm selbst.

„Und Sie wollen wieder in dasselbe Lokal?“, fragte der Schriftsteller am anderen Ende der Leitung.

„Leider haben wir keine große Auswahl hier“, erwiderte sie.

„Na gut. Nehmen wir's mal nicht als schlechtes Omen.“ Der Autor legte abrupt auf.

War das nun eine Zusage gewesen? Laura bestellte auf jeden Fall einen Tisch.

Es war noch viel zu tun. Laura rief die befreundete Buchhändlerin an, mit der sie ihre literarischen Abende plante und organisierte. Sie selbst würde den Autor begrüßen und vorstellen. Die Buchhändlerin, eine schöne, blonde Frau Ende 40 mit lustigen Augen, sollte den Abschluss machen, eine Flasche ausgesuchten Weins überreichen und danach möglichst viele Bücher verkaufen, die der Schriftsteller signieren würde. „Wie viele Bücher hast du denn bestellt, Karin?“, fragte Laura die Freundin am anderen Ende der Leitung.

„70. Warum? Meinst du, die reichen nicht?“

„Wir haben immerhin 140 Karten verkauft. Bis jetzt!“

Wie war das im März letzten Jahres gewesen? Da hatten sie im Vorverkauf nur 35 Karten abgesetzt. Aber auch damals hatte eine seltsame Spannung über dem Tag gelegen, jenem 24. März, den sie nie vergessen würde. Das konnte damit zusammenhängen, dass der Schriftsteller an jenem Abend in dem Restaurant plötzlich erzählte, er kenne Gomaringen gut. Früher sei er manchmal hier gewesen. Eigentlich sei er auf das Dorf nicht gut zu sprechen.

Angelegentlich erkundigte er sich nach Theo Hartenstein, der in der Schlossbergstraße einen lokalen Radiosender betrieb, dem er vor ein paar Jahren ein Tonstudio angegliedert hatte. Er stellte dort mit zunehmendem Erfolg auch Hörbücher her. Seit die Literatur zum Hören so boomte, ging es auch Hartenstein finanziell sehr gut.

Theo Hartenstein sei ein Mitschüler von ihm gewesen, berichtete der Schriftsteller. Damals im Tübinger Keplergymnasium. Eine Zeit lang sogar ein Freund. Man habe sich dann auseinandergelebt und am Ende nur noch gehasst. Dennoch würde er ihn gerne einmal wieder sehen.

„Obwohl Sie sich am Ende gar nicht mehr vertragen haben?“, fragte Laura.

„Grade deshalb.“ Der Schriftsteller setzte ein aasiges Lächeln auf. „Ich hab noch ein paar Rechnungen mit ihm offen.“

„Gleich ein paar?“, lachte die zweite Buchhändlerin, eine aparte Frau, die der Schriftsteller auf Anfang, Mitte 40 schätzte und die mit französischem Akzent sprach. Sie hieß Françoise und teilte sich die Arbeit und den Ärger in der kleinen Buchhandlung schwesterlich mit Karin.

„Es gibt Wunden, die vernarben nie“, gab der Autor zurück.

In diesem Augenblick stand Natascha hinter ihm. Sie bediente seit etwas über einem Jahr in dem Lokal. „Das stimmt!“, sagte sie mit großem Nachdruck. Überrascht fuhren die vier am Tisch zu der Bedienung herum.

Als ob sie sich rechtfertigen müsste, fügte Natascha hinzu. „Wenn der Hartenstein für alles büßen müsste, was er getan hat …!“ Die Kellnerin wendete sich abrupt ab, ohne den Satz zu vollenden, und ging zum Tresen zurück. Sie hatte vergessen, nachzuschenken.

„Dann werde ich das mal übernehmen", sagte der Schriftsteller und goss den Wein in die Gläser. „Hat sie jetzt tatsächlich über Hartenstein geredet?"

„Eindeutig", sagte Laura knapp.

„Interessant!" Danach wechselte er das Thema. Lachend berichtete er, dass er ohne Computer eigentlich gar kein Autor sein könnte. Manchmal wisse er bei den einfachsten Wörtern nicht, wie man sie schreibe. Das Rechtschreibprogramm seines Rechners habe ihn erst in die Lage versetzt, ohne fremde Hilfe seine Manuskripte fehlerfrei abzuliefern.

„Hauptsache, Ihre Geschichten stimmen", sagte Laura und Françoise setzte hinzu: „Es gibt ja auch berühmte Komponisten, die keine Noten schreiben können."

Der Schriftsteller nickte. „Die sogenannten Pfeifer."

„Und warum heißen die so?", fragte Karin.

„Weil sie ihre Melodien zwar erfinden, aber dann nur pfeifen und durch andere aufschreiben lassen."

„Und die Harmonien?"

„Die suchen sie sich irgendwie auf dem Klavier zusammen."

Die drei Frauen waren sich nicht sicher, ob sie dem Schriftsteller glauben sollten, und der goss noch Öl ins Feuer, indem er sagte: „Das sind halt Geschichten. Die müssen schön sein. Stimmen müssen sie nicht unbedingt. Sie ändern sich ja auch jedes Mal beim Erzählen." Und schon begann er mit einer neuen Anekdote. Die drei Frauen hörten ihm begeistert zu, und es wurde am Ende viel später als sie vor gehabt hatten.

Das war nun fast auf den Tag genau ein Jahr her.

Als sie nach dem Essen das Lokal verlassen hatten, lehnte ein Mann am Geländer, das die Terrasse vor dem Lokal umgab.

„Guten Abend, Herr Grundeis", sagte Laura freundlich. Und Karin fügte hinzu: „Wie geht's Ihnen denn?"

Der Mann lachte ein hässliches, kehliges Lachen. „Wie soll's mir gehen? Beschissen! Heut hab ich ihn gesehen. Er fährt jetzt einen Bentley. Drunter tut er's nicht. Diese Sau!"

„Wen meint er denn?", hatte der Schriftsteller gefragt.

„Ihren Freund Hartenstein."

„Der scheint eine Menge Feinde zu haben … außer mir", antwortete der Autor.

„Was hat er *Ihnen* denn getan?", fragte Grundeis.

„Ich hab keine Lust mehr zu reden", antwortete der Schriftsteller, „aber wenn Sie auf meine Kosten noch etwas trinken wollen …" Er drückte Werner Grundeis einen Geldschein in die Hand. Sagte allgemein „Gute Nacht!" und wendete sich zum Gehen. Grundeis verschwand in dem Lokal und eilte zum Tresen.

Der Schriftsteller marschierte an seinem Auto vorbei und richtete seine Schritte Richtung Schlossbergstraße. Es war ein kalter Abend. Sein Atem bildete weißgraue Wölkchen vor seinem Mund. Die Hände hatte der schwere Mann tief in den Taschen seines Lodenmantels vergraben. Die drei Freundinnen sahen ihm nach. Er ging mit weit ausgreifenden Schritten die Straße hinauf, ohne sich noch einmal umzuwenden. Der Mann musste fast 1,90 Meter groß sein.

„Ob er den Hartenstein noch besuchen will?", fragte Karin.

„Es ist doch schon bald Mitternacht", wendete die Volkshochschulchefin ein.

„Na ja, wenn er ihn eh nicht leiden kann, kann er ihn ja auch stören", meinte Françoise.

„Er hat ihn ja auch gar nicht mehr angerufen", sagte Laura. „Im Übrigen sieht er ihn morgen ja sowieso. Hartenstein hat eine Eintrittskarte für die Lesung gekauft."

Der Schriftsteller war vor dem Haus seines einstigen Schulkameraden stehen geblieben. Ein paar vereinzelte Schneeflocken tänzelten vom nachtschwarzen Himmel. Der Winter war noch nicht bereit, sich zu verabschieden. Die Straßenlaterne warf ein blasses Licht auf die goldene Firmentafel: TTH stand da – Tonstudio Theo Hartenstein. Plötzlich bückte sich der Autor, hob einen Stein auf und warf ihn mit aller Kraft in ein Fenster im Erdgeschoss.

Vielleicht war das vor einem Jahr der Beginn des Dramas gewesen, das im Gomaringer Schloss stattgefunden hatte und das bis heute, zwölf Monate später, auf seine Aufklärung wartete.

Theo Hartenstein saß in seinem Tonstudio im Untergeschoss des Hauses, als er das Splittern der Fensterscheibe hörte. Er sprang von seinem Stuhl, riss die gepolsterte Tür auf, eilte, immer drei Stufen auf einmal nehmend, die Treppe hinauf und erreichte das Büro im Erdgeschoss. Ein kalter Windstoß, der durch das zerbrochene Fenster fuhr, schlug ihm ins Gesicht. Durch das sternförmige Loch in der Scheibe sah er eine Gestalt, die mit gleichmäßigen Schritten die Schlossstraße hinaufstapfte. „He, du …", wollte er rufen. Aber er brachte keinen Ton heraus.

Hartenstein ließ sich auf den hochlehnigen Ledersessel hinter seinem Schreibtisch fallen. „Grundeis", sagte er leise. „Eigentlich kann ich dich ja verstehen. Wenn du's überhaupt warst …" Er zog eine Schreibtischschublade auf und nahm eine Whiskyflasche heraus. In letzter Zeit hatte er immer wieder darüber nachgedacht, ob er seinem einstigen Partner nicht das Angebot machen sollte, in die Firma zurückzukehren. Die goldene Flüssigkeit schwappte träge in seinem Glas hin und her. Grundeis verstand etwas von Texten. Er hatte vor allem ein geschicktes Händchen, wenn es darum ging, eine Geschichte zu kürzen. Sein größtes Talent erwies sich freilich bei den Dialogen. Er saß dann vor seinem Computer, redete laut vor sich hin und zwar mit ganz unterschiedlichen Stimmen. Jeden Satz sprach er in immer neuen Variationen, bis Melodie und Rhythmus stimmten. Dabei achtete Grundeis streng darauf, dass der Inhalt des gesprochenen Wortes nicht verfälscht wurde. Hartenstein nahm einen Schluck und sagte laut: „Eigentlich ist er ein Genie!"

Aber warum hatte er ihn dann aus der Firma hinausgeboxt, und zwar mit den brutalmöglichsten Mitteln. „Ja, warum?", fragte er laut in den kalten Raum hinein. So lange Theo Hartenstein zurückdenken konnte, hatte er immer versucht, der Erste zu sein, die anderen zu dominieren, ihnen seinen Willen aufzuzwingen. Und er genoss es, wenn ihm das gelang. Aber er litt auch unter seiner zunehmenden Vereinsamung. Längst kaufte er sich schon die Zuneigung anderer Menschen, da machte er sich nichts vor. Die Zuneigung seines alten Partners würde er niemals wieder gewinnen können. Aber er könnte dafür sorgen, dass Grundeis wieder Boden unter die Füße bekam. „Lüg dich nicht selber an", hörte sich Hartenstein sagen. „Du brauchst ihn. Du brauchst seine Ideen, seine Texte, seine redaktionelle Erfahrung." Wütend nahm er die halb leere Whiskyflasche und warf sie durch das Loch in der Scheibe. Am Rinnstein, auf der gegenüberliegenden Straßenseite zersprang sie in tausend Splitter und Scherben.

Das war nun genau ein Jahr her.

Am Tag der neuerlichen Lesung zwölf Monate später stand Laura in ihrem Büro und zog ihre Lippen nach. Sie hatte ein banges Gefühl. Normalerweise freute sie sich auf die literarischen Abende im Schloss. Aber diesmal war es anders. Warum hatte sie nur darauf bestanden, die Lesung, die im letzten Jahr so jäh geendet hatte, heuer noch einmal neu anzusetzen? Sie war froh, dass der Autor dieses Jahr erst kurz vor Veranstaltungsbeginn erscheinen wollte. Dass er im letzten Jahr schon einen Tag früher gekommen war, war ungewöhnlich gewesen. Laura hatte so viel Interesse an dem Veranstaltungsort noch bei keinem Autor erlebt, und sie hatte sich entsprechend gewundert. Normalerweise verhielten sich die Schriftsteller so, wie er dieses Mal. Sie kündigten an, zehn, höchstens fünfzehn Minuten vor Beginn der Lesung zu kommen, und hielten sich auch daran.

Bevor sie damals, vor nun genau zwölf Monaten, in das Restaurant gegangen waren, hatte er die Räumlichkeiten des Schlosses besichtigt. Der große Saal unter dem Dach, wo er anderntags lesen sollte, hatte es ihm besonders angetan. Interessiert war er durch die Treppenhäuser und Gänge gewandelt. Durch einen schmalen Raum ging es zum Seitenflügel. Dort führte eine Treppe hinunter zum Hof und endete bei einer Tür im Torbogen. Über einen Aufzug erreichte man denselben Ausgang. Treppauf befand sich die Wohnung des Hausmeisterehepaars.

Mit den Händen auf dem Rücken war der Schriftsteller über den Schlosshof geschritten und auf den Treppenabsatz hinausgetreten. Von dem die sogenannte Geisterstiege hinabführte zu einer kleinen Wiese, an deren anderem Ende die Kirche des Dorfes stand.

Ein Mann war neben ihn getreten. Lächelnd erzählte er, hier hätten manche Jugendliche nach dem Konfirmandenunterricht oft noch gesessen – Pärchen zumeist, die auf dieser Treppe oft ihren ersten Kuss getauscht hätten. „Ich selber auch", sagte er und stellte sich vor: „Hans Kümmel. Ich bin so was wie der gute Geist des Schlosses und außerdem mach ich das Gemeindeblättle. Sie haben doch sicher nichts dagegen, wenn ich Sie fotografiere?"

„Hier gleich? Mit der Kirche und der Schwäbischen Alb im Hintergrund?", fragte der Autor freundlich und stellte sich in Positur.

„Prima!“ Kümmel war ein großer, schlanker Mann und verströmte eine bodenständige Freundlichkeit. Er erwies sich als exzellenter Kenner der Schlossanlage und ihrer Geschichte, und der Schriftsteller hörte ihm gerne zu. Wer konnte wissen, ob man davon nicht eines Tages noch etwas verwenden konnte.

Laura hatten die Gedanken an den Mord am Leseabend im März letzten Jahres nie wieder losgelassen. Sie hatte damals begonnen, sich mit Theo Hartenstein zu beschäftigen. Was war das für ein Mann gewesen? Was hatte er getan, um jemanden so weit zu bringen, ihn zu töten?

Die Kellnerin Natascha hatte nur sehr langsam Vertrauen zu der Volkshochschulleiterin gefunden. Doch eines Abends hatte sie dann doch erzählt, wie Hartenstein ihr und ihrer Mutter die Souterrainwohnung in seinem Haus überlassen hatte. Kostenlos. Dafür sollte ihre Mutter putzen und gelegentlich kochen. Schon bald freilich hatte es sich heraus gestellt, dass er etwas ganz anderes wollte. Nataschas Mutter hatte sich darauf eingelassen. Sie war eine pragmatische Frau. Ihr Mann hatte sie schon vor Jahren verlassen. Sie fühlte sich einsam, sehnte sich nach einem Partner, und Hartenstein war ein gut aussehender Kerl. Er konnte auch charmant sein. Vielleicht hatte sich Nataschas Mutter sogar in ihn verliebt. Mit ihrer Tochter hatte sie nie darüber gesprochen.

Natascha war 16 gewesen und hatte gerade über ihren Schulaufgaben gesessen, als Theo Hartenstein eines Tages plötzlich in ihrer Tür gestanden hatte. Nur mit Boxershorts bekleidet, über die Natascha selbst in diesem beklemmenden Moment noch gedacht hatte, wie hässlich sie waren. „Komm rauf!“, hatte er gesagt.

Natascha hatte nur stumm den Kopf geschüttelt.

Er hatte noch eine Weile auf sie eingeredet, hatte ihr gesagt, wie schön sie sei, wie geschaffen dafür, einen Mann glücklich zu machen. Da hatte sie zuerst zu weinen begonnen und schließlich geschrien, er solle sie in Ruhe lassen. „Das ekelt mich alles an!“, hörte sie sich brüllen. „Du Schwein!“ und immer wieder: „Du Schwein!“ Er hatte nur gelacht und war über sie hergefallen.

Aber das war noch nicht einmal das Schlimmste gewesen. Dass ihre Mutter ihr nicht geglaubt hatte und erst nach einem medizinischen Gutachten, das eine Lehrerin durchgesetzt hatte, erkannte, was ihr Liebhaber für einer war, empfand Natascha als noch schlimmer. Am allerschlimmsten aber war, dass sie vor Gericht nicht Recht bekommen hatte. Ein zynischer Richter war stur der Meinung geblieben, ohne ihre Einwilligung hätte das alles nicht passieren können. „Wenn ich dich so ansehe …“ Sie war aus dem Gerichtssaal gerannt, bevor er den Satz vollenden konnte, und das hatte er dann als Schuldeingeständnis gewertet. Zwar hatte die Lehrerin sie bestürmt. Aber Natascha war nicht bereit gewesen, noch einmal vor ein Gericht zu gehen.

Mutter und Tochter waren bei Hartenstein ausgezogen. Aber ein paar Monate später hatte Nataschas Mama die Beziehung zu dem Radiomann wieder aufgenommen. Von da an lebte Natascha in einem Heim. Sie schaffte, wenn auch mit zwei Jahren Verzögerung, ihre mittlere Reife. Als sie den Job in dem Restaurant bekommen hatte, konnte sie sich eine eigene kleine Wohnung leisten.

Der Kommissar hatte im letzten Jahr schnell herausgefunden, dass es zwischen Natascha und dem ermordeten Hartenstein irgendeine Beziehung gegeben haben musste. Aber Laura dachte nicht daran, ihr Wissen an Bienzle weiterzugeben.

Laura erzählte dem Kommissar auch nicht, dass Werner Grundeis ein mindestens genauso starkes Motiv gehabt hätte, Hartenstein zu töten. Er war bis vor drei Jahren dessen Partner bei dem lokalen Radiosender gewesen, bis Hartenstein zusätzlich das

Tonstudio angeschafft hatte, das freilich nur ihm gehörte. Grundeis schrieb Kinderhörspiele, die sehr erfolgreich waren. Zu spät merkte er, dass die Rechnungen für die tontechnische Herstellung der Hörbücher drastisch überhöht waren. Da sie bei ihrem Lokalradio zu gleichen Teilen Geschäftsführer waren, konnte Hartenstein die Rechnungen ohne Rücksprache begleichen – so lange, bis der Verlag pleite war und Hartensteins Tonstudio förmlich im Geld schwamm. Selbst ein Darlehen, das Grundeis auf die Wohnung seiner Mutter aufgenommen hatte, wurde nicht ausgeglichen. Die Wohnung wurde zwangsversteigert und Hartenstein sagte zu seinem Partner nur lachend: „Hättest du halt besser aufgepasst!" Grundeis war nie wieder auf die Füße gekommen.

Hartenstein schien überhaupt ein Leben lang nur Unglück über die Menschen gebracht zu haben, die in seine Nähe kamen. Ein Bekannter Lauras erzählte ihr einmal, Hartenstein habe am Stammtisch im Wirtshaus zum Goldenen Anker damit geprahlt, dass sich eine Studentin aus Tübingen seinetwegen umgebracht habe. Eine bildschöne Frau, hatte sich Hartenstein gebrüstet. „Jeder hätte sie gerne gehabt. Aber besessen habe nur ich sie. Ob ihr's glaubt oder nicht: Die war mir hörig! Und wie ich sie abserviert habe … mein Gott, hat die mich damals noch belästigt. Sie wollte es gar nicht wahrhaben. Sogar ihren Bruder hat sie mit eingespannt. Der war mal ein ganz guter Freund von mir. Aber beim Geld und bei der Liebe hört die Freundschaft auf. Da kenn ich nix. Kein Pardon, verstehst …"

Lauras Bekannter war damals wortlos aufgestanden und gegangen. Danach hatte er sich nie wieder an einen Tisch mit Hartenstein gesetzt.

Hatte der Schriftsteller im letzten Jahr, nach dem Abend im Restaurant, seinen alten Schulkameraden noch angetroffen? Laura wusste es nicht. Zwar hatte auch sie vermutet, dass *er* den

Stein in Hartensteins Fenster geworfen hatte, aber er hatte sich nie dazu bekannt. Und das war ja dann alles auch verblasst vor der Tatsache, dass Hartenstein 20 Stunden später tot am Fuß der Schlossmauer gelegen hatte. Der gellende Schrei einer Frau hatte den Schriftsteller unterbrochen, kaum dass er seine Lesung begonnen hatte. Kurz darauf war die verspätete Besucherin durch die Tür gestürzt. „Da liegt ein Toter am Geisterstiegle!"

Laura versuchte sich genau an die Vorgänge jenes Märzabends im letzten Jahr zu erinnern. Unruhig hatte sie ab halb acht Uhr auf dem Gang gewartet. Der Schriftsteller war fünf Minuten vor dem Beginn die Treppe heraufgehastet. „Ich bin ziemlich nervös", sagte er. „Ich muss unbedingt vorher noch zur Toilette. Das ist immer so. Ein Schauspieler, den ich kenne, nennt das die nervösen Pfützchen." Er lachte, aber es klang nicht fröhlich.

„Dort hinten", sagte Laura.

„Ja, das weiß ich noch von gestern." Er eilte den Korridor entlang. Laura erinnerte sich auch jetzt wieder daran, wie erstaunt sie war. Der Autor wog weit über zwei Zentner und doch wirkten seine Bewegungen irgendwie elegant, ja fast geschmeidig. Er musste sich zwischen der Kellnerin Natascha und Hans Kümmel durchzwängen, die beieinander standen und sich angeregt unterhielten.

Laura ging zu Karin hinüber, die hinter ihrem Büchertisch stand und ihr Wechselgeld noch einmal durchzählte. „Hast du den Hartenstein gesehen?"

„Bis jetzt noch nicht. Aber du weißt doch, er kommt immer als Letzter, damit ihn ja alle sehen. Er braucht diese Auftritte."

Wenige Minuten später trat Laura vor ihr Publikum. Es war vier Minuten nach acht Uhr. Der Autor erschien mit einem angespannten Lächeln in der Tür und machte eine entschuldigende Geste. Laura holte tief Atem. Sie beschränkte sich auf fünf Sätze und sagte schließlich: „Sie sind die Hauptperson. Sie haben das Wort!"

Freundlicher Applaus. Der Schriftsteller stellte sich hinter das Rednerpult, schlug sein Buch auf und begann zu lesen. Schon die ersten Sätze nahmen die Zuhörer gefangen. Doch dann ertönte plötzlich dieser gellende Schrei aus dem Schlosshof. Der Autor unterbrach seine Lesung und hob den Kopf. Wenige Augenblicke später erschien die Frau in der Tür. Sie führte eine der beiden Apotheken in Gomaringen, hatte sich verspätet und war zehn Minuten nach Beginn der Veranstaltung von der Kirche her über die Wiese am Fuß der Schlossmauer geeilt. Direkt am Fuß der Geisterstiege hatte sie den reglos da liegenden Mann entdeckt.

Laura stand das alles wieder vor Augen, als ob es gestern gewesen wäre.

Der Hausmeister war als Erster bei der Leiche gewesen. Er war im Hauptberuf Polizist und achtete nun umsichtig darauf, dass niemand dem Toten zu nahe kam, der mit seltsam verrenkten Gliedern im Gras lag. Die Menschen bildeten im Abstand von drei bis vier Metern einen Ring um die Leiche.

„Wer ist das denn?", fragte einer der Besucher.

„Theo Hartenstein." Die Stimme gehörte Natascha, der Bedienung aus dem Restaurant.

Laura und die Buchhändlerin wechselten Blicke. Natascha war noch niemals bei einer Lesung gewesen. Karin konnte sich auch nicht daran erinnern, dass sie schon einmal ein Buch gekauft hätte. Und warum hatte die Kellnerin heute frei? Es war immerhin Freitagabend.

Laura sah sich um. Im Torbogen lehnte Werner Grundeis. Ein Lächeln umspielte seine Lippen.

Heute – ein Jahr danach – war alles anders. Der Saal war brechend voll. Manche der Zuhörer hatten keinen Sitzplatz mehr gefunden und standen hinter den Stuhlreihen oder lehnten sich in den Zwischengängen gegen das grobe Holzgebälk. Der Schriftsteller war gut in Form. Sein Text hatte seine eigene Sprachmelodie und einen Rhythmus, der die Zuhörer förmlich in die Geschichte hineinsog. Die Baritonstimme des Autors schwang sich in sanften Bögen über die Köpfe der Zuhörer. Es stellte sich ein Gefühl ein, das viele Menschen im Raum aus ihrer Kindheit kannten, wenn ihre Mütter oder Väter, die Omas oder die Opas abends am Bett noch eine Gutenachtgeschichte vorgelesen hatten. Man ließ sich nur zu gerne mitnehmen. Die Bilder erschienen vor dem inneren Auge des Zuhörenden. Viele Besucher der Lesung schlossen ihre Augen und waren dennoch höchst aufmerksam. Auch Laura gab sich der Geschichte hin. Die Bilder aus dem Vorjahr verblassten.

Nach etwa vierzig Minuten machte der Vorleser eine Pause. Laura reichte ihm ein Glas Weißwein. Sie wusste noch vom Vorjahr, dass er sich das für die kurze Unterbrechung seiner Lesung wünschte. Die Stimmung war gelöst. Plötzlich betrat ein untersetzter Mann den Raum. Er trug einen Trenchcoat, einen gelben Schal und einen grauen Hut, den er jetzt mit einem Stupser des Zeigefingers aus der Stirn schob. Laura erinnerte sich nicht gleich. Sie wusste nur, dass sie ihn schon einmal gesehen hatte, wusste aber nicht mehr, wo und wann das gewesen war. Er trat auf sie zu, hob den Hut einen halben Zentimeter vom Kopf und sagte: „Grüß Gott!“ Als sie seine Stimme hörte, erinnerte sich Laura schlagartig wieder. „Herr Bienzle“, rief sie, „was führt jetzt Sie nach Gomaringen, Herr Kommissar?“

„*Ex*kommissar“ erwiderte er. Ich bin seit einem halben Jahr im Ruhestand. „Ich hab in der Zeitung die Ankündigung der Veranstaltung gelesen, und jetzt hab ich ja Zeit. Ich hab mich scho immer a bissle für Literatur interessiert.“

Françoise trat hinzu. „Liest er nicht wunderbar?", sagte sie.

„Ja", antwortete Karin. „Man sollte nicht denken, dass der Mann Legastheniker ist."

„Was ist der?", fragte Bienzle.

Eigentlich wollte Karin sagen: „Zwei Mal predigt der Pfarrer nicht", aber da antwortete Françoise bereits: „Mon Dieu, er hat eine Lese- und Rechtschreibschwäche. Aber beim Lesen merkt man das wirklisch nischt."

Laura sagte: „Er hat es uns letztes Jahr erzählt."

„Vielleicht ist es ja tatsächlich gar nicht so schlecht, dass ich noch mal hergekommen bin", meinte Bienzle, „nicht nur wegen der Literatur!"

Laura sah ihm in die Augen. „Wollen Sie etwa Ihre Ermittlungen wieder aufnehmen?"

„Wo denken Sie hin? Ich hab doch g'sagt, ich bin nimmer im Dienst!"

Die Pause war zu Ende. Der Schriftsteller nahm seinen Platz hinter dem Stehpult wieder ein.

Bienzle setzte sich auf einen Stuhl gleich bei der Tür, den der Hausmeister, der ja ein früherer Kollege des Stuttgarter Kriminalbeamten war, rasch noch herbeigeholt hatte.

Die Lesung war zu Ende. Das Publikum hatte lang und anhaltend applaudiert. Der Schriftsteller setzte sich an einen Tisch und begann seine Bücher zu signieren.

Bienzle, der sich bei Karin einen der Romane gekauft hatte, stellte sich geduldig in die Reihe, und als er dran war, bat er den Autor: „Könntet Sie da bitte reinschreibe: ‚Wer nicht liest, der büßt's'"?

„Sehr gut", sagte der Schriftsteller, der nur halb zugehört hatte, malte den kleinen Satz auf das erste Deckblatt des Buches und setzte schwungvoll seine Signatur darunter.

„Danke“, sagte Bienzle, schlug die Seite noch mal auf und sagte: „Aber das hätten Sie doch inzwischen lernen können. Spätestens nach dem Mord im letzten Jahr.“

Der Kopf des Schriftstellers fuhr hoch. „Was denn?“

„Dass man büßt nicht mit einem normalen S, sondern mit einem Dreierles-S, also mit SZ schreibt.“

Bienzle kramte ein Klarsichttütchen aus der inneren Tasche seiner Jacke. In dem Tütchen war der Zettel, auf den der Mörder geschrieben hatte. *„Am Ende zahlt der Mensch für alles. Jeder büst für seine Tat.“* Er hatte sich das Asservat im Landeskriminalamt noch einmal ausgeliehen. Jetzt verglich Bienzle die beiden Texte. „Und Sie haben sich noch nicht einmal bemüht, Ihre Schrift zu verstellen. Für einen Schriftexperten ist es ein Kinderspiel, nachzuweisen, dass beides von der gleichen Hand geschrieben ist.“

Bienzle steckte den Zettel wieder ein. „Es gibt so Fälle, die lassen einen nicht in Ruhe, auch wenn man nicht mehr ihm Dienst ist. Es gibt noch mehr davon.“

Laura war hinzugetreten. Sie zitterte. „Heißt das …?“ Sie wagte nicht, weiter zu sprechen.

„Das heißt, der Herr Schriftsteller hat letztes Jahr den Herrn Hartenstein umgebracht.“

„Aber warum? Warum haben Sie das getan?“, fragte Laura

„Er hatte meine Schwester auf dem Gewissen. Sie hat ihn so geliebt, und er hat sich damit gebrüstet, dass sie ihm hörig gewesen sei! Und dann hat er sie kalt abserviert und auch noch damit angegeben, dass sie sich seinetwegen umgebracht hat!“

Laura erinnerte sich an die Geschichte, die ihr Bekannter damals im Goldenen Anker erlebt hatte.

Der einstige Kriminalhauptkommissar winkte dem Hausmeister. „Dätet Sie den Herrn bitte festnehma. Ich bin ja nimmer im Dienst!“

# Schneckentod

Bienzle ging wieder einmal der alte schwäbische Spruch durch den Kopf: „Laufe kann ich nimmer, beiße kann ich nimmer – muss ich mich halt mit de Hund vertrage!"

Aus den Blättern der Bäume fielen vereinzelte Tropfen, die vom Gewitterregen übriggeblieben waren.

Hier stehen und warten – hatte das einen Sinn? Aber niemand erwartete ihn irgendwo anders, also konnte er auch noch bleiben. Diese Katzeneigenschaft, warten zu können und dabei das Gefühl für die Zeit, nicht aber das Gefühl für das Ziel, zu verlieren, war ihm schon immer eigen gewesen.

Hinter einem Fenster brannte noch Licht. Bienzle hatte siebzehn Fenster gezählt. Wie einsam musste man sich in einem solchen Haus fühlen, zumal wenn man nur zu zweit darin wohnte und den anderen nicht mehr ausstehen konnte?

Als Otto Krogmann beerdigt wurde, stand seine Witwe mit einem unverkennbaren Ausdruck des Triumphes dabei. Diesen Ausdruck hatte sie auch im Gesicht, als Kommissar Gächter sie am Tag danach besuchte. Sie war Ende vierzig, das wusste er, aber sie sah jünger aus. Es gab jetzt viele Frauen, die sich, wie Sylvia Krogmann, eine gewisse Jugendlichkeit bewahrten bis weit über die Grenze von fünfzig Lebensjahren hinaus. Dass sie für ihre kleinen, runden Brüste noch keinen Büstenhalter brauchte, zeigte sie geradezu provozierend. Das dünne T-Shirt hatte einen weiten runden Ausschnitt und saß straff auf der Haut. Gächter hatte sich bemüht, nicht immer auf die keck hervortretenden Brustwarzen zu starren.

„Zieht sich so eine Frau an, die gerade ihren Mann verloren hat?", fragte er am nächsten Tag, einem Sonntag, seinen früheren Kollegen Ernst Bienzle, als sie sich im Wirtshaus Matthäser zum Frühschoppen trafen. Hannelore war für ein paar Tage zur Documenta nach Kassel gefahren. Den Versuch, Bienzle zu überreden, sie zu begleiten, hatte sie schnell aufgegeben. Und eigentlich war sie sogar ganz froh, dass er nicht mitkommen wollte. Sobald sie gemeinsam vor einem modernen Kunstwerk standen, fragte er immer nur: „Kannscht du mir des jetzt erklären?" Ein paar Mal hatte sie es auch versucht und jedes Mal die Antwort bekommen: „Ich versteh's trotzdem nicht!"

„Du solltest dir die Frau Krogmann mal ansehen", sagte Gächter betont beiläufig.

„Wieso, weil sie keinen Büstenhalter und ein enges T-Shirt trägt? Also über das Alter bin i 'naus, Günter!"

„Nein, weil du vielleicht dahinterkommen würdest, was da wirklich gelaufen ist. Ich kenne keinen, der sich so gut in die Menschen hineindenken kann wie du. Schon wie die geredet hat!" Gächter versuchte, die Frau zu imitieren: „‚Diese Krämpfe, es war furchtbar, wie er sich gekrümmt hat.' Und auf einmal sagt sie ganz sachlich: ‚Es war tatsächlich ein Todeskampf.' Es scheint sie nicht besonders mitgenommen zu haben. Auf einmal sagt die doch tatsächlich: ‚Für mich war's wie eine gerechte Strafe.' Also den Satz werde ich seitdem nicht mehr los."

Bienzle biss in eine der Butterbrezeln, die in einem Körbchen auf dem Wirtshaustisch lagen. „Und du hast sie nicht gefragt, wer ihn bestraft haben soll?"

Gächter griff nach seinem Bier. „Nein!"

„Vielleicht hat sie Gott gemeint?", sagte Bienzle.

Gächter schüttelte den Kopf. „Ich kann mir nicht vorstellen, dass Sylvia Krogmann an Gott glaubt."

Sehr aufrecht war sie dagestanden, mit durchgedrücktem Kreuz, das Kinn leicht angehoben. Ihre Haltung wirkte angestrengt. Aber das Rotweinglas in ihrer Hand zitterte nicht. Aus der Stereoanlage kamen die Klänge eines klassischen Konzerts. Eher Musik für ein Frühstück zu zweit, fand Gächter und fragte nach dem Titel.

„Concert opus 10 für Streicher, Flöte und Continuo von Antonio Vivaldi. Schön, nicht wahr?" Sie hatte ihn kokett angelächelt dabei.

Jetzt sagte Gächter zu Bienzle: „Die Gerichtsmediziner sind ratlos. Alles deutet auf eine Pilzvergiftung hin! Ich hab Frau Krogmann damit konfrontiert. Sie hat nur gelächelt und gesagt: ‚Wenn er Pilze gegessen hat, dann nicht bei mir.' Tatsächlich hat die Spurensicherung keinerlei Hinweise gefunden. Zwar haben die Krogmanns gemeinsam zu Abend gegessen, es hat Schneckenpfännchen und anschließend einen Salat aus Sauerampfer, Kresse und Nüssen gegeben. Das Geschirr hat Sylvia Krogmann sofort nach dem Essen in den Geschirrspüler gestellt und abgewaschen. Seine Todeskrämpfe hatten da noch nicht begonnen, sagte sie."

„Der Fall wird immer interessanter", sagte Bienzle.

Gächter nickte zufrieden. Er hatte seinen alten Chef am Haken. Wer Bienzle kannte – und außer Hannelore kannte ihn niemand besser als Gächter – konnte förmlich spüren, dass der einstige Kommissar Witterung aufnahm wie ein Jagdhund. Also erzählte Gächter sofort weiter: „Krogmanns Geliebte hat ausgesagt, bei ihr habe er lediglich einen oder zwei Sherry getrunken, bevor er zu seiner Frau nach Hause gegangen sei. Die Gläser waren noch nicht abgewaschen. An der Sherry-Flasche, die noch zur Hälfte gefüllt war, fanden unsere Spurensicherer die Fingerabdrücke des Toten. Regine Salach, Krogmanns Freundin seit zweieinhalb Jahren, hat drei Tage und vier Nächte gebraucht, bis sie in der Lage gewesen ist, eine Aussage zu machen."

Gächter traute, im Unterschied zu Bienzle, den Frauen nie, aber er hätte allerhand darauf gewettet, dass Regine Salachs Schmerz echt war. Andererseits: Die Frau war Schauspielerin, wenn auch zurzeit ohne Engagement.

„Wenn du nach einem Motiv suchst, kommst du immer nur auf die heilige Liebe, die heilige Ehe oder das heilige Geld", sagte Bienzle. Den Spruch kannte Gächter schon. Aber er lachte pflichtschuldig, froh darüber, dass es ihm gelungen war, Bienzle endgültig für den Fall zu interessieren.

Ein Nachtvogel huschte vorbei. Sinnlos, hier herumzustehen. Bienzle war Weintrinker. Leute, die den Schnaps bevorzugten, hatten es besser, die konnten in solchen Nächten einen Flachmann bei sich tragen. Trollinger in einem Flachmann ... Bienzle schüttelte sich.

Das Licht hinter dem Fenster erlosch. Bienzle ruckte ein wenig in den Schultern und richtete sich auf. Erst kürzlich hatte Hannelore gesagt: „Du musst ein bisschen auf dich achten, du kriegst langsam einen runden Rücken."

Jetzt flammte das Licht im Treppenhaus auf. Bienzle lächelte zufrieden. Dass Frau Krogmann um diese Zeit noch das Haus verließ, verbuchte er für sich auf der Habenseite. Sie machte sich nicht einmal die Mühe, die Tür abzuschließen. Selbst in der Dunkelheit erkannte man, wie elegant der Gang dieser Frau war. Ihr Rock schwang im Rhythmus ihrer Schritte. Sie ging den Gartenweg bis zur Garage und öffnete das Tor. Bienzle lief geduckt über den Rasen, kletterte mit einiger Mühe über den Zaun und stieg in sein Auto, das er am Straßenrand geparkt hatte. Er legte eine Musikkassette ein. Mozarts Klavierkonzert Nummer 10. Eigentlich auch eine Musik für ein Frühstück zu zweit.

Sylvia Krogmann hielt vor einem modernen Mehrfamilienhaus, wie man sie neuerdings immer häufiger sah. Die Front war mit Erkern aus Glas aufgelockert. Sieht gut aus, fand Bienzle, bringt aber nichts. Larifari! Mit zusammengekniffenen Augen versuchte er auszumachen, wo Frau Krogmann klingelte. Es war ziemlich weit oben am Klingelbord. Mehr konnte er nicht feststellen. Aber dann ging im obersten Stock das Licht an. Sylvia Krogmann drückte die Tür auf und verschwand im Treppenhaus. Bienzle wuchtete seinen Körper aus dem Auto und stapfte zu dem Hauseingang hinüber. An der obersten Klingel stand „Dr. Alexander Werner".

Gächter war in dieser Nacht Kommissar vom Dienst. „Wenn ich das jeden Tag machen müsste", pflegte er zu sagen, „wär ich längst Alkoholiker." Warten, dass vielleicht etwas passierte, das war nichts für ihn. Als das Telefon klingelte, hatte er gerade seine erste Bierflasche aufgemacht. „Kommissar vom Dienst", meldete er sich.

„I bin's", sagte Bienzle. „Ich muss wissen, wer Dr. Alexander Werner, wohnhaft Klosterstraße 27, ist."

„Warum?"

„Weil die Krogmann grad zu ihm rein ist."

„Aha. Du bist also dran. Sehr gut!"

„Ruf mich an, sobald du's weißt!"

Bienzle hatte gleich am Montag Dr. Kocher, den Gerichtsmediziner, aufgesucht. „Schön", hatte der gesagt, „dass man Sie auch amal wieder sieht." Und er hatte gerne Auskunft gegeben: „Dass der Krogmann keines natürlichen Todes gestorben ist, steht außer Zweifel. Und seine Frau leugnet ja mit keiner Silbe, dass sie ein

Motiv gehabt hat, das beste überhaupt. Wissen Sie, was die zu mir g'sagt hat, wie ich am Tatort war: ‚Er hat mich seit Jahren gequält – seelisch, meine ich!'"

„Da hätt man ordentlich nachhake müsse", sagte Bienzle.

„Ja, Sie hätten das g'macht. Aber dem Gächter seine Stärke ist das nicht", antwortete Dr. Kocher.

Bienzle kickte gegen einen Stein, der über die Straße trudelte und am Rinnstein ausrollte. Hinter dem Birkenkopf grollte der Donner des nächsten Gewitters, das von Westen her aufzog. Bienzle sah zu der Dachgeschosswohnung hinauf. Dort brannte noch immer das Licht. Endlich rief Gächter an. Alexander Werner war Biochemiker, arbeitete bei einem Pharmaziekonzern und hatte es dort zum Hauptabteilungsleiter in der Forschung gebracht.

„Das passt!", sagte Bienzle und beschloss, Herrn Werner kennenzulernen. Zwei Stunden stand er noch vor dem Haus, eineinhalb davon tief in einen Hausgang gedrückt, weil ein heftiger Gewitterregen niederging. Schließlich war er sich sicher, dass Frau Krogmann das Haus in dieser Nacht nicht mehr verlassen würde. Das Licht in Werners Wohnung war schon eine ganze Weile erloschen.

Bienzle genoss es, alleine in der Wohnung zu sein, obwohl Hannelore ihm andererseits auch fehlte. Ins Bett ging er nicht mehr. Er hatte Angst davor, in drei Stunden aus dem schönsten Schlaf gerissen zu werden. Also setzte er sich in der Küche auf den unbequemsten Stuhl, öffnete eine Flasche Nordheimer Trollinger mit Lemberger, wohl wissend, dass der ihn noch müder machen würde, und sah zu, wie die Zeit verging. Hinter der Küche war eine schmale Glasveranda. Von ihr aus hatte man einen schönen Blick auf die Stadt hinab – über den Bahnhof hinweg auf den Killesberg. Die nassen Gleise schimmerten im frühen

Morgenlicht. Nach so einem schweren Regen sah Stuttgart von hier oben wie frisch gewaschen aus.

Um acht Uhr stellte er sich reglos unter die warme Dusche. Wenn man jetzt den Mut gehabt hätte, auch noch kalt zu duschen – schon der Gedanke ließ Bienzle erschauern. Er frühstückte aus der Hand, lauter Sachen, die bei Hannelore niemals schon frühmorgens auf den Tisch gekommen wären: ein Stück Leberkäse in der Rechten, ein Stück Appenzeller Käse in der Linken, trat er wieder auf die Veranda hinaus. Die Wolken hatten sich verzogen, der Himmel hatte verschieden blaue Streifen. Der Tag versprach schön zu werden.

Schon bevor er Alexander Werner sah, war ihm der Wissenschaftler unsympathisch. Eine junge Frau führte Bienzle durch die Laborräume. In Käfigen huschten Ratten, Mäuse und Hamster hin und her. Ein Mann, der Tierversuche machte, hatte es bei Bienzle von vorneherein verschissen. Das sagte er Dr. Werner, noch bevor der „Guten Morgen" sagen konnte.

„Wollen Sie nicht erst fragen, wofür diese Versuche gemacht werden?"

„Noi!", antwortete Bienzle trotzig und fühlte sich nicht sehr souverän dabei.

„Ein bisschen ignorant ist das aber schon."

„Das leiste ich mir", brummte Bienzle, um dann ansatzlos zum Angriff überzugehen: „Sie sind mit Frau Sylvia Krogmann liiert?"

„Wer sagt das?"

„Ich sag das, hören Sie doch!"

„Und was geht Sie das an?"

„Ich ermittle im Fall Krogmann. Hab ich Ihnen doch gesagt."

„In Ihrem Alter? Ist man da nicht längst pensioniert?"

„Nicht bei dem Personalmangel. Also? Sie und Frau Krogmann …?"

„Und wenn es so wäre?"

„Es ist so, und wie lang geht das schon?"

„Ich glaube nicht, dass ich Ihnen darüber Auskunft geben muss!"

„Ich krieg's so oder so raus!"

„Na gut, wir sind seit drei Jahren befreundet."

„Na also!" Bienzle bemühte sich nun um eine gewisse Jovialität. „Geht doch!" Er versuchte, mit beiden Daumen seine Augenbrauen zu glätten, und starrte Werner dabei an. „Herr Krogmann ist an einer Art Pilzvergiftung gestorben."

Werner lachte leise. „Eine *Art* Pilzvergiftung …?"

„Die Gerichtsmediziner haben's so ausgedrückt."

Alexander Werner schien nicht besonders interessiert. Er hatte sich ein paar Petrischalen zugewendet und brachte mit einer Pipette kleine hellgelbe Tropfen auf eine zähe Flüssigkeit auf. Ohne aufzuschauen sagte er: „Ich verstehe, dass Sie mich im Verdacht haben, da Sie nun wissen, was ich beruflich mache. Vermutlich denken Sie, ich hätte irgendwelche Gifte zusammengemischt und sie Frau Krogmann zukommen lassen, um Herrn Krogmann heimtückisch zu töten."

„So ähnlich, ja!"

„Dann lassen Sie sich von mir sagen, es gibt keine solche Giftmischung, die man im Nachhinein nicht belegen könnte. Frau Krogmann sagte mir, die Gerichtsmediziner seien sich sicher, dass der Tod des Herrn Krogmann durch ein Pilzgift hervorgerufen worden sei. Und ich versichere Ihnen, ich experimentiere nicht mit Pilzgiften. Sie werden hier auch keines finden." Er stellte die Petrischalen auf ein Tablett, hob es an und bat Bienzle, ihm die Tür zu öffnen. Dort rief er nach einer Mitarbeiterin und sagte: „Das muss sofort ins Tiefkühlfach!"

Bienzle fuhr herum: „Tiefgekühlt – das ist es!"

„Haben Sie schon mal tiefgekühlte Pilze gegessen?“, fragte Werner, „Pilze werden eingelegt, aber niemals tiefgekühlt.“

Bienzle wusste, wann er verloren hatte. Er verließ Dr. Alexander Werner, dem – so mindestens – nicht beizukommen war. Wenn Bienzle um diese Zeit schon etwas getrunken gehabt hätte und deshalb mutiger gewesen wäre, als er es wirklich war, hätte er wahrscheinlich die Ratten, Mäuse und Hamster samt und sonders freigelassen – ein Wunsch, der sich noch verstärkte, als er aus einem Nebenraum ein klägliches Miauen hörte.

Den Tag verbrachte er missgelaunt zuhause. Ungeduldig wartete er auf den Abend. Gächter meldete sich gegen sechs Uhr und schlug vor, ein Bier trinken zu gehen. Er hatte an diesem Tag gearbeitet, obwohl er die Nacht davor als Kommissar vom Dienst durchgemacht hatte. Nach einem solchen „20-Stunden-Turn“, wie er es nannte, war er so aufgedreht, dass er noch irgendetwas unternehmen musste.

„Ich geh zu der Krogmann“, sagte Bienzle.

„Was willst du die denn noch fragen?“

„Alles, was du sie nicht gefragt hast!“

Sylvia Krogmann hatte Gächter alles über ihre Ehe erzählen wollen, aber der hatte sie daran gehindert. Er fand nichts langweiliger als Ehedramen. Bienzle hätte ihr geduldig zugehört. „Du kannst ja mitkommen“, sagte der Ältere, eigentlich gegen seinen Willen.

Wenn Bienzle in seinem einstigen Beruf eine Beschäftigung besonders reizvoll gefunden hatte, dann war es die, andere Menschen zu beobachten, mit seinen Blicken und seinen Gedanken in sie einzudringen, sie zu durchschauen. 40 Jahre beständige Übung hatten ihn da weit gebracht.

Die Nacht war heller als die letzte. Der Mond malte die Muster der Äste und Zweige auf den kurzen Rasen des Krogmannschen Anwesens. Heute war es schwerer, sich zu verbergen. Gächter war im Auto sitzen geblieben. Sie hatten beschlossen, dass er Sylvia Krogmann verfolgen sollte, falls sie wieder das Haus verließ. Bienzle lehnte an einem Baumstamm. Gegen zehn Uhr erlosch das Licht im ersten Stock. Kurz darauf kam Frau Krogmann aus dem Haus. Als sie an Bienzle vorbeigegangen war, hing noch eine ganze Weile der Duft ihres Parfüms in der Luft. Bienzle hörte nacheinander zwei Autos wegfahren. Er ging zum Haus. Sylvia Krogmann hatte die Tür nur hinter sich zugeworfen, aber nicht extra abgeschlossen. Sie war ganz leicht aufzukriegen.

Auch im Treppenhaus hing der Geruch ihres Parfüms. Bienzle stieg in den ersten Stock hinauf, ohne Licht zu machen.

Gächter fuhr im Abstand von gut fünfzig Metern hinter Sylvia Krogmann durch die nächtliche Stadt, dass die Fahrt diesmal nicht Richtung Klosterstraße ging, merkte er schon nach den ersten zwei Kilometern.

Bienzle hatte auf dem kleinen Empire-Stuhl vor Sylvia Krogmanns Sekretär Platz genommen. Er kam sich dabei ausgesprochen grobschlächtig vor. Behutsam öffnete er den Deckel. Ein Wust von Briefen, Zeitungsausschnitten, Bildern und Notizzetteln quoll ihm entgegen. Systematisch begann er, die Papiere zu studieren.

Als Sylvia Krogmann auf das schmale Appartement-Haus im Schellenkönig zuging, ertönte bereits der Summer. Wer immer sie erwartet hatte, war wohl am Fenster gestanden und hatte sie kommen sehen. Gächter wartete, bis das Licht über der Eingangstür erlosch, und ging dann zu dem Hauseingang hinüber.

Liebesbriefe fremder Leute lasen sich immer banal, fand Bienzle. Dennoch machte er sich die Mühe, alle zu lesen, die er in einer kleinen Schublade des Sekretärs gefunden hatte.

Man konnte es dem Absender nicht übelnehmen, schließlich war er Wissenschaftler, aber was er da schrieb, entbehrte nun wirklich jeglicher Originalität. Was fand die schöne Frau Krogmann nur an ihm. Eine kleine Uhr schlug mit hellen Tönen elfmal. Bienzle wollte die Briefe an ihren alten Platz zurücklegen, da fiel ihm auf, dass ganz hinten in der kleinen Schublade noch ein Papier lag – zusammengeschoben und zerknittert von dem Packen Briefe, der da geruht hatte. Mit spitzen Fingern holte er es heraus. „Sonderdruck" stand da. Der Autor hieß Maurice Charaud, als Übersetzer war Dr. Alexander Werner genannt. Der Artikel war überschrieben: „Gifte auf Um- und Abwegen."

Gächter fuhr mit dem Zeigefinger an den Klingelschildern entlang. Der einzige Name, mit dem er etwas anfangen konnte, lautete Regine Salach.

Warum wohl hatte Sylvia Krogmann den Sonderdruck nicht vernichtet? Bienzle erhob sich von dem Empire-Stühlchen, löschte das Licht und ging zu einem breiten Sofa mit weit geschwungenen Armlehnen hinüber. Er setzte sich und schloss die Augen. Erst danach streifte er die Schuhe von den Füßen, öffnete die drei obersten Knöpfe seines Hemdes und suchte die bequemste Stellung, um ein wenig zu schlafen. Aber er war noch im Grenzland zwischen Wachen und Schlafen, gerade noch so bei Bewusstsein, um eine herrlich wohlige Müdigkeit in sich eindringen zu fühlen, da schrillte sein Mobiltelefon. Auf dem Display erschien Gächters Name.

„Ja?" Bienzle gähnte.

„Sie ist bei Regine Salach, was meinst du, soll ich was unternehmen?"

„Ja, warum denn?"

„Vielleicht tut sie ihr Gift in den Sherry!"

„Glaub ich nicht, warum auch?" Bienzle gähnte erneut. „Komm her, sobald auch die Frau Krogmann heimfährt. Ich hab alles beieinander!"

Bienzle legte auf und kehrte zum Sofa zurück. Er kam erst wieder zu sich, als die Haustür ins Schloss fiel. Ein paar Augenblicke lang hatte er Mühe, sich zu orientieren. Er schlüpfte grade in seine Schuhe, als Sylvia Krogmann hereinkam. Sie sang leise vor sich hin, warf mit elegantem Schwung die Pumps von den Füßen und knipste das Licht an.

„Guten Morgen", sagte Bienzle.

„Wer sind Sie?" Sylvia Krogmann starrte ihn an. Sie war wie paralysiert. Drunten fiel die Tür ein zweites Mal ins Schloss.

„Bienzle. Ein Kollege von Kommissar Gächter. Ich muss Ihnen erklären..." Er bückte sich ächzend, um seine Schnürsenkel aufzuknüpfen. Wie oft hatte seine Mutter zu ihm gesagt: „Mr schlupft net aus de Schuh, ohne dass mr se aufgschnürt hat!"

Endlich fand Frau Krogmann ihre Sprache wieder. „Das ist Hausfriedensbruch!"

Die Tür ging auf. Noch bevor Regine Salach hereinkam, rief sie fröhlich: „Ich hab den Wagen einfach vor der Garage..." Weiter kam sie nicht, denn nun entdeckte auch sie den fremden Mann.

„Verlassen Sie sofort mein Haus", schrie Frau Krogmann.

„Ich denk, wir gehen dann zusammen", erwiderte Bienzle gemütlich. „Packen Sie ein, was Sie nötig brauchen."

„Was bedeutet das denn?", fragte Regine Salach.

„Mein Kollege Gächter muss gleich da sein. Ich denk, er muss Sie vorläufig festnehmen, alle beide", sagte Bienzle, „und passen Sie auf, alles, was Sie ab jetzt sagen, kann nämlich gegen Sie verwendet werden."

Sylvia Krogmann giftete: „Sie müssen verrückt geworden sein!"

Bienzle hatte endlich seine Schuhe an den Füßen, wie es sich gehörte. Jetzt stand er auf. „Wenn's den Kindern langweilig wird, schlaget se d'Schnecke auf d'Schwänz', heißt's im Schwäbischen.

Man kann die Schnecken aber auch auf Fliegenpilze setzen und darauf weiden lassen, wie's der Fachmann wohl nennt. Scheint's mögen Schnecken Fliegenpilze, und offenbar verträgt sie ihr Organismus auch ganz gut. Das Gift sammelt sich in ihrem Körper und bleibt dort auch, wenn man die Tiere zum Zwecke des späteren Genusses einfriert. Einen Giftwirt nennt der Herr Charaud die Schnecke in einem solchen Fall, vielleicht ist ja auch der kongeniale Übersetzer auf diesen Begriff gekommen."

Der Kommissar sah die beiden Frauen mit freundlichen runden Augen an, als ob er für seine Ausführungen gelobt werden wollte. „Hat Ihnen der Herr Werner die präparierten Schnecken gebracht oder nur das Rezept?"

Regine Salach sagte rasch: „Und was hab ich mit dem Ganzen zu tun?"

„Bitte sag jetzt nichts, Liebste", sagte Sylvia leise, „der Mann rennt irgendwelchen Hirngespinsten nach!"

„Tja." Bienzle ließ sich wieder auf das Sofa nieder und zupfte an seinen Augenbrauen. „So arbeiten wir halt: Zuerst ist da eine Theorie, eine Hypothese, von mir aus können Sie auch sagen: ein Hirngespinst, und dann machen wir uns dran, die Beweise dafür zu erbringen. Einen hab ich schon, andere wird man vielleicht bei Herrn Werner im Labor finden oder in Ihrer Tiefkühltruhe!" Er wendete seinen Blick Frau Salach zu, „vielleicht auch in der Ihren!"

Die Reaktion der Schauspielerin überraschte sogar Bienzle. Sie fuhr, wie von der Tarantel gestochen herum, rannte zur Tür, riss sie auf und lief förmlich in Gächter hinein. Der fasste sie sanft an beiden Schultern und schob sie ins Zimmer zurück.

Bienzle lächelte ein bisschen gequält. „Wenn die Frau und die Geliebte sich gegen einen Mann verschwören, hat er kaum eine Chance!"

# Kurz vor dem Essen

Der Großeinsatz war seit Wochen vorbereitet gewesen. Jetzt lauerten gut 380 Polizisten überall in der Stadt, strategisch günstig verteilt, Anwärter, Inspektoren, Kommissare in Zivil, merklich um Unauffälligkeit bemüht, auf die mutmaßlichen Täter. Ihre uniformierten Kollegen fieberten, versteckt in zivilen Autos, eingepfercht in Mannschaftswagen oder auf kleinen Polizeiwachen, dem Einsatz entgegen.

Ernst Bienzle hatte in seiner Laufbahn als Kriminalpolizist viele solcher Einsätze miterlebt. Manche hatte er sogar persönlich geleitet. Jetzt war er pensioniert, aber jeden Donnerstag, wenn Hannelore den Tag an der Kunstakademie verbrachte, nahm er in der Kantine des Landeskriminalamtes sein Mittagessen ein, nicht weil das Essen so gut und so preiswert war, sondern weil er dort alte Kollegen traf. Begierig lauschte er ihren Berichten zu den Fällen, die sie gerade bearbeiteten. Er hatte nie zu jenen gehört, die sich schon Jahre vor dem Termin auf ihre Pensionierung freuten. Im Gegenteil: Bienzle hatte sich in den letzten Jahren regelrecht vor seinem Ruhestand gefürchtet. Ihn quälte der Gedanke, wie er wohl die Tage verbringen würde, während Hannelore zehn, elf Stunden arbeitete. Mit einkaufen, kochen, abwaschen? So gerne er las, so wenig konnte er sich vorstellen, stundenlang in einem bequemen Sessel zu sitzen und sich seiner

Lektüre zu widmen. Er spielte auch gerne ab und zu eine halbe Stunde Klavier, aber damit konnte er ja schwerlich seine Zeit ausfüllen. Wie war das, morgens aufzuwachen und nicht genau zu wissen, wie man den Tag herumbrachte, bis es endlich wieder Zeit war, ins Bett zu gehen?

Als sein Exkollege und Freund Günter Gächter vorgeschlagen hatte, er könne doch gelegentlich zum Essen in die Polizeikantine kommen, hatte Bienzle zunächst abgewinkt. „Des ischt nix, wenn mr nimmer dazu g'hört." Aber er war dann doch einmal hingegangen. Und er hatte es genossen, als er von dem einen oder anderen der Beamten um seinen Rat gefragt wurde.

Es war auch kein Zufall, dass er jetzt in einem kleinen Gartenlokal in Heslach saß, die Beine weit von sich gestreckt, die Daumen in den Hosenbund gehakt, vor sich einen sardischen Weißwein und eine Platte mit angedünstetem Gemüse, das eindringlich nach Knoblauch roch.

Am Nachbartisch wurde diskutiert: „Der muss doch hirnrissig sein, dass er jedes Mal genau gleich vorgeht", sagte ein junger Mann. Ein anderer meinte: „Einer allein schafft das sowieso nicht – da wartet ein zweiter Mann vor der Bank im Auto mit laufendem Motor."

„Man hat aber nie ein Fluchtfahrzeug gesehen", wandte ein dritter ein. Der Wirt, ein alter guter Bekannter Bienzles, brachte eine neue Karaffe Wein und blinzelte seinem Gast zu. „Lauter halbe Kollegen von dir. Stammtischpolizisten! Bei uns in Sardinien wäre jeder Mann auf der Seite der Bankräuber."

Bienzle lächelte. „Aber du bischt hier in Heslach. Übrigens, wenn's knallt, zieh's G'nick ein, 's wär schad um dein' Charakterkopf!"

„Aber der Bankräuber hat noch nie scharf geschossen."

„Ja den net!"

Bienzle nippte an seinem Glas. Modus operandi nannte man das in der Fachsprache, wenn der Täter immer nach der gleichen Methode vorging. Sechs mal hatte er nun schon zugeschlagen. Sechs Filialen der größten Stuttgarter Bank hatte er dabei heimgesucht. Immer donnerstags und meistens kurz vor Geschäftsschluss. Jedes Mal war nur noch ein Kunde da gewesen. Den hatte er als Geisel genommen. Er verlangte das Geld, das in der Tageskasse war, ließ es in eine Plastiktüte füllen, schoss drei oder vier Tränengaspatronen ziellos in den Raum und ging ohne Eile wieder hinaus.

Bienzle interessierte sich schon lange für den Mann. Er hatte sich von seinen früheren Kollegen nicht nur alle Details der Ermittlungen erzählen lassen. Er hatte sich sogar Einblick in die Ermittlungsakten verschafft. Glaubte man allen Zeugen, dann war der Bankräuber zwischen 1,60 und 1,90 Meter groß, hager, untersetzt, bullig, elegant. Er sprach mit schwäbischem, italienischem und kroatischen Akzent, zog ein Bein nach und bewegte sich sportlich, ohne jegliche Behinderung. Nur in einem waren sich alle Zeugen und Ermittler einig: Nach dem Verlassen der Bankfilialen hatte er sich jeweils in Luft aufgelöst. Bienzle hatte die Filialen nacheinander aufgesucht, ohne irgendeinen Ermittlungsauftrag, nur so als Privatmann und eventueller Kunde. Dabei war ihm etwas aufgefallen, was offensichtlich keiner der Ermittler bisher registriert hatte. Und deshalb saß er jetzt hier am Biehlplatz in dem Gartenwirtschäftle.

Insgesamt hatte der Bankräuber bei seinen sechs „Einsätzen“ 388000 Euro erbeutet. Eigentlich gab es keinen Grund, es ein siebtes Mal zu versuchen. Er musste ja auch wissen, dass heute, am letzten Donnerstag im Juni, kurz vor 18 Uhr, alle Filialen der größten Stuttgarter Bank von starken Polizeikräften überwacht wurden.

„Wenn er bei seinem System bleibt“, sagte einer der jungen Männer am Nachbartisch, „dann müsst’ er heut wieder zuschlagen.“

„Also, ich hätt die Nerven nicht“, sagte ein anderer. „Man könnt’ grad meinen, er legt’s drauf an, dass ihn die Polizei erwischt.“

An einem anderen Tisch, dicht bei der Treppe, die zum Lokal hinaufführte, saß ein junger Mann alleine. Er las in einem Buch und machte sich Notizen. Zwischendurch sah er immer wieder auf die Uhr, als ob er jemanden erwartete. Plötzlich stand er auf und kam zu Bienzle herüber. „Könnte Sie einen Augenblick auf meine Sachen aufpassen?“, fragte er. Bienzle hob den Kopf und sah dem jungen Mann ins Gesicht. Es war schmal und schlecht rasiert. Auf den Backen blühten Pickel. Bienzle schätzte ihn auf zwanzig, höchstens zweiundzwanzig. Er trug Jeans und ein T-Shirt mit der Aufschrift „University of Columbia“.

„Gern“, sagte Bienzle, „bei mir sind Ihre Sachen gut aufgehoben.“

„Das hab ich mir denkt, Sie sehet so aus“, sagte der junge Mann und verließ den Garten. Bienzle sah auf die Uhr. Es war fünf Minuten vor Sechs. Ächzend stand er von seinem Stuhl auf und machte ein paar Schritte auf die Straße hinaus, sodass er zu der kleinen Bankfiliale hinüberschauen konnte.

Vor der Tür zur Bank kramte der junge Mann etwas aus seiner Hosentasche, das wie eine Plastiktüte aussah. Bienzle zog die Luft durch die Zähne. Der Wirt trat neben ihn. „Wonach schaust du denn?“

„Hoffentlich dreht er um“, sagte Bienzle. Der junge Mann stieß die Glastür auf und verschwand in der Bank. Der Wirt begriff plötzlich. „Sag mal, und du lässt den da so einfach reingehen?“

„Er macht es immer nur, wenn bloß noch ein Kunde im Schalterraum ist. Scheint's sind no mehr Leut da – außer meiner früheren Kollegin", sagte Bienzle.

„Und du, was machst du dabei?"

„Ich steh da und wart!"

Der junge Mann kam ohne Anzeichen von Hast aus der Bankfiliale heraus. Er wurstelte die zusammengeknüllte Plastiktüte in die Hosentasche. „Sehr vernünftig", kommentierte Bienzle. Dann wandte er sich an den Wirt: „Kennst du den Mann?"

„Nein, eigentlich nicht. In den letzten Tagen war er ein paar Mal hier, aber vorher nie."

Bienzle nickte, als ob dies eine Bestätigung für ihn wäre.

Der Mann kam über den Platz zurück. Sie hatten das Areal in den letzten Monaten verkehrsberuhigt, wie das in der Amtssprache hieß. Kugellampen, mit dem Lineal gezogene Rabatten und Pflasterfelder machten aber noch lange keine Piazza draus.

Bienzle setzte sich an den Tisch neben der Treppe und rief seinen Exkollegen Günter Gächter an. Ein paar Augenblicke später betrat der junge Mann den Garten wieder. „Ich hab denkt, ich setz mich da rüber zu Ihre Sachen", sagte Bienzle. Der Junge ließ sich auf seinen Stuhl fallen.

Bienzle sah ihn aus zusammengekniffenen Augen an. „War wohl nix?"

„Bitte?"

„Sind Se froh, die Frau, die da drin war, war eine Polizistin, Hertha Hemmler heißt se und kann Karate."

Der junge Mann starrte Bienzle an.

„Sind Se froh", wiederholte der, „die zwei Männer, die kurz nach Ihne rein sind, waren auch Polizeibeamte."

„Aber ..."

„Habet Se scho 'gesse?", fragte Bienzle.

„Nein, aber …“

„Gell, Sie essen auch immer erst nachem G’schäft. Ja, ja, sehen Sie, so einfach ist das! Jede Bankfiliale, die Sie überfallen haben, liegt keine 50 Schritte von einer Kneipe entfernt. Es sind lauter belebte Lokale. Und jedes Mal haben Sie es gemacht wie heut, sind aufgestanden, als ob Sie bloß gschwind was aus dem Auto holen wollten oder so. Dann sind Sie rüber über die Straße, rein in die Filiale, Maske übern Kopf, Plastiktüte aus der einen Hosentasche, die Waffe aus der anderen. Fünf Minuten später haben Sie sich schon wieder hingesetzt und Ihr Essen bestellt.“

Im gleichen Augenblick brachte der Wirt eine Portion Lasagne und stellte sie vor dem jungen Mann auf den Tisch.

Bienzle lachte. „Ach so, Sie bestellet z’erscht, dann gehet Sie nüber, holet das Geld, und bis Sie zurückkommet, ist ’s Essen fertig. Also aus Ihnen hätt’ was werde könne!“

„Wie sind Sie bloß draufgekommen, dass ich heute hier …?“

Bienzle unterbrach ihn: „Das war nicht schwer. Nirgendwo sonst gibt es noch ein Lokal so nah bei einer Bankfiliale – die andern haben Sie ja schon – wie sagt man? – heimgesucht!“

In diesem Augenblick betrat Bienzles ehemaliger Kollege Günter Gächter mit zwei uniformierten Beamten den Hof. „Nett, dass du mich angerufen ist. Ist er das?“

„Ja, und er hat es sogar schon zugegeben.“

Als die Beamten den jungen Mann abführten, war es Bienzle ein klein wenig wehmütig ums Herz.

# Die Tote am See

„Jetzt machen wir den Hampelmann und wer's nicht kann, der macht den halben Hampelmann!" Die Stimme des Chefarztes klang klar über das Gelände, und gut 30 Kurgäste folgten seinem Befehl, wobei keiner das freundliche Angebot annahm, die Übung nur mit den Armen auszuführen.

Wenn irgendwer Bienzle einmal vorhergesagt hätte, dass er an einem kalten Januarmorgen, kurz nach sieben Uhr, am Ufer des Bodensees herumhüpfen würde, als ziehe jemand an einer Schnur unterhalb seines schweren Körpers, er hätte ihn für verrückt erklärt. Andererseits bedauerte er jeden, der das Naturschauspiel, das sich den morgendlichen Turnern bot, nicht erleben konnte. Glutrot ging die Sonne im Osten über dem Säntis, dem Pfänder und den Allgäuer Alpen auf. Die schwarzen, scharf konturierten Silhouetten der Berge verwandelten sich über ein dunkles Blau in ein helles Grau. Je höher die Sonne stieg, umso deutlicher waren die Schneefelder in den oberen Regionen der Berge zu erkennen, umso klarer traten die Formen der Gesteinsriesen hervor und spiegelten sich als sanftes Ebenbild in dem glatten Wasser des Bodensees. Ein paar Schwäne erhoben sich in die Luft, als wollten sie der Sonne entgegen fliegen. Weit draußen trieb ein Ruderer sein Boot mit schnellen Schlägen Richtung Radolfzell. Die gegenüberliegende Halbinsel Höri lag noch im

Dunkeln, aber jetzt erreichten dort die ersten Sonnenstrahlen die kleine Kirche von Horn, die auf dem sanften Grat stand, als müsste sie den See bewachen.

„Wir atmen gegen den Handrücken aus!" Bienzle fragte sich, warum der allmorgendliche Frühsport immer von einem der Ärzte geleitet werden musste. Es gab doch ein Dutzend Sportlehrer hier, auf der Mettnau, wo die Kurgäste nach dem Prinzip „Heilung durch Bewegung" gesund oder auch nur fit gemacht werden sollten.

„Bitte in einer Reihe hintereinander aufstellen!" Was jetzt kam, konnte Bienzle nicht leiden. Man klopfte dem Vordermann oder der Vorderfrau den Rücken und die Schultern, knetete die Nackenmuskulatur, während man selbst vom Hintermann ebenfalls massiert wurde, drehte sich dann um, und das Spiel begann von Neuen. Allerdings musste er zugeben, dass ihm die laienhafte Massage durch seine Mitpatienten gut tat.

„Einen wunderschönen Tag", trompetete der Chefarzt zum Abschluss. Die Frühsportler zerstreuten sich schnell. Einige rannten in den Speiseraum, um zu frühstücken, andere gingen auf ihre Zimmer, um zu duschen, und dann gab es noch jene, denen der Frühsport nicht genügte und die auf der Strecke, die, genau einen Kilometer lang, unter alten Bäumen um das Therapiegelände herum lief, noch ein paar Joggingrunden anhängten. Er selbst machte sich, wenn auch nur schlendernd, auf denselben Weg, weil er von der Inselspitze aus einen Blick auf das Bergmassiv, die Reichenau und auf das Konstanzer Ufer werfen wollte.

Obwohl der Himmel immer heller wurde, blitzten in den Häusern jenseits des Sees noch die Lichter hinter den Fensterscheiben. Noch hatte sich der Tag nicht ganz durchgesetzt. Der Wind frischte auf. Bevor Bienzle das Haus verlassen hatte, hatte er noch einen Blick auf das Thermometer geworfen. Zwei Grad unter Null. Ein Mann, der im Speisesaal an seinem Nebentisch saß, joggte an Bienzle vorbei und rief ihm ein wenig atemlos zu: „Los, Sportsfreund, laufen, nicht bummeln!“ Bienzle antwortete nur mit einem unwirschen Knurren und verlangsamte seinen Schritt noch ein wenig.

Das Ufer aus grobem Kies war breit. Steinbänke voller Geröll, die sonst unter der Oberfläche verborgen lagen, zogen sich bis weit in den See hinein, der ungewöhnlich wenig Wasser hatte. Bienzle warf einen Blick zu den Bergen hinüber. Wenn in nächster Zeit nicht sehr viel mehr Schnee fiel, würde es im Frühjahr auch nicht genug Schmelzwasser geben, um den Bodensee ordentlich aufzufüllen. Er blieb stehen und zog die Luft tief ein. Es war ihm, als könne er bis zu den Zehenspitzen atmen. Sein Blick ging hinüber zu dem Bergen. Hinter dem Pfänder konnte man die Gipfel des Bregenzer Waldes erahnen und hinter denen wiederum das riesige Arlbergmassiv. Die Sonne hatte sich inzwischen über die Kanten der Berge geschoben und schwebte als roter Ball über den Gipfeln. Bald würde sie verblassen, das Rot würde heller werden und am Ende dem Blau eines klaren Winterhimmels weichen.

Bienzle senkte den Blick und stellte seine Augen auf die Nähe ein. Vor ihm glitt ein Schwanenpaar durch das Wasser. Die Bewegungen der beiden Tiere waren absolut synchron: drehte sich das eine, drehte sich auch das andere. Es war wie der Tanz eines völlig harmonischen Paares zu einer unhörbaren Musik.

Und dann sah er die Gestalt im hellgrünen Jogginganzug. Sie lag am Ende einer Steinbank auf dem groben Geröll. Bienzle stieg über die Uferböschung hinunter und ging mit unsicheren Schritten über die losen Kieselsteine auf den leblosen Körper zu. Als er näher kam, entdeckte er, dass es sich um eine Frau handeln musste. Ihr Kopf lag mit dem Gesicht nach unten im seichten

Wasser. Die langen, blonden Haare hatten sich wie ein Fächer ausgebreitet. Bienzle ging in die Hocke, zog die Ärmel seiner Trainingsjacke über die Hände und fasste nach der Schulter der Frau. Als er sie behutsam umdrehte, sah er die Wunde an ihrer rechten Schläfe. Es hätte nicht der Erfahrung des langjährigen Kriminalkommissars bedurft, um zu erkennen, dass Charlotte Hirschberger tot war.

Den Namen der Frau kannte er seit genau einer Woche. Sie war von der Chefin des Speisesaals an seinen Tisch geführt worden. Das Ritual war immer gleich: Der Neuankömmling blieb zögernd am Tisch stehen und die Kurgäste, die hier bereits saßen, schauten ihm neugierig entgegen. Gert Heimeran, Bürgermeister einer Kleinstadt in Oberschwaben, erhob sich und sagte: „Willkommen an unserem Tisch!" Ein Lächeln flog über Frau Hirschbergers Gesicht, sie stellte sich vor und reichte nacheinander Heimeran, Bienzle und Gertrud Neuer die Hand.

Frau Neuer stammte aus Hannover, war, wie sie sagte, in ihrem ersten Leben „kaufmännisch tätig gewesen" und leitete nun „mit großer Begeisterung als Vorsitzende den Verein der Freunde des Theaters" in der niedersächsischen Hauptstadt. Mit Bienzles und Heimerans Schwäbisch hatte die distinguierte Dame um die 50 Probleme. Manchmal ließ sie sich ein Wort oder einen Satz übersetzen, fand aber im übrigen den Dialekt der beiden „charmant", wobei sie niemals vergaß zu betonen, wie schön es doch sei, dass überhaupt irgendwo in Deutschland noch Mundart gesprochen werde.

„Sind Sie das erste Mal auf der Mettnau?", fragte die Hannoveranerin.

Frau Hirschberger schüttelte den Kopf. „Ich bin jedes Jahr hier. Mein Mann besteht darauf, weil … die Kur tut mir wirklich gut." Bienzle musterte sie. Es war ihm in den letzten Jahren immer schwerer gefallen, das Alter anderer Menschen zu schätzen. Vor allem Frauen, so fand er, wirkten über lange Phasen ihres Lebens seltsam alterslos. Die hier mochte 30 oder auch 40 sein. Ihr schmales Gesicht, umrahmt von unzähligen Locken, wirkte ernst, selbst wenn sie lachte.

Heimeran, der sonst so gesprächig war, richtete kaum einmal ein Wort an die neue Tischgenossin, und wenn, dann schien es Bienzle, als stehe der Bürgermeister unter einer besonderen Anspannung. Mehr durch Zufall stellte sich heraus, dass Frau Hirschberger und Herr Heimeran zwei Jahre lang dasselbe Gymnasium in Säckingen besucht hatten. Sie war allerdings eine Klasse unter ihm gewesen. Beide betonten, sie könnten sich nicht daran erinnern, dem anderen damals über den Weg gelaufen zu sein. Bienzle konnte sich nicht erklären, warum, aber er glaubte ihnen nicht.

„Haben Sie die Frau angefasst?", fragte Fred Schlotterbeck, Kommissar bei der Landespolizeistelle Konstanz.

„Ja, aber ich hab keine Fingerabdrücke hinterlassen", antwortete Bienzle. Der Beamte sah ihn skeptisch an. „Ich bin nämlich vom Fach", schob Bienzle nach. „Das heißt: Ich war es mal."

„Hä?", machte Schlotterbeck.

„Ernst Bienzle, pensionierter leitender Hauptkommissar beim Landeskriminalamt in Stuttgart. Abteilung Delikte am Menschen. Meistens Mord halt."

„Bienzle? *Der* Bienzle?"

„Es hat, glaub ich, bloß einen im LKA gegeben", antwortete der Kommissar im Ruhestand. Er hatte vor etwa einer Stunde den vorbeijoggenden Kurgast, der ihn zuvor als Sportsfreund angesprochen hatte, gebeten, die Polizei zu rufen. Der Jogger, das wusste Bienzle, trennte sich nur selten von seinem Mobiltelefon. Und so hatte er auch eine Minute später schon Verbindung zur

Nummer 110, unter der man auch hier die Polizei erreichte.

„Die Spurensicherung muss jeden Moment kommen", sagte Schlotterbeck, als müsste er dem berühmten Exkollegen aus Stuttgart Bericht erstatten.

Aber Bienzle nickte nur. „Ich geh dann mal frühstücken." Quer über die kurz geschnittene Rasenfläche stapfte er unter den großen alten Bäumen auf die Hermann-Albrecht-Klinik zu. Die Sonne stand nun schon hoch über der Höri, wärmte aber die Januarluft kaum. Der Himmel erstrahlte in einem fast makellosen Blau. Ein paar durchsichtige, zartweiße Wölkchen segelten, getrieben von dem stärker werdenden Wind, auf die Alpenberge zu. In der Gegenrichtung sah man die Vulkanberge des Hegaus nun im hellen Morgenlicht, ganz vorne den Hohentwiel. Bienzle hatte ihn noch immer nicht bestiegen, obwohl er sich das seit seiner Ankunft vorgenommen hatte.

Es waren nur noch wenige Gäste im Speisesaal. Die meisten hatten um diese Zeit schon ihre erste Sportstunde. Auch Bienzle hätte eigentlich im Schwimmbad sein müssen, um unter der unerbittlichen Anleitung einer strengen Sportlehrerin an der Wassergymnastik teilzunehmen. „Mit dem Rücken zur Stange und strampeln!" Dieses Kommando würde in seinem Kopf noch lange nachhallen, das wusste er. Aber es war ihm auch klar, wie gut die gymnastischen Übungen im Wasser, wie auch all die anderen sportlichen Aktivitäten, seinem Körper taten. Jetzt war er zwei Wochen auf der Mettnau und hatte schon vier Kilo abgenommen. Er fühlte sich leichter, beweglicher und stärker und jedes Mal, wenn er darüber nachdachte, ärgerte er sich, dass er nicht schon vor Jahren damit begonnen hatte, diese Sportkur zu machen. Er hätte alle drei Jahre Anspruch darauf gehabt.

Bienzle holte sich ein Schüsselchen Quark und ein paar Löffel frisches Obst an der Theke und setzte sich an seinen Platz. Heimeran war noch da und sah Bienzle erwartungsvoll entgegen, obwohl auch er bei der Wassergymnastik hätte sein müssen. „Stimmt das, die Charlotte …, ich mein, die Frau Hirschberger …?“ Er unterbrach sich.

Bienzle nickte: „Vermutlich ermordet.“

„Und des saget Sie oifach so …?“

„Wie, so?“

„Als ob’s das Normalste von der Welt wär.“

Bienzle schüttelte den Kopf. „Das ist es genau nicht. Und ich weiß, worüber ich rede.“ Erst jetzt erklärte er seinem Tischgenossen, was er bis vor einem Jahr beruflich gemacht hatte. Bisher hatte er es dabei belassen zu sagen, er sei Beamter gewesen, wenn jemand nach seinem Beruf gefragt hatte.

„Da können Sie doch sicher bei den Ermittlungen behilflich sein“, meinte Heimeran.

„I ben nimmer im Dienst und außerdem in der Kur!“ Bienzle schenkte Kaffee ein.

Heimeran sagte: „Man hat ja nie genau g’wusst, was die Frau Hirschberger so macht.“ Es klang wie ein Vorwurf. „Also ein geselliger Mensch war die net!“

Bienzle sagte nichts dazu. Er selbst hielt sich auch meistens fern, wenn es gesellig wurde.

„Jazzdance hat se g’macht. Und Bogenschießen“, fuhr der Bürgermeister fort.

Bienzle schwieg beharrlich weiter. Er hatte sich nie darum gekümmert, was die anderen machten. Der Kommissar liebte es, alleine lange Spaziergänge zu unternehmen. Oft fuhr er mit seinem Auto ein Stück ins Land hinein und wanderte dort ein paar Stunden. Dann kam es allerdings auch vor, dass er in einer Bauernwirtschaft einkehrte, wo es einen guten Bodenseewein und die ortsüblichen „Dünnele“ gab, knusprige Flammkuchen mit

Zwiebeln, Kräutern, Speck oder Käse belegt. Nicht gerade kurgerecht, aber wenn man es nicht übertrieb …

Erst vor zwei Tagen war er über Möggingen nach Liggeringen gefahren, hatte seinen Wagen dort am Friedhof geparkt und war über den Höhenrücken Richtung Güttingen marschiert. Hier, auf dem Bodanrück, war man gut 650 Meter über dem Meer, und der Blick ging weit übers Land. Tief unter ihm lag der Bodensee, der aus dieser Perspektive fast in seiner ganzen Ausdehnung zu sehen war. Auf der anderen Bodenseeseite erhob sich der sanfte Bergrücken der Höri. Nach Westen hin stuften sich hinter den Vulkankegeln zum Schwarzwald hin die bewaldeten Berge des Hegau hintereinander. Die Einschnitte der Täler konnte man erahnen. Aber jetzt, da es Abend wurde, verschwammen die Konturen zunehmend. Die Farben wurden von der Dämmerung geschluckt. Das Grün der Wälder erlosch, wurde zu einem sanften Graublau. Wenn es vollends Nacht geworden war, würden die Waldberge tiefblau gegen das Licht der untergehenden Sonne stehen.

Nachdem er gut zwei Stunden gewandert war, kehrte er in Möggingen im Restaurant „Vaihinger“ ein. In dem alten Fachwerkgebäude, das gegenüber der Kirche mitten im Zentrum des Dorfes stand, war eine weit über den Bodensee hinaus bekannte Galerie gleichen Namens untergebracht. Das Haus Vaihinger galt unter Kunstkennern und Sammlern als beste Adresse. Das Besitzerehepaar besaß zum Beispiel eine respektable Sammlung von Otto-Dix-Gemälden. Zudem verfügte das weitläufige Haus über mehrere Appartements, die man mieten konnte. Jede dieser kleinen Wohnungen war mit viel Geschmack und gestalterischem Einfallsreichtum eingerichtet.

Bienzle suchte sich den Platz an einem kleinen Tisch in einer etwas versteckten Ecke, bestellte einen Birnauer Müller-Thurgau aus dem Weinberg des Markgrafen von Baden und ein Filet vom Bodenseefelchen. Zufrieden streckte er die Beine weit von sich, hakte die Daumen in den Hosenbund, der erkennbar weniger spannte als noch vor einer Woche, lehnte sich weit zurück und wollte gerade wohlig die Augen schließen, als sein Blick auf ein Paar am anderen Ende des Lokals fiel. Die Frau erkannte er sofort. Es war Charlotte Hirschberger. Offenbar schwänzte auch sie das Abendessen im Speisesaal der Kurklinik, obwohl man den Koch dort loben konnte. Aber hier den Tag ausklingen zu lassen, war eben doch etwas anderes, als immer nur mit den gleichen Tischpartnern zusammen zu sitzen und über das tägliche Kurprogramm zu reden.

Frau Hirschberger war nicht alleine. Sie diskutierte erregt mit einem Mann, der nach Schätzung des Kommissars Mitte 40 war. Er fasste immer wieder nach den Händen Charlotte Hirschbergers, aber sie entzog sie ihm jedes Mal. Ihre ganze Körperhaltung verriet, dass sie wütend war.

Die Bedienung brachte Bienzles Wein. Er hatte genau die richtige Temperatur und perlte wunderbar leicht auf der Zunge. Was gingen ihn die Leute dort drüben an? Bienzle zwang sich, seinen Blick abzuwenden. Doch dann plötzlich dieses harte Klirren und ein kleiner Aufschrei. Als er seinen Blick wieder auf Frau Hirschberger richtete, starrte sie auf ihre rechte Hand hinab, die blutüberströmt war. Auf dem Tisch glitzerten helle Splitter. Sie musste im Zorn ihr Glas zertrümmert haben. Der Mann ihr gegenüber war aufgesprungen. Jetzt sah Bienzle, dass er mindestens 1,90 Meter groß war, beneidenswert schlank und zugleich sehr muskulös. Ein Sportler, dachte der Kommissar. Frau Hirschberger wickelte eine Stoffserviette um ihre Hand und rannte aus dem Lokal. Bienzle nickte ihr zu, als sie an ihm vorbeikam, aber sie bemerkte ihn offenkundig nicht.

Als er sie tags darauf beim Frühsport auf den Verband an ihrer Hand ansprach, sagte sie, sie habe sich mit der Schere geschnitten, als sie einen losen Faden von ihrer Wolljacke abgetrennt habe. „Ich bin in solchen Sachen derart ungeschickt – das können Sie sich gar nicht vorstellen."

Aber da erschallte schon das Kommando des Chefarztes: „Legen Sie die rechte Hand an die linke Seite Ihres Kopfes und ziehen Sie Ihren Kopf so weit wie möglich nach rechts. Drücken sie dabei die linke Hand und den ausgestreckten linken Arm so weit nach unten, wie Sie es schaffen." Als es am Ende darum ging, Schulter und Nacken des Vordermanns zu massieren, klinkte sich Frau Hirschberger aus.

Den Verband an ihrer Hand trug sie auch noch, als Bienzle ihre Leiche fand. Er konnte seinem Exkollegen insoweit behilflich sein, als er ihm erzählen konnte, wo die Wunde an Frau Hirschbergers Hand herkam. Die Wunde an ihrem Kopf stammte von einem Kieselstein, wie sie zu Tausenden am Bodenseeufer lagen, berichtete Kommissar Schlotterbeck. Vermutlich habe der Täter die Mordwaffe weit in den See hinausgeworfen. Jedenfalls habe man noch keinen Stein gefunden, an dem Blutreste festgestellt werden konnten. Die beiden Männer saßen in der Bibliothek des Scheffel-Schlösschens. Der Dichter Victor von Scheffel hatte hier in den Achtzigerjahren des 19. Jahrhunderts gewohnt, an bevorzugter Stelle. Damals war das Schlösschen das einzige Gebäude auf der ganzen Halbinsel Mettnau gewesen. Der Autor des „Ekkehard" und des „Trompeters von Säckingen" lebte völlig zurückgezogen. Seine Werke hatten bis zu 268 Auflagen erzielt, was ihm genügend Geld einbrachte, um hier, auf einem der schönsten Fleckchen am Bodensee, privatisieren zu können. Jetzt diente das Schlösschen als Sitz der Kurverwaltung. Im Erdgeschoss befand sich eine kleine Bibliothek, in der Kommissar Schlotterbeck sein Hauptquartier aufgeschlagen hatte.

Seit der Entdeckung der Leiche waren sechs Stunden vergangen. „Wenn ich grad amal zusammefasse kann …“, sagte Schlotterbeck. Bienzle hob abwehrend beide Hände. „Ich bin ja nimmer im Dienst!“

Aber der Schlotterbeck reagierte nicht darauf. Er und seine Kollegen hatten ein paar Dutzend der Kurgäste, wie auch die meisten Ärzte, Schwestern und Angestellten befragt, und dabei war Folgendes herausgekommen: Charlotte Hirschberger, 42, wohnte in Freiburg im Breisgau. Sie war mit Ronald Hirschberger verheiratet, der eine Firma für medizintechnische Geräte besaß und aufgrund mehrerer Patente wirtschaftlich außerordentlich erfolgreich war. Sie hatten keine Kinder.

Charlotte hatte bis zu ihrem 32. Lebensjahr als Gewandmeisterin am Freiburger Theater gearbeitet, danach hatte sie sich ganz darauf konzentriert, die Frau an Ronald Hirschbergers Seite zu sein. Das Ehepaar galt als Mittelpunkt des gesellschaftlichen Lebens in Freiburg. Auf die Mettnau kam Frau Hirschberger jedes Jahr ab dem 6. Januar. Eine Physiotherapeutin äußerte die Vermutung, dass die junge Frau ihre Kuraufenthalte immer so eingerichtet habe, um hier einen Mann zu treffen oder vielleicht einen Arzt. Sie habe die beiden ein paar Mal gesehen.

Bienzle sah Schlotterbeck an. „Und was ist der Unterschied?“

„Wie bitte?!“

„Ja, no, ein Arzt ist ja auch ein Mann, oder?“

Der Konstanzer Kommissar, der ein rationaler Mensch war, fand diesen Hinweis überflüssig. Deshalb fuhr er ungerührt fort: „Sehr verliebt seien die beiden gewesen, hat die Physiotherapeutin noch ausgesagt. Aber die Frage, ob sie den Mann wiedererkennen würde, hat sie verneint." Schlotterbeck sprach plötzlich, als formuliere er schon das Protokoll. „Es sei ja meistens dämmrig, wenn nicht gar schon dunkel gewesen."

„Ist doch interessant", sagte Bienzle.

„Moinet Sie? Also ich dät dem net viel Bedeutung beimesse – ich mein, dass sie einen Mann getroffe habe soll. Sie ist ja schließlich gut verheiratet."

„Wisset mir des?", fragte Bienzle. Und als ihn Schlotterbeck verständnislos ansah, schob er nach: „… dass sie gut verheiratet war?"

„Man denkt sich das halt so", antwortete der Konstanzer Kommissar.

Bienzle verließ das Scheffelschlösschen und ging auf das Kurhaus zu, in dem die Schwimmbäder und die Sporthallen untergebracht waren. Er war die ersten flachen Stufen der breiten Treppe hinuntergeschritten, die zu der automatischen Glastür führte, als dort der blonde Hüne auftauchte, den er mit Charlotte Hirschberger im Restaurant „Vaihinger" gesehen hatte. Bienzle vertrat ihm den Weg. „Suchen Sie Frau Hirschberger?"

„Woher wissen Sie das?" Der Mann starrte Bienzle aus hellen blauen Augen an.

„Ich hab Sie vorgestern beim Abendessen in Möggingen gesehen."

„Ach ja?"

„Frau Hirschberger war hier auf der Mettnau meine Tischgenossin. Aber im ‚Vaihinger' hat sie mich, glaub ich, gar net bemerkt."

„Und? Wissen Sie, wo ich sie finden kann?"

Bienzle nickte, sagte dann aber: „Darf ich Sie fragen, in welcher Beziehung Sie zu Frau Hirschberger stehen?"

„Wie bitte?"

Bienzle empfand die Situation als unbehaglich. Er war ja nicht mehr im Dienst, sonst hätte er gleich seinen Ausweis gezeigt und dem Fremden klaren Wein eingeschenkt. Aber so …? „Ich bin zwar Kurgast hier, aber ich war bis vor einiger Zeit auch Polizeibeamter …“, brachte er zögernd hervor. „Ein Kollege von mir kann Ihnen Auskunft geben. Er sitzt drüben im Schlösschen.“

Der Blick des groß gewachsenen, sportlichen Mannes ging zu dem hellrot gestrichenen Haus hinüber, das mit seinen Türmchen, Erkern und Butzenscheiben nicht so recht in die Umgebung mit den sachlichen Klinikgebäude passen wollte. „Polizei? Was ist passiert?“

„Wie gesagt, das soll Ihnen der zuständige Beamte erklären.“ Bienzle wollte vorausgehen, aber der Fremde hielt ihn am Ärmel seiner Jacke fest. „Ronald Hirschberger“, stellte er sich vor. „Charlotte ist meine Frau!“

Wenig später standen sie in der Bibliothek des Schlösschens Kommissar Schlotterbeck gegenüber. Die Nachricht vom Tod seiner Frau hatte Hirschberger erstaunlich ruhig aufgenommen. Jetzt setzte er sich in einen der dunkelbraunen Ledersessel. „Wann ist das passiert?“

„Ich habe grade den vorläufigen Bericht des Gerichtsmediziners gekriegt“, sagte Kommissar Schlotterbeck. „Es muss gestern Abend zwischen 23 und 24 Uhr gewesen sein.“

„Wo waren Sie um diese Zeit?“, fragte Bienzle.

Hirschbergers Kopf fuhr hoch. „Warum fragen Sie mich das?“

„Als ob Sie sich des net denke könntet“, gab Bienzle fast schon gemütlich zurück.

„Jedenfalls nicht hier“, sagte Hirschberger.

„Ich hab Sie nicht gefragt, wo Sie *nicht* waren, sondern wo Sie *waren*!“ Unversehens war Bienzle in seine alte Rolle zurückgefallen und seine Stimme verriet jetzt, dass er durchaus auch ungemütlich werden konnte.

„Daheim, in Freiburg."

„Und Sie haben sicher Zeugen dafür?"

„Zeugen? Mein Gott, ich war mutterseelenallein in meinem Labor. Ich hab bis um drei Uhr morgens an einer neuen Entwicklung gearbeitet."

„Wann haben Sie zuletzt jemand gesehen oder gesprochen?", meldete sich nun Schlotterbeck.

„Ich hab um sieben Uhr mit meinem Chefingenieur zu Abend gegessen. Er ist dann gegen acht nach Hause, und ich bin wieder in die Firma."

Bienzle rechnete. Die Zeit hätte gut gereicht, um gegen 23 Uhr auf der Mettnau zu sein. Sicher fuhr Hirschberger einen schnellen Wagen. „Also kein Alibi", brummelte Bienzle.

„Sie glauben doch nicht im Ernst …"

Bienzle unterbrach Hirschberger, indem er beide Hände hob. „I glaub scho lang nix mehr. In meinem Beruf hab ich immer alles beweise müsse! Wie war denn das Verhältnis zu Ihrer Frau?"

„Schlecht", gab Hirschberger zu. „Sie wollte weg von mir. Ich sei doch mit der Firma und meinen Erfindungen verheiratet. Sie hat sich vernachlässigt gefühlt. Und dass wir keine Kinder haben, dafür hat sie mir auch die Schuld gegeben. Sie haben ja wohl selber gesehen, wie wir uns vorgestern Abend gestritten haben."

„Das ehrt Sie", sagte Bienzle, „dass Sie das so unumwunden zugeben." Er ließ die beiden alleine und ging zur Rezeption. Dort wechselten sich zwei Frauen ab, die über alles Bescheid wussten, immer freundlich und höflich waren und zudem noch durch den herben Charme glänzten, der hier am Bodensee viele Frauen auszeichnete. Im Augenblick tat Frau Schmid Dienst. „Jetzt bin ich bald 20 Jahr hier, aber so was ischt no nie passiert."

„Ja, es ist schrecklich", bestätigte Bienzle. „Ich hätt da mal eine Frage: Könnte man rauskriege, wer jeweils in der Zeit hier war, in der auch Frau Hirschberger hier gwese ischt?"

„Das könnt mr sicher, aber da müsst ich schon eine Anweisung von oben haben."

Also ging Bienzle zum Direktor, erzählte ihm, dass er fast 20 Jahre lang eine Mordkommission des Landeskriminalamtes geleitet hatte und nun den Kollegen Schlotterbeck „a bissle" unterstütze, und saß eine halbe Stunde später in seinem Zimmer, vor sich die Computerausdrucke mit den Namen und Adressen der Kurgäste, die in den letzten Jahren zwischen dem 6. und 27. Januar in der Mettnau-Kur gewesen waren.

Eine weitere Stunde später legte er die Listen auf den Tresen der Rezeption zurück, bedankte sich artig bei Frau Schmid und stieg in sein Auto.

Nach Säckingen fuhr man eine gute Stunde. Bienzle beschloss, sobald wieder Ruhe eingekehrt war, sich ausführlicher mit Victor von Scheffel und seinen Werken zu beschäftigen. Dass „Der Trompeter von Säckingen" eine wunderbare Liebesgeschichte zwischen einer Adligen und einem einfachen Mann war, wusste er noch so ungefähr. Und dass der Held einer anderen Scheffel-Erzählung jener Kater Hiddigeigei war, der, in Ungarn geboren, über Paris nach Säckingen gelangte, fiel ihm auch wieder ein. Das mächtige Tier, grünäugig und mit einem schwarzen Samtfell und einem zuweilen „hochmütigen Dulderantlitz" schaute von der Höhe des Turms auf das Treiben der Menschen. Sein Glaube an das Gute zerbrach nach und nach, genau so, wie es seinem Meister Victor von Scheffel gegangen sein mochte. Der Kater fürchtete sich vor dem Alter und dem Sterben und ekelte sich vor dem Niedergang der Menschen und ihrer Dichtung. Bienzle hatte sich die Geschichte gemerkt, weil er alles so gut nachempfinden konnte, was der Kater sagte und dachte, obwohl das fast 130 Jahre her war.

Säckingen lag am jungen Rhein. Über eine uralte überdachte Holzbrücke gelangte man ans andere Ufer in die Schweiz. Bienzle hätte sich gerne den wunderschönen Stadtkern angeschaut, aber er beeilte sich, in die örtliche Polizeiwache zu kommen, die er zehn Minuten später mit einer Adresse verließ.

Heimeran war in dieser Gegend kein häufiger Name. Die Frau, die ihm öffnete, war die Mutter von Gert Heimeran, der jetzt Bürgermeister in einem oberschwäbischen Städtchen war, dessen Name hier nichts zur Sache tut. Bienzle erfand mit schlechtem Gewissen eine Geschichte. Er habe Heimeran vor ein paar Jahren auf der Mettnau kennen gelernt und hätte ihn jetzt gerne besucht.

„Ja, des ischt jetzt drollig“, sagte die Frau. „Er ischt grad wieder auf der Mettnau.“ Die Mutter des Bürgermeisters fragte den Fremden nicht, warum er ihren Sohn hier, bei ihr, suche und nicht im Rathaus des oberschwäbischen Städtchens. Bereitwillig erzählte sie bei einer Tasse Kaffe und einem Stück selbst gebackenem, absolut nicht kurgerechten Marmorkuchen, von dem sie Bienzle dreimal nachlegte, dass der Gert sich noch mal Kraft hole, weil er gleich nach seiner Kur in den Wahlkampf einsteigen müsse.

„Gell, er hat doch au Frau und Kinder?“, fragte Blienzle ins Blaue hinein. Die alte Frau bekam ein bekümmertes Gesicht. „A Frau schon, und die Iris ischt ja au a ganz a liebe! Aber keine Kinder, und i hätt mir halt so gern Enkel gewünscht!“

Ob sie sich denn auch an Charlotte erinnere …, jetzt heiße sie wohl Hirschberger, „aber als junge Leut’ sind die beide, scheint’s, befreundet gewesen?“

„Befreundet? Des war dem Gert seine ganz große Liebe. Aber“, Frau Heimeran hob beide Arme, „es hat net sollen sein. Natürlich, attraktiver ist sie scho gwese als die Iris, und mr hat ja auch lang denkt …, aber net wahr …, der Mensch denkt und Gott lenkt."

„Wär' sie Ihne denn als Schwiegertochter lieber g'wesa?"

„Es ischt wie's ischt. Nehmet se no a Stückle Kuche?"

Bienzle konnte nicht widerstehen.

Gegen 19 Uhr war er wieder auf der Mettnau. Das Abendessen schenkte er sich. Nach so viel Marmorkuchen wären selbst der Sprossensalat und die fettfreie Gemüsesülze eine Völlerei gewesen. Er suchte Heimeran und fand ihn im Kraftraum. Er sträubte sich zunächst, mit Bienzle mitzukommen, aber der hatte keinen Widerspruch zugelassen. „Es ist sehr wichtig und schnell vorbei", sagte er.

Schlotterbeck saß hinter einem wuchtigen Eichenholztisch in einem dunkelgrün bezogenen Ledersessel mit hoher Lehne. Bienzle zog sich einen Stuhl heran und nahm neben dem Kollegen Platz. Heimeran bat er, sich vor dem Tisch auf einen Stuhl zu setzen.

Kaum hatte der Bürgermeister Platz genommen, holte Bienzle aus einer Plastiktüte einen Kieselstein mit einem Durchmesser von zirka zehn Zentimetern. Eine Seite war rot gefärbt. Langsam legte er den Stein auf den Tisch, schaute Heimeran unverwandt an und sagte: „Nehmen Sie doch mal den Stein in die Hand."

Heimeran konnte den Blick dem Stein nicht zuwenden. Er saß starr auf seinem Stuhl und schaute an Bienzle vorbei an die Wand.

„Schauen sie ihn wenigstens an!"

Langsam, ganz langsam drehte Heimeran den Kopf.

„Das Wasser wäscht die Fingerabdrücke nicht ab", sagte Bienzle. „Es hat ja nicht einmal das Blut abgewaschen."

„Wo haben Sie …", Heimeran musste neu ansetzen: „Wo haben Sie den her?" Dicke Schweißperlen standen auf seine Stirn. Sein Atem ging kurz.

„Charlotte wollte weg von ihrem Mann, und sie wollte mit Ihnen zusammen sein", sagte Bienzle. „Nicht nur einmal im Jahr hier in der Kur und da auch immer noch mit diesem unwürdigen Versteckspiel. Wahrscheinlich haben Sie ihr immer wieder versprochen, sich scheiden zu lassen. Aber als Bürgermeister und jetzt auch noch mitten im Wahlkampf …? Ihre Frau Iris ist die Tochter des größten Bauunternehmers in Ihrem Städtle. Wenn Sie sie ausgerechnet jetzt verlassen würden, bräuchten Sie gar nicht mehr zur Wahl anzutreten. Ich hab mich a bissle erkundigt in Ihrer Stadt. Man kennt ja, zum Glück, überall Leut!"

Kommissar Schlotterbeck hatte die ganze Zeit geschwiegen, jetzt nahm er sein Mobiltelefon, wählte und sagte: „Ich brauch zwei Mann für eine Festnahme!"

Zögernd griff Heimeran nach dem Stein, aber Bienzle zog ihn weg. Womöglich hätte der Verdächtigte gemerkt, dass da nur rote Tinte drauf war. „Sie hat Ihnen ein Ultimatum gestellt, stimmt's?"

Heimeran nickte. Jetzt traten Tränen in seine Augen. „Sie hat es nicht einsehen wollen. ‚Ein Jahr noch', hab ich g'sagt, ‚höchstens zwei …' Aber sie hat nur immer gsagt: ‚Jetzt! Jetzt!! Jetzt!!!'"

„Und Sie waren ganz allein mit ihr, dort vorne an der Inselspitze", sagte Bienzle. Es war keine Frage, es war eine Feststellung.

Eine Stunde später saßen Bienzle und Schlotterbeck noch immer in der Bibliothek. Auf dem Tisch standen zwei Gläser und eine Flasche Meersburger Spinne. „Wir müssen morgen eine Pressekonferenz geben", sagte Schlotterbeck.

„*Sie*, Herr Kollege, nicht wir!", widersprach Bienzle.

„Aber es ist *Ihr* Fahndungserfolg!"

„Wen interessiert denn des? Wenn rauskommt, dass ich bei Ihren Ermittlungen a bissle mitg'macht hab, krieg ich bloß Probleme daheim mit meiner Hannelore. Sie hat g'sagt, das dät Sie mir nie verzeihen, wenn ich womöglich auch noch in der Kur wieder amal heimlich den Kriminalkommissar spiele dät. Also bitte, Kollege, verratet Sie mich nicht!"

Um zehn Uhr des nächsten Tages gab Kommissar Schlotterbeck eine Pressekonferenz in Konstanz. Da hatte Ernst Bienzle auf der Mettnau schon den Frühsport, eine halbe Stunde Stretching und die Konditionsgymnastik hinter sich und befand sich grade auf dem Weg zu einer Rückenmassage.

# 137 Stufen

Ernst Bienzle kannte die Stadt gut. Das war schon manchmal von Vorteil für ihn gewesen, damals, als er noch im Dienst war; wenn es zum Beispiel darum ging, sich die möglichen Fluchtwege eines Verdächtigen oder eines überführten Täters vor Augen zu führen.

Nicht selten spielten Stuttgarts über vierhundert Staffeln dabei eine wesentliche Rolle, denn sie konnten einem Flüchtenden helfen, Wege abzukürzen und motorisierte Verfolger schlicht scheitern zu lassen.

Bienzles besondere Stadtkenntnisse ermöglichten es ihm, die Treppen in der Regel so anzugehen, dass er sie von oben nach unten beschreiten konnte und sich nicht mit keuchendem Atem, Seitenstechen und erlahmenden Beinmuskeln hinaufquälen musste. Er wusste wohl, dass es Leute gab, die diese langen Treppen als göttliche Prüfung für den Menschen betrachteten. Die Staffeln waren wie ein Wahrzeichen des Pietismus. Man kam nur hinauf, wenn man unterwegs kräftig gelitten hatte. Oben erreichte man zwar nicht gleich das Paradies, aber man wurde doch durch einen herrlichen Blick über die Stadt belohnt. Wolkenschau und Brettlesbohre lagen bei den Schwaben schon immer dicht beieinander, bloß dass das Brettlesbohre immer vor der Wolkenschau liegen musste!

Bienzle hatte die Angewohnheit, die Treppenstufen zu zählen, wenn er eine der Stuttgarter Staffeln hinabging. Verzählte er sich einmal, machte er sofort kehrt, um noch mal von vorne anzufangen – und so kam es, dass er gelegentlich doch auch einmal aufwärts steigen musste.

Und noch eine Eigenart hatte Bienzle: Er machte sich Orakel etwa in der Art: „Wenn's bis zum nächsten Treppenabsatz mehr als fünfzig Stufen sind, geht heute alles gut!"

All dies ging Ernst Bienzle durch den Kopf, als er am Charlottenplatz in die Hohenheimer Straße einbog. In diesem Augenblick meldete sich der Polizeifunk. Der einstige Leitende Kriminalhauptkommissar hatte sich, als er in Pension ging, nicht die Mühe gemacht, den Sender abstellen zu lassen, wie es eigentlich seine Pflicht gewesen wäre. Aber es war nicht nur Nachlässigkeit oder gar Faulheit gewesen. So hatte er immer noch das Gefühl, ein wenig dazuzugehören. Entgegen all seinen Behauptungen, dass ihm der Ruhestand gar nichts ausmache, dass er ihn vielmehr genieße, hatte er doch ausgesprochene Entzugserscheinungen, die ihn so ärgerlich machten, dass er sie nicht einmal vor sich selber eingestehen wollte.

Ernst Bienzle war schon früh um acht Uhr im Mineralbad Leuze gewesen, wo er, wie jeden Dienstagmorgen, verbissen seine 50 Bahnen im eiskalten Mineralwasser des Freibeckens geschwommen war, was ihn jedes Mal eine gewaltige Überwindung kostete. Als er ins Auto einstieg, war er voller Vorfreude auf den doppelten Espresso gewesen, den er, wie jeden Dienstagmorgen, gleich im Café Brenner serviert bekommen würde, zusammen mit einer ofenwarmen Butterbrezel. Er hatte gerade den Zündschlüssel gedreht, als er die Durchsage „An alle!" hörte. Ein bewaffneter Täter war in ein Haus an der Sünderstaffel eingedrungen, hatte eine Frau mit der Waffe bedroht, niedergeschlagen und den ganzen Schmuck und alles Bargeld mitgenommen. Offensichtlich war die Frau zäher, als der Täter gedacht hatte; denn die Haustür war noch nicht hinter ihm ins Schloss gefallen, da hatte sie schon die Polizei alarmiert. Die Frau hatte allerdings keine Angaben darüber machen können, in welche Richtung der Räuber getürmt war.

Bienzle dachte nicht lange darüber nach. Er glaubte schlicht zu wissen, welchen Weg der Missetäter genommen hatte. Die meisten Menschen waren wie er – sie suchten sich den bequemsten Weg – ganz selbstverständlich. Und dass der Einbrecher ein Pietist war, nahm Bienzle nicht an. Trotzdem fuhr er jetzt mit weit überhöhter Geschwindigkeit die Stafflenbergstraße hinauf zum oberen Ende der Treppe. Aus Erfahrung wusste er, dass Kriminelle meist einen ziemlich hohen Intelligenzgrad besaßen.

Mit der Beschreibung des Täters war nicht viel anzufangen. Er trug Jeans und irgendeine Jacke, die nicht näher beschrieben worden war. Bienzle stellte den Wagen ab und stieg aus. Der Mann, der die Staffel herauf auf ihn zukam, war ziemlich außer Atem. Er trug einen dieser bunten Kunststoffrucksäcke, den er allerdings nur lässig an einem Riemen über die rechte Schulter gezogen hatte.

Bienzle vertrat dem Mann den Weg. Er schätzte ihn auf etwa vierzig und hielt ihn nicht für besonders sportlich. „Wieviel Stufen sind's eigentlich von da unten rauf?"

„137", sagte der Mann wie aus der Pistole geschossen. Offensichtlich hatte er die gleiche Angewohnheit wie Bienzle. Selbst wenn er es eilig hatte, zählte er die Stufen. Bienzle nickte zufrieden. Er wusste, dass es von der Pfizerstraße aus mehr als 240 waren, also musste der Mann später eingestiegen sein. Jetzt hörte man von unten das Martinshorn eines Polizeiwagens. Das Blaulicht war durch das dichte Blattwerk der Laubbäume, links und rechts der Staffel, nicht zu erkennen.

Der Mann wollte weiter, aber Bienzles massiger Körper versperrte ihm den Weg. „Also, ich lauf die Staffle lieber nonder als nauf." Der Mann machte einen Schritt zur Seite, Bienzle bewegte sich in die gleiche Richtung. „Ich könnt Sie a Stückle im Auto mitnehme, oder wollet Sie z'Fueß nauf bis zum Bubebad?"

Der Mann schaute sich gehetzt um. „Was wollen Sie eigentlich von mir?", fragte er, immer noch mit kurzatmiger Stimme. Bienzle wiegte seinen schweren Kopf hin und her. „Wenn Sie noch a bissle weiter gedacht hätten, hätten Sie begreifen müssen, dass einer genauso denkt wie Sie: Alle denket, der rennt nach unten, aber ein gewiefter Polizist denkt, weil alle des denken, wird er denken, i spring naufzues. Und wenn des der Verbrecher bis dahin auch denkt, dann müsst er eigentlich nonder – scho deshalb, weil's schneller geht. Aber für so gscheit han i Sie no au wieder net g'halte, sonscht hättet Sie ja vielleicht doch en andere Beruf."

Der andere riss seinen Rucksack von der Schulter und wollte hineinfassen. Bienzle lachte. „Sag bloß, Sie hent Ihr Waffe mit dem gschtohlene Schmuck en Ihrem Rucksäckle!" Unwillkürlich nickte der Mann. Bienzle log: „Ich hab meine im Schulterhalfter ond ruckzuck drauße, aber so viel Aufsehe braucht's ja vielleicht gar net!" Vorsichtshalber griff Bienzle unter seine Jacke und kratzte sich ein bisschen am Bauch – dort, wo zu seiner aktiven Zeit einmal die Walther PK gesteckt hatte.

Dass der Mann resignierte, sah Bienzle an seinen Augen, noch ehe er die Arme sinken ließ. „Steigen Sie ein", sagte Bienzle und war überrascht, dass der Räuber willfährig gehorchte. Als er auf dem Rücksitz saß, schloss Bienzle die Türen ab und zog sein Handy aus der Tasche. Er wählte die Nummer der Einsatzleitung und meldete sich: „Hier Bienzle. Ja, genau der. Ich hab euern Einbrecher! War der reine Zufall."

# David

Bienzle hatte David Stelzer immer wieder mal besucht, wenn er sowieso im Gefängnis zu tun hatte. Von seinen wenigen Reisen schrieb er ihm Ansichtskarten. Irgendwann abonnierte er ein Nachrichtenmagazin für ihn. Und alle paar Wochen schickte er ihm ein Buch, von dem er glaubte, dass es David gefallen könnte. Er hatte den zierlichen kleinen Mann ins Herz geschlossen.

David hatte den Beruf des Feinmechanikers erlernt. Aber was er dabei an Wissen erworben hatte, setzte er im Wesentlichen ein, um Schlösser aufzubrechen, keine komplizierten Vorrichtungen, nur was ihm so unterkam: Spindschlösser in den Umkleidekabinen des Tennisvereins, Schlösser an Wochenendhäusern, kleinen Werkstätten oder an Autos, in denen verlockende Dinge lagen.

David selbst hielt sich für einen Gentleman. Nie hätte er die Ausweispapiere der Bestohlenen behalten oder gar weggeworfen. Er fand immer einen Weg, sie den Eigentümern zurückzugeben. Persönliche Notizen oder private Briefe ignorierte er. Drang er in eine Wohnung ein, streifte er die Schuhe von den Füßen, um keinen Dreck hineinzutragen.

Aber David Stelzer machte auch Fehler. Zum Beispiel als er eines Nachts in die Villa eines Richters einbrach. Die Beute: 75 Mark, auf dem Küchentisch bereitgelegt für die Putzfrau am nächsten Morgen. Er wurde von einem Nachbarn beim Verlassen der Wohnung überrascht und gestellt. David hob sofort beide Arme und ergab sich. Der Nachbar hatte einen Deutschen Schäferhund bei sich und wog mindestens zwei Zentner.

Ein Kollege des bestohlenen Richters führte den Strafprozess gegen den kleinen Mann mit aller Härte und ging sogar über das vom Staatsanwalt geforderte Strafmaß hinaus. Ernst Bienzle, damals noch Leitender Hauptkommissar, hatte den Prozess verfolgt, weil David Stelzer einer seiner Informanten aus dem Milieu war. Gelegentlich hatte er einen Tipp für die Polizei und verriet ihn zu moderaten Preisen.

Als der Richter verkündete, David müsse für drei Jahre ins Gefängnis, entfuhr es Bienzle laut: „Ja, da könnt dr doch dr Arsch schwätza!“ Und so bekam auch er gleich noch sein Fett weg, in Form einer Ordnungsstrafe über 200 Euro.

Manchmal, wenn der Kommissar nach einer Vernehmung ein bisschen mehr Zeit hatte, setzte er sich mit David auf den harten Stühlen in der Raucherecke des Knasts zusammen, dort, wo zwei graublättrige Gummibäume Gemütlichkeit signalisieren sollten, tatsächlich aber die Tristesse des Platzes, der durch ein Quadrat aus Glasbausteinen in der Mauer nur ein diffuses Licht erhielt, noch verstärkten.

David Stelzer war kein junger Mann mehr. Seine schütteren Haare wurden von grauen Strähnen durchzogen. Seine gelbliche Gesichtsfarbe glich der aller Gefangenen, die ja viel zu wenig an die Luft kamen. Die tiefliegenden Augen waren von einem wässrigen Grau. Aber sie schauten hellwach unter den dünnen Augenbrauen hervor. Und zahllose kleine Fältchen, die wie Fächer um die Augenwinkel standen, gaben dem Gesicht einen listigen Ausdruck. David sprach hochdeutsch, beziehungsweise das, was er dafür hielt. Schließlich war er in der Welt herumgekommen.

„Mit sechzehn hat mich mein Vater ’nausg’schmissen. Er hat gesagt, in der Natur sei es auch so, dass man das unnützeste Tier aus dem Rudel raustue! Na ja, wir sind sieben Kinder gewesen, mein Vater hat seine Stütze in der Regel versoffen, und meine Mutter war da schon zu ihrer Mutter gezogen, nach Bodelshausen ’nüber. Aber viel Zeit hat sie nicht mehr gehabt. Sie ist kurz drauf gestorben. Wahrscheinlich hat sie längst gewusst, dass sie Krebs hatte. Nur geredet hat sie nicht darüber."

„Und Ihr Vater, lebt der noch?"

„Ja. Sicher. Heut ist er fromm, liest jeden Morgen ’s Abrissblättle vom Neukirchner Kalender, und sonntags singt er so laut in der Kirch, dass er alle anderen drausbringt. Sein Lieblingslied ist ‚Nun danket alle Gott'."

„Haben Sie noch Kontakt zu ihm?"

David schüttelte den Kopf. „Das erzählt mir meine jüngste Schwester, die Bärbel. Ich hab sie zwei Mal gesehen, wie ich Freigang g’habt hab. Besuchen tut sie mich nicht."

„Verstehen Sie sich gut mit ihr?"

„Sie war immer die Einzige, die zu mir g’halten hat. Immer! Egal, was passiert ist." Seine Augen leuchteten plötzlich.

„Hört sich gut an", sagte Bienzle.

„Wir waren unzertrennlich. Und wie mich mein Vater rausgeschmissen hat, ist sie auch gegangen."

„Und warum besucht die Bärbel Sie nicht hier im Knast?"

„Sie kriegt Platzangst, Atemnot, ich weiß ned, es gibt irgend so einen Fachausdruck dafür ..."

Bienzle nickte. „Klaustrophobie."

„Ja, genau. Dabei bin ich ja auch wegen ihr hier drin."

„Wie bitte?"

„Ja, meinen Sie, ich hätt das alles bloß für mich gemacht? Die Diebstähle, die Einbrüche und das alles. Wie die Bärbel ihr Kind gekriegt hat, hab ich gesagt, ich helf dir, und das hab ich auch gemacht."

„Aber mit ihrem bissle Beute und den paar Mark, die Sie von uns für Ihre Informationen gekriegt haben..."

„Zum Glück seid Ihr Bullen ja nicht ganz so clever, wie Ihr immer tut!" Plötzlich wirkte David direkt selbstgefällig.

Bienzle hob abwehrend beide Hände. „Genauer möchte ich's bitte gar nicht wissen. Obwohl... eigentlich ist es ja egal. Ich bin ja nimmer im Dienst." Er reichte David Stelzer ein Buch, das er ihm mitgebracht hatte, und verabschiedete sich.

Die Glocke rief zum Abendessen. David reihte sich in den Strom seiner Mitgefangenen ein und ließ sich auf den Speisesaal zutreiben. Plötzlich war ein Mann neben ihm, der ihn um einen Kopf überragte und dessen Oberarmmuskeln die Ärmel des T-Shirts bis zum Äußersten spannten. „Das war doch grade der Hauptkommissar Bienzle von der Kripo, mit dem du da geredet hast." David schaute von schräg unten zu dem großflächigen Gesicht des anderen hinauf. Natürlich wusste er, was das für einer war. Carl de Winter rangierte in der Knasthierarchie ziemlich weit oben. David zog es vor, erst mal gar nichts zu sagen.

„Kennst du ihn gut?"

„Geht so! Und Kommissar ist der nicht mehr. Der ist schon eine ganze Weile in Pension."

„Bulle bleibt Bulle. An meinem Tisch wär noch ein Platz frei", sagte de Winter.

David sah den anderen überrascht an. Dort, wo der saß, waren die Platzhirsche versammelt. So einer wie er hatte da noch nie Zugang gefunden. Der durfte allenfalls an den Tisch, um ihn sauberzumachen und das Geschirr abzutragen. „Ist das eine Einladung?", fragte David.

„Es gäb was zu besprechen", antwortete de Winter.

David registrierte sehr wohl, wie ihn jene Gefangenen, mit denen er sonst am Tisch saß, misstrauisch beäugten, als er nun neben Carl de Winter Platz nahm. „Jetzt hockst du da, und nachher sitzt du wahrscheinlich zwischen allen Stühlen“, schoss es ihm durch den Kopf. Zunächst wurde nicht gesprochen. David genoss es, dass er mit einem Mal zu den Ersten gehörte, die ihr Essen bekamen. Es war sogar noch richtig warm, die Portionen waren größer, und überrascht schmeckte er den Tee, der offensichtlich durch einen ordentlichen Schuss Rum veredelt worden war. Ihm gegenüber saß Rocky. Sie nannten ihn hier so, weil er früher ein erfolgreicher Boxer gewesen war. Aber Rocky war nicht wichtig. Er diente Stefan Seyboldt nur als Bodyguard.

Seyboldt, der draußen eine große Nummer gewesen war, galt hier als der unumschränkte Chef. Carl de Winter war seine rechte Hand, Rocky hielt ihm die Knackis und die Vollzugsbeamten vom Hals.

Als der Nachtisch kam, schob Seyboldt seinen Schokoladenpudding zu David hinüber. „Da, du siehst so aus, als ob du Süßes mögen würdest.“

David nickte nur und verputzte den Pudding. So eine Gelegenheit kam bestimmt so schnell nicht wieder.

„Was erzählt dir denn der Kommissar Bienzle so?“ wollte Seyboldt wissen.

„Er hört mir eher zu.“

„Vielleicht interessierst du dich nicht genug für das, was bei ihm läuft“, warf Carl de Winter ein.

David war ja nicht auf den Kopf gefallen. Also sagte er: „Und an was denkst du da so?“

„Frag ihn halt mal, welcher Fall zurzeit die Bullen am meisten beschäftigt“, sagte Seyboldt.

„Er ist kein Bulle mehr.“

„Ich weiß. Aber ich weiß auch, dass er noch immer engen Kontakt zu seinen früheren Kollegen hält. Vor allen zu diesem Gächter, der jetzt die Kommission leitet. Die zwei sind eng befreundet. Vielleicht fragst du ihn mal geschickt, ob er was weiß, woran die grade arbeiten ..."

„Na ja, das weiß ich schon."

„Und?"

„Der Mord an einem Bilderhändler ..."

Seyboldt hatte nur Augen für David. „Hat er dich nach mir gefragt?"

„Bis jetzt nicht."

„Na, umso besser. Was erzählt er denn über den Mord an dem Galeristen?"

„Es sei gar nicht um dem seine Bilder gegangen."

„Sondern?"

„Die Bilder seien nur Transportmittel gewesen für ... was weiß ich? Rauschgift oder schwarzes Geld. Hat mich ja nicht so interessiert."

Seyboldt schob David ein zweites Glasschälchen zu. „Das schaffst du doch noch, oder?"

David löffelte die Süßspeise. „Warum willst du denn das alles wissen?"

„Weil ich neugierig bin. Übrigens: Wenn du willst, dass es dir hier drin weiter gutgeht, redest du keinen Ton mit dem Bullen darüber, dass ich dich gefragt habe!"

„Ist das klar?", schob Rocky nach und ballte die rechte Hand zur Faust.

In der Nacht darauf fand David Stelzer kaum Schlaf. Er starrte zu dem streifendurchzogenen Lichtfeld hinauf, das von den grellhellen Bogenlampen durch das vergitterte Fenster in die Zelle geworfen wurde. Ihm fiel wieder Horst Sablewski aus der Gefängniswäscherei ein. Der hatte Seyboldts interne Rauschgiftgeschäfte hier im Knast auffliegen lassen. Am anderen Tag starb er in der Trommel der größten Waschmaschine, und es konnte nie geklärt werden, wie er da hineingekommen war. Auch Seyboldts Rauschgiftgeschäfte schienen plötzlich niemanden mehr zu interessieren.

Horst Sablewski war der einzige Freund gewesen, den David Stelzer im Knast gefunden hatte. Ein mittelgroßer, untersetzter Mann um die vierzig, der wegen Körperverletzung mit Todesfolge saß. Er hatte einen Italiener zusammengeschlagen, der ihm die Freundin weggenommen hatte.

Mit Hotte, wie sie Sablewski hier drin nannten, war ein bisschen Licht in Davids Leben gekommen. Er hatte ihm das Schachspielen beigebracht und die Fresspakete, die ihm seine Mutter schickte, mit ihm geteilt. Seit Horst Sablewskis Tod hatte sich David Stelzer verändert. Er war stiller geworden, zog sich zurück, wann immer es ging. Die Bücher, die ihm Bienzle schickte oder mitbrachte, las er oft drei-, viermal. Aber er holte sich nie ein Buch aus der Gefängnisbibliothek. Er konnte selbst nicht erklären, warum.

Zwischen Bienzles Besuchen bei David Stelzer lagen oft mehrere Wochen. Diesmal aber kam er schon am übernächsten Tag wieder. Gächter hatte ihn darum gebeten. Schon vor ein paar Wochen hatten die früheren Kollegen Bienzle auf ein Bier eingeladen, was nichts Ungewöhnliches war. Sie schienen ihn genauso zu vermissen wie er sie. Aber diesmal hatten sie einen anderen Grund. „Du besuchst doch manchmal den David Stelzer“, hatte Gächter zögernd begonnen. Und dann war er damit herausgerückt, dass die von ihm geleitete Sonderkommission nicht so recht weiterkomme. Man verdächtige zwar Seyboldt, den Mord an dem Galeristen in Auftrag gegeben zu haben, habe aber keinerlei Beweise, nicht einmal handfeste Indizien. Im Milieu herrsche eisernes Schweigen.

Bienzle spürte sofort, wie nervös, angespannt und übernächtigt David war. „Ist was passiert?“, fragte der Kommissar.

„Nee, warum? … Na ja, ich schlaf ein bisschen schlecht die letzten Nächte. Ich glaub, es ist Vollmond.“

Bienzle schüttelte den Kopf. „Zunehmender Mond seit sechs Tagen.“

Sie hatten noch kaum zwischen den Gummibäumen Platz genommen, als Carl de Winter und Rocky vorbeistrichen. Bienzle beobachtete die beiden aus den Augenwinkeln heraus. Rocky lehnte sich ein Stück den Korridor hinunter gegen die Wand, sah ungeniert zu ihnen herüber und zündete sich eine Zigarette an.

Bienzle beugte sich weit vor und legte seine Unterarme auf seine gespreizten Knie. „Der dort drüben“, sagte er leise, „ist doch der Geherda vom Seyboldt.“

David lachte kurz auf. „‚Geherda‘ das hab ich jetzt auch schon lang nimmer g’hört.“

„Ich will’s Ihnen offen sagen, ich bin heut mehr wegen dem Seyboldt da als wegen Ihnen.“

Davids Kopf fuhr ruckartig hoch. In seinen Augen stand Panik.

Bienzle rückte etwas näher und sprach nun noch leiser. „Morgen wird hier der Igor Serkinian eingeliefert. Er steht unter dem dringenden Tatverdacht, den Galeristen Müllerschön umgebracht zu haben.“

„In Seyboldts Auftrag?“, presste David heraus.

Bienzle machte eine unbestimmte Bewegung.

David Stelzer war es plötzlich kalt. Er zog die dünne graue Anstaltsjacke enger um die Schultern. „Aber die U-Häftlinge sind in einem anderen Trakt.“

„Ja, aber der ist überfüllt. Zwei, drei Tage lang muss der Serkinian hier untergebracht werden. Er kommt in die Zelle neben Ihnen.“

„Haben Sie das eingefädelt?“

„Sie wissen doch, dass ich nicht mehr im Dienst bin.“

„Aber sie sind doch dauernd mit ihren alten Kollegen zusammen, hört man. Also, Herr Bienzle, ich will damit nichts zu tun haben!“

„Meine Kollegen, also meine früheren, mein ich natürlich, werden versuchen, dass außer Ihnen niemand zu ihm Kontakt aufnehmen kann.“

„Ich soll ihn aushorchen?“

„Mit ihm reden, wenn sich's ergibt. Wenn nicht, lassen Sie's!“

Bienzle fühlte sich nicht wohl bei seinem Spiel. „Übrigens, Sie kommen in vierzehn Tagen raus. Wegen guter Führung. Hab ich zufällig erfahren!“

„Was nützt mir das, wenn ich tot bin“, sagte David.

Rocky stieß sich von der Wand ab, kam den Korridor herauf, warf im Vorbeigehen seine Kippe dicht vor Davids Füßen auf den Boden und trat sie aus.

Bienzle wartete, bis der Exboxer um die Ecke verschwunden war, und deutete dann auf die Stange Zigaretten, die er für David mitgebracht hatte. „Die Schachteln in der Mitte sollten Sie sich genauer anschauen, David!“

Als Stelzer in seine Zelle zurückkam, untersuchte er die Stange sofort. Drei der Packungen waren offensichtlich auseinandergenommen und zu einer neuen, größeren Schachtel wieder zusammengefügt worden, ohne dass man ihnen das von außen ansah. Aus dem so entstandenen Behältnis zog David ein Mobiltelefon heraus. Leute wie Seyboldt besaßen natürlich auch im Knast ein Handy, aber so ein kleines Licht wie er konnte nicht einmal davon träumen.

Gleich nach dem abendlichen Einschluss zog David das Mobiltelefon unter der Matratze hervor. Er wählte die Nummer seiner Schwester Bärbel. Sie meldete sich fast sofort. Aber ihre Stimme klang gepresst. Bärbel atmete ganz kurz und sagte nur: „Ruf ein anderes Mal an, bitte!“

David stand plötzlich eiskalter Schweiß auf der Stirn.

Er hatte das Telefon gerade wieder verstaut, da wurde seine Tür aufgeschlossen. Der Kalfaktor ließ Carl de Winter herein. Hinter ihm erschien Rocky. Der Kalfaktor verdrückte sich.

Carl de Winter streckte die flache Hand aus. „Das Telefon!“

Einen Augenblick lang überlegte David, ob er sich wehren sollte. Doch dann zog er das Handy unter der Matratze hervor und warf es de Winter zu. Der nahm grinsend den Akku heraus und warf die Hülse zurück.

Die Tür fiel krachend ins Schloss.

David warf sich auf sein Bett. Seyboldts Leute hatten Bärbel in ihrer Gewalt, da war er sich sicher. Und damit war er ihnen wehrlos ausgeliefert. Zumindest glaubten sie das.

Drei, vier Minuten blieb er zusammengekrümmt auf der Seite liegen, das Gesicht zur Wand. Dort hatte er einen Zeitungsausriss angepinnt. Das Papier war schon vergilbt, die rote Markerfarbe, mit der er ein paar Zeilen hervorgehoben hatte, verblichen. „Ein leichtes Beben war es erst, dann ein Grollen, schließlich ein Tosen und Krachen“, stand da. „Aus dem Staube erhob sich ein Riese, schaute, sah und bekam direkt eins in die Fresse. So ging es Goliath mit David. Und so ging es dem Zyklopen Polyphem, der nur aus einem Auge sah, welches Odysseus ihm kurzerhand ausstieß. Es ist nicht immer schön, ein Riese zu sein.“ Den Ausriss hatte ihm noch Hotte Sablewski gegeben.

David warf sich plötzlich auf den Rücken, schnellte mit beiden Beinen gleichzeitig vom Bett, ging zu seinem Schrank, holte zwei Hanteln heraus. In schneller Folge absolvierte er hundert Kniebeugen, wobei er die Hanteln hoch über den Kopf stemmte. Danach legte er die Hanteln aufs Bett, ließ sich in den Liegestütz fallen, drückte sich hoch, schnellte vom Boden, fing sich im Fallen wieder auf, drückte seinen kleinen Körper, der jetzt sehnig und kraftvoll wirkte, erneut ab und wiederholte diese Übung ebenfalls hundertmal. Niemand, der David Stelzer tagsüber mit hängenden Schultern und eingezogenem Kopf durch die Gänge schleichen sah, hätte sich vorstellen können, welche explosive Kraft in diesem kleinen Körper verborgen war. Seit Horst Sablewskis Tod trainierte er jeden Tag.

Am nächsten Morgen geschah nichts, obwohl David in jeder Minute damit rechnete. Als sie vom Hofgang zurückkamen, bezog Igor Serkinian gerade die Zelle neben David Stelzer. Er war ein schlanker, hochgewachsener Mensch und hob sich von den anderen Männern im Trakt vier des Gefängnisses nicht nur wegen des eleganten Anzugs ab, den er als U-Häftling weiter tragen durfte, sondern auch durch die selbstgefällige Art, wie er sich bewegte.

„Hallo, Nachbar“, sagte David.

Serkinian schaute ihn nur mit einem durchdringenden Blick an, antwortete aber nicht.

Bienzle war unruhig. David hätte sich längst melden sollen, um die Verbindung über das Handy zu testen. Also fuhr er, entgegen seinem ursprünglichen Plan, nach Stammheim. Gächter hatte den Chef der Strafanstalt gebeten, David Stelzer in einer Verhörzelle vorführen zu lassen. Bienzle saß schon da, als Stelzer hereinkam. „Bitte, setzen Sie sich!“ Stelzer schüttelte den Kopf. In seinen wassergrauen Augen lag eine Härte, die der Kommissar bisher noch nie bei ihm gesehen hatte.

„Was ist mit dem Handy?“, fragte Bienzle.

David Stelzer sagte: „Jeder meint immer nur, er könne mich benutzen. Das war schon immer so. Mein Vater hat das gedacht, meine großen Geschwister, mein Meister, als ich in der Lehre war. Und ich hab auch immer gedacht, es wäre am besten, man gewöhnt sich daran." Dann fuhr sein Zeigefinger nach vorne. „Von Ihnen lass ich mich nicht mehr benutzen, Bienzle. Und sonst auch von niemand!"

Bienzle horchte auf. „Hat Seyboldt es versucht?", fragte er.

Aber David ging nicht darauf ein. Er warf das Funktelefon auf den Tisch. Bienzle nahm es in die Hand. Es war ungewöhnlich leicht. Der Kommissar schob den Deckel zur Seite. Er sah, dass der Akku fehlte.

Man muss den Mann unter Polizeischutz stellen, fuhr es ihm durch den Kopf. Aber wie macht man das im Knast? Jeder Vollzugsbeamte konnte auf Seyboldts Gehaltsliste stehen. Bienzle biss sich auf die Unterlippe. „Scheißsituation", sagte er laut.

„Kümmern Sie sich um meine Schwester", sagte David. „Alles andere mach ich selbst."

„Mann, gegen Seyboldt und seine Leute haben Sie doch keine Chance. Ich sorge dafür, dass Sie heute noch verlegt werden."

„Nee, ich verdrück mich nicht. Ich bin oft genug davongelaufen." David Stelzer ging zur Tür und schlug mit der flachen Hand dagegen.

Bienzle war verzweifelt. „Warten Sie!"

„Lassen Sie mich in Ruhe. Sie sind auch so einer, der's gut meint und sich daran selber aufgeilt. Mit so einem auf seiner Seite kann man nur verlieren."

Ein Vollzugsbeamter öffnete die Tür. Der kleine Strafgefangene ging hinaus.

Beim Abendessen saß David wieder an seinem früheren Tisch.

„Das war aber ein kurzes Gastspiel dort drüben bei den Großen", sagte einer hämisch, „darfst nimmer mitspielen?"

„Was heißt da dürfen? Ich will nicht!"

Davids Bemerkung löste lautes Gelächter aus.

Der Platz, an dem David tags zuvor gesessen hatte, war leer. Seyboldt hatte zwar versucht, Serkinian an seinen Tisch zu bekommen, aber die Regel, dass Strafgefangene und Untersuchungsgefangene keinen Kontakt miteinander haben dürfen, wurde plötzlich eisern eingehalten. Die Schließer achteten auch im Zellentrakt darauf, dass Serkinian isoliert blieb.

Nach dem Essen kam Rocky bei David vorbei. „Du gehst heute zur Abendandacht“, sagte er.

David nickte. „Wenn der Seyboldt will, werd ich auch noch fromm!“

In der Kapelle saßen etwa zwei Dutzend Gefangene und sangen „Großer Gott, wir loben dich“, als David in den Raum trat. „Und wir preisen deine Stärke“, fiel ihm ein. So weit konnte er's noch auswendig. Seyboldt saß allein in der letzten Bank und gab ihm mit den Augen ein Zeichen, er solle sich zu ihm setzen.

Ohne David einen Blick zuzuwenden, stieß er zwischen unbeweglichen Lippen hervor: „Und?“

„Serkinian hat dich geleimt!“ David sah, wie sich Seyboldts Hände um die Kante der Bank verkrampften, dass die Knöchel weiß hervortraten. „Der Bulle sagt, er hat den Galeristen umgebracht und alles, was in den Bildern versteckt war, auf die Seite geschafft. Und wahrscheinlich könne man ihm den Mord nicht mal nachweisen.“

„Das hat er dir gesagt?“

David wiegte den Kopf hin und her. „Vielleicht will er sich Arbeit ersparen.“

Plötzlich berührte Stefan Seyboldts rechte Hand Davids Hüfte. David sah an sich hinab. Seyboldts Faust öffnete sich. Zum Vorschein kam ein kleines, braunes Fläschchen. „Da, nimm!“

„Was ist das?“

„Trink ein Glas Wein mit ihm. Die Flasche ist schon in deiner Zelle. In das Glas von Serkinian kommt das Zeug da. Alles, verstehst du, sonst wirkt es nicht."

„Ich bin doch kein Mörder!" David hatte das so laut gesagt, dass der Pfarrer seine gerade begonnene Predigt unterbrach und zu ihnen hersah.

Seyboldt lächelte dem Geistlichen verbindlich zu und sagte gleichzeitig zu David: „Entweder du tust es, oder deine Schwester ist dran. Und du auch irgendwann!"

Als David zu seiner Zelle zurückkam, lehnte Serkinian in seiner Zellentür und rauchte. Seltsamerweise war kein Schließer da, der darauf achtete, dass der Untersuchungsgefangene nicht mit anderen Häftlingen in Berührung kam. David hielt das kleine Glasfläschchen in der verschwitzten Faust. Er ignorierte Serkinian und ging in seine Zelle.

Vor dem Frühstück pflegte Stefan Seyboldt in den Leseraum zu gehen. Ein eifriger Vollzugsbeamter hatte, wie jeden Tag, die Zeitungen für ihn zurechtgelegt. Seyboldt blätterte als Erstes die beiden Stuttgarter Tageszeitungen durch. Serkinians Verhaftung wurde nur in einer kleinen Meldung erwähnt. Plötzlich stand David am Tisch. Seyboldt schaute auf. „Hol mir mal einen Kaffee, Kleiner!"

David ging die fünf Meter zum Kaffeeautomaten und schob einen Pappbecher unter die Fülldüse. Er wandte dabei Seyboldt den Rücken zu, aber der war ohnehin in seine Zeitung vertieft.

Als er an den Tisch zurückkam, zog David lässig einen Stuhl heran und setzte sich. Er stellte den Kaffee vor Seyboldt hin und sagte: „Ruf die Typen an, sie sollen meine Schwester in Ruhe lassen."

Seyboldt starrte David an. „Dein Ton passt mir nicht."

„Deiner hat mir noch nie gepasst. Trotzdem habe ich alles erledigt, was du von mir verlangt hast. Jetzt will ich, dass auch du dein Wort hältst."

„Serkinian?"

David nickte nur.

Seyboldt sah sich um, und als er feststellte, dass sie unbeobachtet waren, zog er ein Handy aus der Tasche. Er wählte und sagte schon nach kurzem Warten: „Ja, ich bin's … Ihr lasst jetzt die kleine Stelzer in Ruhe, alles klar?"

Blitzschnell riss ihm David das Telefon aus der Hand und hielt es ans Ohr. Seyboldt hatte die Zeitansage angerufen.

„Scheißkerl", sagte David und steckte das Telefon ein.

Rocky und Carl de Winter traten aus dem Schatten eines Metallschrankes hervor, in dem das Putzzeug untergebracht war. David sagte: „Ist aber halb so wild, um meine Schwester kümmern sich die Bullen!"

Seyboldt stand auf, musste sich aber am Tischrand festhalten, weil es ihm plötzlich schwindelig wurde. Zu Rocky sagte er: „Nehmt ihn euch vor, der Typ ist fällig!"

David wich gegen die Wand zurück. Rocky sagte zu de Winter: „Den kannst du mir alleine überlassen. Wenn ich mit ihm fertig bin, passt der in 'ne Schuhschachtel!" Er baute sich vor David auf.

„Bei Horst Sablewski hast du's aber nicht alleine geschafft." David grinste Rocky an, der im gleichen Moment zuschlug. Die Faust ging ins Leere. David hatte sich blitzschnell weggeduckt, einen schnellen Ausfallschritt nach links gemacht, und jetzt schlug er einen harten rechten Haken auf die Leber des Exboxers. Rocky schnappte nach Luft und schaute seinem kleinen Gegner überrascht und einen Augenblick zu lange ins Gesicht. Im gleichen Moment traf ihn dessen linke Gerade am Kinn und riss ihm den Kopf nach hinten.

„Bist du zu blöd, oder was?“, rief Seyboldt mit einer seltsam gepressten Stimme.

Rocky sah rot und schlug jetzt unkontrolliert und wild nach David. Der tanzte jeden der Schläge aus, machte dann einen Satz nach vorne, war plötzlich ganz dicht vor Rockys Körper und landete eine ganze Serie kurzer Körperhaken. Der Exboxer umklammerte die Schultern des Angreifers, und als der ihm seine rechte Faust auf die Halsschlagader schlug, rutschte er an David hinunter zu Boden und blieb bewusstlos liegen.

Inzwischen waren einige andere Gefangene herangekommen. Sie applaudierten. Carl de Winter hatte das Geschehen völlig konsterniert verfolgt. Hinter ihm schrie Seyboldt: „Carl!“ Es klang wie ein Hilfeschrei. De Winter fuhr zu ihm herum. Seyboldt saß auf dem Boden, den Rücken gegen den Kaffeeautomaten gelehnt, sein Gesicht war weiß wie Kreide, seine Lippen zitterten, und der Schweiß lief ihm in Strömen übers Gesicht. Jetzt endlich näherten sich auch die ersten Vollzugsbeamten.

Plötzlich weiteten sich Seyboldts Augen. Sein Blick erfasste eine kleine Gruppe im Hintergrund. Zwei Polizeibeamte führten Serkinian in Handschellen zum Ausgang der Justizvollzugsanstalt. Selbst jetzt noch wirkten Serkinians Bewegungen elegant. Auch die anderen sahen dorthin. Niemand beobachtete, wie David Stelzer ein kleines, braunes Fläschchen in der Jackentasche des bewusstlosen Exboxers Rocky versenkte.

Als David Stelzer vierzehn Tage später aus der Haft entlassen wurde, wartete seine Schwester Bärbel auf ihn. Auch Bienzle war gekommen. Stelzer ging an ihm vorbei, ohne ihn zu beachten. Trotzdem lächelte Bienzle zufrieden, als Bärbel und David Stelzer sich in die Arme schlossen.

# Trio infernal

„Ich glaube nicht an Handlesen, Horoskope und Traumdeuterei", sagte Bienzle, „ich bin Schütze, und Schützen sind skeptisch!" Das passte zu ihm, eine feste Meinung zu postulieren und sich ein Hintertürchen offenzulassen. Begierig hatte er zugeschaut, wie Rosemarie Müller seine Handlinien untersucht und die Geldlinie als mager, die Lebenslinie als fett und die Liebeslinie als zerfasert bezeichnet hatte. „Ich geh nach dem gesunden Menschenverstand", sagte er und gab ihr bereitwillig sein Geburtstagsdatum an, damit sie sich an sein Lebenshoroskop machen konnte. Sie sah überrascht auf: „Sie sind schon 67? Da haben Sie sich aber gut gehalten!"

„Wenn Sie's sagen." Bienzle bildete sich viel darauf ein, dass er für Schmeicheleien unempfänglich war, fand die Bemerkung der Wahrsagerin aber nicht nur charmant, sondern durchaus gerechtfertigt. Seit jeher glaubte er, was ihm gefiel, und alles andere verbannte er ins Reich des Aberglaubens, dem er, wie er lauthals behauptete, niemals anhängen konnte. Schon gar nicht, als er noch in seinem Beruf als Kriminalkommissar gearbeitet hatte. Dass er sich vor der Tür eines Fahrstuhls zurechtlegte: Wenn der Lift bis in das oberste Stockwerk durchfährt, ohne anzuhalten, wird an diesem Tag alles gelingen, hätte er niemandem erzählt. Nicht einmal Hannelore. Schon als kleiner Junge hatte er sich solche Orakel gemacht. Wenn ich von der Bushaltestelle bis zur Schule auf keine Ritze zwischen den Bordsteinen trete, hab ich in Mathe eine Eins geschrieben, trete ich einmal drauf, eine Zwei und so weiter. Wenn er dann sechsmal auf eine Ritze getappt war, beschloss er, dass das alles sowieso nur Humbug sei. Und er blieb auch hartnäckig bei dieser Überzeugung, wenn unter der Mathe-Arbeit wieder mal eine Sechs stand.

Rosemarie Müller hatte drei Monate zuvor als Sekretärin bei der Abteilung K (wie Kapitalverbrechen) angefangen. Bienzle hatte sie an diesem Tag kennen gelernt. Die Abteilung feierte Gächters 50. Geburtstag, und für die Kollegen war selbstverständlich, dass Bienzle dabei sein musste.

Frau Müller war eine hochgewachsene Rothaarige Mitte dreißig, mit langen Beinen, einem zu üppigen Busen und grünen Augen. So hatte sich Bienzle als kleiner Junge eine Hexe vorgestellt. Mit dem Bild der alten krummen, hakennasigen Frau, die sich auf einen Besen stützte, hatte er nie etwas anfangen können. Eine Hexe, so dachte er damals schon, musste doch in der Lage sein, Männer und kleine Jungen zu verführen.

Gächter sagte, Frau Müller sei gleich richtig in den Stiefel hineingekommen, denn die Zahl der „nicht normalen Todesfälle" habe im letzten Vierteljahr Rekordhöhe erreicht. Es waren keine spektakulären Fälle. Messerstechereien, Gattenmord, Raubmord bei einem Einbruch. Die Täter waren leicht zu fassen gewesen, wenn sie nicht gar gleich am Tatort ausgeharrt hatten, bis die Polizei gekommen war – starr vor Schreck über die eigene Untat. Aber es sei halt eine Menge Arbeit gewesen. Jeder von ihnen habe in den letzten vier Wochen mindestens 40 Überstunden angesammelt, auch Frau Müller.

Bienzle seufzte: „Ich hätt gern mit euch getauscht."

„Jetzt komm …!" Gächter sah den Freund verständnislos an.

„Doch, doch! Kannst es mir ruhig glauben. An den Ruhestand hab ich mich noch immer nicht gewöhnt. Plötzlich hab ich irgendwelche Krankheiten, von denen ich vorher noch nicht einmal gewusst habe, dass es sie gibt. Wenn ich morgens aufstehe, brauche ich zehn Minuten, bis ich überhaupt in Gang komme. Keine Aufgabe mehr zu haben – das ist gar nicht so einfach."

Frau Müller meldete sich. „Die unglücksvolle Sternenkonstellation des Sommers wird sich für Sie mit dem Neumond vom 9. September beruhigen. Jetzt übt nämlich der Saturn seinen stabilisierenden Einfluss aus. Das nächste negative Ereignis für Sie als Schützen erwarte ich nicht vor Ende November."

Im selben Moment klingelte das Telefon. Am Neckarufer kurz unterhalb von Plochingen war eine Leiche angeschwemmt worden. „Du kannst ja mitkommen", rief Gächter und nahm einen letzten Schluck von seinem Geburtstagswein. „Vielleicht bringt dich das auf fröhlichere Gedanken."

Am Neckarufer trafen sie ein kleines Polizeiaufgebot an. Froschmänner tauchten aus dem Wasser auf und senkten den Daumen nach unten. Nichts gefunden. An der Böschung lag unter einer Plane die Wasserleiche.

Ein junger Mann stieg aus einem Auto aus und kam zu Bienzle herüber. „Neigenfindt", stellte er sich vor. „Ich hab mir immer gewünscht, Sie kennenzulernen. Aber als ich dann angefangen hab, waren Sie leider schon weg." Er studiere Jura im siebten Semester und habe sich für ein Praktikum bei der Mordkommission beworben, sagte er, und freue sich sehr, dass er genommen worden sei. Leider habe er an der Geburtstagsfeier nicht teilnehmen können, weil er sich nebenher auch noch für sein Examen vorbereiten müsse.

Bienzle schenkte sich eine Antwort und ging zur Uferböschung hinunter.

Ein uniformierter Beamter grüßte ihn. „Schön, dass Sie wieder dabei sind."

„Ich guck eigentlich bloß a bissle zu", brummte der Pensionär.

Der Beamte zog die Plane zur Seite.

„Also an den Anblick kann ich mich nie gewöhnen", sagte Bienzle.

„Wenn's nun mal zum Dienst gehört …", hörte er Neigenfindt vom oberen Rand der Böschung her sagen. Dann kam der junge Praktikant die paar Schritte herunter und beugte sich über den aufgedunsenen Körper. Plötzlich quollen Neigenfindts Augen aus den Höhlen, er wurde bleich, krümmte sich und musste schnell zur Seite rennen, um sich zu übergeben.

„Wenn's nun mal zum Dienst gehört …", sagte Bienzle und sah den uniformierten Polizisten dabei augenzwinkernd an.

Gächter war inzwischen zu Dr. Kocher getreten. „Wie lange hat er denn im Wasser gelegen?"

„Mindestens zehn Tage", antwortete der Gerichtsmediziner. „Schuss ins Herz. Das Projektil hab ich entnommen."

Gächter seufzte. „Wir haben keine Vermisstenmeldung!" Er starrte weiter die Leiche an. „Da geht einer im Jogginganzug aus dem Haus, läuft ein paar Runden, wird erschossen, landet im Neckar, und kein Schwein scheint ihn zu vermissen."

„Er trägt einen Ehering", sagte Kocher. „Man sieht ihn allerdings kaum in dem aufgequollenen Fleisch."

Hans Joachim Retzlaff war Frühaufsteher. Schon vor sechs Uhr war er heute Morgen durch das Werktor gefahren. Er liebte es, alleine in der großen Halle zu sein. Durch die Glasflächen in der Mitte des Flachdachs drang diffus das Morgenlicht herein. Die Maschinen warfen unscharfe Schatten auf den Stirnholzboden.

Retzlaff stand vor dem Kilopondmeter. Er hatte ein Werkstück eingespannt. Mit der rechten Hand fuhr er langsam den Druck hoch, mit der linken zog er die Schutzmaske über das Gesicht. Jetzt lasteten schon über 2000 Kilopond auf dem kleinen Werkstück, das kaum 20 Zentimeter lang, 5 Zentimeter breit und nur 15 Millimeter dick war. Bei 2500 Kilopond waren die anderen Stücke gebrochen. Schon das war eine gute Leistung gewesen. Dieser neue kohlenfaserverstärkte Kunststoff war leichter als Aluminium und stabiler als jeder Stahl.

Hajo Retzlaff arbeitete seit sieben Jahren in der Werkstoffforschung. Ihm war schon so manches gelungen, aber diese neue Werkstoffkombination sollte die Krönung sein. Für den Fahrzeug- und Flugzeugbau eine Revolution. 3200.

Das Werkstück schien sich jetzt leicht zu verformen, eine kleine, kaum wahrnehmbare Veränderung, die den nahen Bruch ankündete. Retzlaff schwitzte. Seine Augen waren schmal. Er presste die Lippen zusammen und hielt unwillkürlich den Atem an. 3450, 3560, 3710. Es war nicht zu fassen, noch immer hielt das Werkstück stand. Retzlaff hörte die Schritte nicht, die durch die Halle kamen. Dann dieser ohrenbetäubende Schlag. Das Werkstück brach in zwei Teile, die Kanten zerfasert wie bei einem alten Teppich.

„Der Herr Retzlaff, wie immer der Erste!"

Retzlaff fuhr herum und sah Eduard Dichgans ins Gesicht. Professor Dichgans, um genau zu sein, dem Chef der Konstruktionsabteilung – nach Retzlaffs Meinung eine technisch-wissenschaftliche Null, dumm und arrogant.

„Morgen, Dichgans", sagte Retzlaff abweisend.

Dichgans, der schon weitergegangen war, wandte sich mit einem bösen Blick um und herrschte Retzlaff an: „Meinetwegen sparen Sie sich den Professor. Aber ich sage auch Herr Retzlaff zu Ihnen."

„Professor! Ein gekaufter Titel." Retzlaff spuckte die Worte förmlich aus und wandte sich wieder seiner Arbeit zu.

Dichgans stand einen Moment unschlüssig da, als überlege er, ob er auf die Unverschämtheit antworten solle. Stattdessen sagte er dann aber nur: „Die Herrschaften vom Wirtschaftsministerium kommen um 11 Uhr 30. Sie bereiten bitte alles vor, ja?!"

Feige ist er auch noch, dachte Retzlaff bei sich. Dann fragte er ohne aufzusehen: „Warum warten wir eigentlich nicht, bis Dr. Kurz wieder da ist?" Fabian Kurz war Dichgans' Stellvertreter und leitete die Werkstoffneuentwicklung.

„Ich habe das mit der Geschäftsleitung so abgesprochen. Mehr ist dazu nicht zu sagen." Damit ging Dichgans in sein Büro, das sich an der Stirnseite des großen Raums hinter kleinteiligen Glasscheiben befand.

Retzlaff räumte das zerborstene Werkstück in eine verschließbare Schublade. Er war froh, dass Dichgans nicht so genau hingesehen hatte. Aber wann schaute der schon einmal genau hin, dieser Versager, der seine Karriere in der PR-Abteilung begonnen hatte und hier so gut her passte wie ein Vogel ins Aquarium?

Gächter saß an seinem Schreibtisch. Er hatte seine dicke Windjacke noch an. Es war so ein Tag, an dem man nicht wusste, ob man schon heizen oder lieber eine zusätzliche Wolljacke anziehen sollte. Da im Präsidium gespart wurde, wie überall, hatte ihm die Verwaltung die Entscheidung abgenommen.

Rosemarie Müller brachte ein Bild herein und legte es vor ihn auf den Schreibtisch. „Irgend so ein Künstler hat da aufgemalt, wie die Wasserleiche wohl ausgesehen hat, als sie noch gesund gewesen ist."

Gächter senkte den Blick, schaute auf das Bild und hielt den Atem an. „Den Mann kenne ich. Und der Kocher hätt ihn eigentlich auch erkennen müssen. Der hat letztes Jahr einen Vortrag bei uns gehalten. Spurensicherung bei Metallen oder so. Warten Sie mal …" Gächter kramte in der untersten Schublade seines Schreibtischs. „Irgendwo muss doch das Programm noch sein." Er zog ein Schriftstück heraus. Das passfotogroße Bild am Kopf des Textes hatte eine überraschende Ähnlichkeit mit der Zeichnung.

Rosemarie Müller beugte sich über ihn. Sie sollte dringend ihr Parfüm wechseln, dachte Gächter, so süß und so schwer müsste es ja nicht unbedingt sein. „Fabian Kurz. Dr. Fabian Kurz."

„Wenn man wüsste, wann er geboren ist, könnte man feststellen, ob man ihm den Tod hätte voraussagen können", meinte Rosemarie Müller.

Eine knappe halbe Stunde später öffnete Frau Annemirl Kurz die Tür des ansehnlichen Einfamilienhauses am Hang über Gablenberg. Man hatte von hier einen schönen Blick auf Gaisburg und im Hintergrund sah man den Neckar als graues Band. Ein gewundener Weinbergweg führte zum Fluss hinab. Wahrscheinlich war das die Joggingstrecke von Fabian Kurz gewesen. Die Witwe des Wissenschaftlers war ungefähr vierzig Jahre alt, hatte eine pralle, üppige Figur und trug hochhackige Pantöffelchen, die ihre kurzen Beine vermutlich strecken sollten. „Gächter, mein Name, das ist … äh … sagen wir mal so … äh … ein freier Mitarbeiter unserer Mordkommission, Herr Bienzle. Gächter hatte mit dem Kriminaldirektor gesprochen und gefragt, ob er etwas dagegen habe, Bienzle quasi zu reaktivieren. Bei der augenblicklichen Personalnot wegen des hohen Krankenstandes und den sich häufenden Fällen …" Der Direktor hatte ihn gar nicht ausreden lassen. „Wenn er will. Aber wegen einer Honorierung müsst ich mit der Personalabteilung sprechen."

„Ich glaube nicht, dass er damit rechnet."

„Er ist genauso Schwabe wie ich."

„Da täuscht er sich“, hatte Bienzle anderntags zu Gächter gesagt, „ich bin ein anderer Schwabe als er.“

Frau Kurz hatte die Todesnachricht mit großen Augen angehört, aber sie schien noch nicht bis zu ihr durchgedrungen zu sein. Sie redete ohne Punkt und Komma. „Am Dienstagabend letzter Woche wollte er für vierzehn Tage nach Detroit fliegen. Am Morgen ist er joggen gegangen, schon früh um sieben. Das hat er sich nicht nehmen lassen. Er geht jeden Tag joggen. Auch auf Reisen. Er braucht das, weil er hat ja so einen schweren Job ...“

„Haben Sie mir zugehört, Frau Kurz?“ unterbrach sie Kommissar Gächter.

„Wie? Ja, ja, natürlich. Er ist tot, sagen Sie.“

Bienzle, der sich bewusst im Hintergrund hielt, starrte die Frau an. Entweder war sie eiskalt, oder der Schock hatte sie paralysiert. „Sollen wir einen Arzt rufen?“, fragte er.

„Warum denn?“

Gächter räusperte sich. „Haben Sie eine Vorstellung, wer Ihren Mann umgebracht haben könnte?“

Annemirl zuckte die Achseln, sie blieb unbeirrt in der Gegenwartsform. „Mein Mann ist nicht sehr beliebt. Nicht, dass Sie mich falsch verstehen: Er hat sehr viel Charme, ist witzig – ein Kavalier. Aber er ist auch sehr erfolgreich. Der Beste in seinem Fach. Da hat er natürlich eine Menge Neider. Und mit dummen Menschen kann er sehr ungeduldig sein.“

Gächter schaltete sich wieder ein: „Frau Kurz, ich muss Sie leider bitten, Ihren Mann zu identifizieren.“

Annemirl antwortete wieder mit einem Schulterzucken. „Na gut.“

Als Dr. Kocher eine Stunde später das Laken über dem Kopf des Toten wegzog, schien Annemirl Kurz einen Moment zu wanken. Gächter griff nach ihrer Schulter, aber sie entzog sich seiner

Berührung. Dann nickte sie nachdrücklich und sagte mit fester Stimme: „Ja, das ist er, das ist mein Mann!“

Kocher deckte die Leiche wieder zu.

Schon Minuten später verließen Gächter und Frau Kurz das schmucklose Gebäude der Gerichtsmedizin wieder. „Sie waren sehr tapfer“, sagte der Kommissar.

Sie blickte zu ihm auf. „Er sieht ja furchtbar aus. Und er war doch eigentlich immer ein schöner Mann.“

Bienzle, der vor dem Gebäude gewartet hatte, bot an, Frau Kurz nach Hause zu fahren, was Gächter dankbar annahm. Im Auto schwiegen beide. Als Bienzle den Wagen vor ihrem Haus anhielt, sagte Frau Kurz: „Sie würden mir eine Freude machen, wenn Sie noch zu einem Kaffee mit hereinkämen.“ Bienzle sah auf die Uhr. Hannelore war nach München gefahren, um mit einem Verlag zu verhandeln, und wollte noch zwei Tage bei einer Freundin bleiben, abends ins Theater gehen und am Tag drauf noch eine Ausstellung in der Neuen Pinakothek anschauen. Es gab niemand, der auf ihn wartete.

Als sie die Wohnung betraten, fragte Bienzle: „Ihnen fällt wirklich niemand ein, der mit Ihrem Mann verfeindet war, ein Konkurrent in seinem Beruf vielleicht?“

Sie machte zunächst ein nachdenkliches Gesicht, kringelte eine ihrer Locken um den Zeigefinger und sagte schließlich: „Ich muss mir erst einmal Kleider kaufen. Man hat ja für so einen Fall nichts im Schrank.“

„Ihr Mann war offenbar in einer wichtigen Position“, sagte Bienzle.

„Wie macht man das überhaupt? Geht man zu irgendeinem Beerdigungsunternehmen? Oder zum Pfarrer? Wir sind ja nicht aus der Kirche ausgetreten wie so viele, aber wir haben uns auch nie um die Kirche gekümmert.“

Bienzle baute sich vor Frau Kurz auf und fasste nach ihren Armen.

„Bitte nicht“, sagte sie und machte einen raschen Schritt zurück.

„Entschuldigung“, murmelte Bienzle. „Bitte erzählen Sie mir doch mal ein bisschen was über Ihren Mann, über seine Arbeit, seine Freunde, seine Kollegen, seine Vorgesetzten …“

Jetzt, da sie den Toten gesehen hatte, redete Annemirl in der Vergangenheitsform über ihn. „Anderen Menschen ist er möglichst aus dem Weg gegangen. Meistens war er ziemlich in sich gekehrt. Partys, Empfänge und so was hat er gemieden.“

„Und Sie?“, fragte Bienzle.

„Bei mir ist das anders. Und manchmal habe ich mich auch richtig darüber geärgert, dass er sich für meine Wünsche so absolut nicht interessiert hat.“

Bienzle fragte behutsam: „Was haben Sie denn gemacht am Dienstagmorgen letzte Woche?“

„Ich weiß nicht … Wahrscheinlich das Gleiche wie immer. Eine Viertelstunde Yoga, während er Joggen war, danach ein kurzes Frühstück. Gemeinsam. Ich trinke da immer nur einen frisch gepressten Grapefruitsaft … Er liest die Zeitung … Ach so, das war ja der Tag, wo er nicht zurückkam …“

„Das war der Tag, an dem er nach Detroit fliegen wollte“, sagte Bienzle.

„Ja, ja … ja natürlich. Als er nicht zurückkam, bin ich los. Ich kann ja nicht einfach meine Termine sausen lassen. Ich bin dann zu meiner Kosmetikerin.“

„Wie heißt die?“

„Warum wollen Sie das denn wissen?“

„Wir müssen alle Aussagen überprüfen“, gab Bienzle zurück.

Plötzlich war Annemirl Kurz hellwach. „Aber das bedeutet doch nichts anderes, als dass Sie mich …“

Bienzle unterbrach sie. „Wie heißt Ihre Kosmetikerin?“

Aber Annemirl Kurz war nicht die Frau, die sich so leicht unterbrechen ließ. Unbeirrt fuhr sie fort: „Das heißt, Sie verdächtigen mich?“

„Das heißt nur, dass wir Ihre Angaben überprüfen wie alle anderen Angaben auch“, sagte Bienzle.

Annemirls Stimme bekam einen beleidigten Ton. „Guntrum, Cordula Guntrum. Sie ist sehr gut. Wenn Sie kein Mann wären, würd ich sie Ihnen empfehlen.“

Bienzle wurde einer Antwort enthoben, denn es klingelte an der Wohnungstür. Frau Kurz öffnete und stand einer jungen Frau gegenüber. Sie war dunkelhaarig, schlicht gekleidet und hatte die Haare streng nach hinten gekämmt. „Ich bin Kathrin Lehmann.“ Sie sagte das so, als müsste der Name Frau Kurz etwas sagen.

„Ja, und?“

„Ich weiß nicht… Sind Sie … sind Sie nicht Frau Kurz?“

„Doch, sicher.“

„Ich bin Kathrin Lehmann“, wiederholte sie. „Ich weiß nicht, ob Ihnen der Name etwas sagt…“

„Nein, nichts. Absolut nichts.“

Bienzle achtete darauf, dass Kathrin Lehmann ihn nicht sehen konnte. Er hörte sie sagen: „Ich hätte gerne Ihren Mann gesprochen …“ Annemirl Kurz antwortete nicht. Bienzle machte sich auf den Weg zur Wohnungstür.

Da hörte er die junge Frau an der Tür sagen: „Ist… ist ihm… ist ihm etwas zugestoßen?“

„Warum interessiert Sie das?“

„Warum *mich* das interessiert??“

Bienzle trat in den Korridor. „Herr Kurz ist tot“, sagte er kühl. „Er wurde ermordet. Schon am Dienstag letzter Woche.“

Die junge Frau, er schätzte ihr Alter auf 27, 28 Jahre, starrte ihn an. Sie schnappte nach Luft wie ein Fisch auf dem Trockenen, und es dauerte eine ganze Zeit, bis sie etwas sagen konnte. „Ich … ich hab an dem Tag auf ihn gewartet." Erst dann schien sie die Tragweite von Bienzles Worten zu begreifen. Plötzlich schrie sie los: „Das ist nicht wahr! Das ist nicht wahr!" Und immer wieder. „Das ist nicht wahr!" Sie wurde von einem trockenen Schluchzen geschüttelt. Ihr Das-ist-nicht-Wahr wurde immer weiter verstümmelt. Sie brach wimmernd in die Knie. Bienzle half ihr auf und führte sie zu einem Sessel.

Annemirl ging im Wohnzimmer auf und ab. Plötzlich begann sie hysterisch zu lachen. „Das glaubt uns ja keiner! Sie haben gedacht, er ist bei mir und will nichts mehr von Ihnen wissen?"

Kathrin nickte.

„Und ich denke, er ist bei irgendeiner anderen … so einer …"

„Einer anderen Frau", ging Bienzle rasch dazwischen.

„… und er hat mich endgültig satt."

„Ja, das hat er gesagt", kam es leise von Kathrin Lehmann.

„Wo wohnen Sie?" fragte Annemirl streng.

„Ammergasse sieben."

Annemirl lachte auf. „Praktisch! Ach wie praktisch! Keine fünf Minuten von hier." Frau Kurz stand jetzt mit gekreuzten Armen da und schaute auf Kathrin hinab. „Wollen Sie mir bei der Formulierung der Traueranzeige helfen?"

Bienzle fuhr erneut dazwischen: „Frau Kurz, bitte!"

Aber sie legte nach: „Ich meine ja nicht, dass wir sie gemeinsam unterzeichnen sollten." Und dann wieder zu Kathrin: „Sie haben ihn ja auch ziemlich gut gekannt, oder? Wer weiß, vielleicht besser als ich. Was würden Sie denn schreiben …?"

Kathrin rannte fluchtartig aus der Wohnung. Bienzle warf Frau Kurz einen missbilligenden Blick zu und folgte der jungen

Frau. Unterwegs zur Tür sagte er noch zu der Hausherrin. „Sie kommen ja wohl alleine zurecht."

Frau Kurz starrte den Kommissar einen Moment regungslos an, dann knallte sie die Tür hinter ihm zu.

Vor dem Haus holte Bienzle Kathrin Lehmann ein. Sie musste sich am Gartenzaun festhalten, sonst wäre sie zusammengebrochen. Aber sie weinte jetzt nicht mehr.

„Geht's wieder?", fragte Bienzle.

Kathrin Lehmann nickte nur, drückte das Kreuz durch, holte Luft und fragte nun erstaunlich ruhig. „Wie ist er … gestorben?"

„Er wurde erschossen. Ich nehme an, als er auf dem Weg zu Ihnen war. Dienstagmorgen letzter Woche."

„Sie hat ihn *erschossen*?"

„Sie meinen, seine Frau?"

„Natürlich meine ich seine Frau!"

Um den Experimentierplatz, an dem Retzlaff schon am Morgen gearbeitet hatte, gruppierte sich eine Delegation – fünf Anzugträger und eine Frau im Kostüm. Während Retzlaff die Versuchsanordnung aufbaute, erklärte Dichgans: „Mit diesem Gerät können wir genau feststellen, wie hoch die Belastung ist, die unser neuer Werkstoff aushält. Um Ihnen die Einschätzung zu erleichtern, haben wir auf der Skala jeweils eingezeichnet, wo die anderen Werkstoffe wie herkömmlicher Stahl, mehrfach gehärteter Stahl, Aluminium, Titan und verschiedene Kunststoffe sowie Kunststoff-Metall-Verbindungen den Geist aufgegeben haben."

Retzlaff verzog das Gesicht. Er mochte diese saloppe Ausdrucksweise nicht. Den Geist aufgegeben! Ihre wissenschaftliche Disziplin ließ sich am besten in klaren, sachlichen und neutralen Begriffen darstellen.

Am anderen Ende der Halle trat Bienzle durch eine Schwingtür aus Glas und Stahl. Er sprach kurz mit einem Mitarbeiter, der nickte und deutete auf die Gruppe um Retzlaff.

Die einzige Dame in der Delegation fragte gerade: „Ist das Ihre Entwicklung?"

Doch bevor Retzlaff, glücklich über die Frage, nicken konnte, sagte Dichgans: „Wissen Sie, so eine Entwicklung ist heute nicht mehr die Sache eines einzigen genialen Kopfes. Das ist immer Teamarbeit. Es kommt darauf an, wie man die Begabungen der einzelnen Mitarbeiter bündelt …"

„Ich arbeite zusammen mit Dr. Kurz seit drei Jahren daran", sagte Retzlaff.

Die Dame sah sich suchend um. „Professor Kurz …?"

„… ist auf einer Studienreise in den Staaten", antwortete Dichgans rasch.

Retzlaff hatte inzwischen mit dem Versuch begonnen, rascher als am Morgen steigerte er den Druck. Einige seiner Kollegen sahen besorgt herüber.

„Treten Sie bitte ein paar Schritte zurück", rief Retzlaff den Zuschauern zu.

„Was machen Sie denn da?", schnappte Dichgans, der zu spät entdeckte, was Retzlaff vorhatte.

Die Versuchsanordnung detonierte förmlich. Das Werkstück flog in Tausenden von kleinen Einzelteilen durch die Luft. Die Mitglieder der Delegation sprangen erschrocken zurück. Die Männer rissen die Hände vors Gesicht, die Frau kreuzte schützend die Arme vor der Brust. Retzlaff fuhr ruhig den Kilopondmeter wieder herunter.

Dichgans schrie ihn an. „Herr Retzlaff, wie kann so etwas passieren? Ich wusste ja, Ihnen kann man so etwas nicht anvertrauen. Wir hätten warten sollen, bis Dr. Kurz wieder zurück ist."

Retzlaff zischte zurück: „Tun Sie doch nicht so! Sie haben doch diesen Termin bewusst so gelegt, dass er gar nicht dabei sein konnte!“ Dann änderte er seinen Ton sofort und wandte sich wieder an die Delegation. „Es tut mir leid. Das hätte wirklich nicht passieren dürfen, da hat Herr Dichgans ganz recht. Und wenn Dr. Kurz wieder da ist, könnte er natürlich …“

„Nein, das könnte er nicht. Nicht mehr!“ Bienzle trat zwischen die Mitglieder der Delegation. „Wenn Sie Dr. Fabian Kurz meinen. Der wurde heute Morgen im Neckar gefunden. Tot. Ermordet. Seine Leiche hat schon seit Dienstag letzter Woche im Wasser gelegen. Tut mir leid, wenn ich unterbreche, aber unsere Ermittlungen haben leider Vorrang.“ Bienzle war so sehr in seinem Element, dass er seinen augenblicklichen Status völlig vergaß. Er hatte Gächter am Telefon berichtet und angeboten, sich am Arbeitsplatz von Dr. Kurz mal umzuhören. „Also ich weiß nicht, ob das so eine gute Idee ist“, hatte Gächter gesagt, „komm lieber her und berichte uns das alles genauer, danach kümmern wir uns dann selber darum.“

„Später“, hatte Bienzle geantwortet und schnell aufgelegt.

Dichgans’ Büro war mit glatt polierten Werkstücken dekoriert. Die Wände schmückten Konstruktionszeichnungen, die alle wirkten wie Grafiken eines hochtalentierten Zeichners.

Dichgans ging nervös auf und ab. Bienzle hatte sich in einen Besucherstuhl gesetzt und beobachtete ihn.

„Fabian Kurz war ein guter Mann. So einen Stellvertreter kann man sich nur wünschen. Seine Arbeitsgruppe hat er sehr souverän geleitet. Selbst so einen notorischen Querulanten wie Retzlaff hatte er fest im Griff“, sagte Dichgans, ohne seine ruhelosen Bewegungen zu unterbrechen.

„Retzlaff ist der Mann, der draußen den Versuch geschmissen hat?“, fragte Bienzle.

„Ja, mutwillig geschmissen!"

„Und warum mutwillig?", wollte Bienzle wissen.

Dichgans lachte auf. „Er hatte doch tatsächlich geglaubt, man würde ihm die Leitung der Gruppe übertragen, solange Kurz weg ist."

„Und wer leitet sie jetzt?"

„Ich habe sie in Personalunion mit übernommen."

Später sprach Bienzle auch mit Hans Joachim Retzlaff, der verstört an seinem Schreibtisch saß. „Ihr Chef sagt ..."

„Er ist nicht mein Chef", blaffte Retzlaff.

Bienzle verbesserte sich. „Herr Dichgans sagt, Sie hätten den Versuch mutwillig platzen lassen."

„Soll er doch sagen, was er will!"

Damit wandte sich Retzlaff abrupt von Bienzle ab und seinem Computer zu. Der Kommissar zuckte nur die Achseln und ging davon. Es würde noch Zeit und Gelegenheit genug geben, mit dem Konstrukteur zu sprechen.

Ein Mitarbeiter trat an Retzlaffs Tisch. „Sie wollten mir noch die Unterlagen ..."

Retzlaff fuhr ihm schroff in die Parade: „Wie oft soll ich noch sagen, dass ich nicht gestört werden will, wenn ich arbeite."

„Ich wollte doch nur ..." setzte der andere kleinlaut an.

Aber Retzlaff ließ ihn nicht weiterreden. „Ja ja, Sie wollen alle doch nur ... Ich weiß genau, was Sie wollen, täuschen Sie sich nicht!"

Bienzle war stehengeblieben und hatte den kleinen Disput mit angehört. Der Mitarbeiter ging aus dem Raum. Bienzle folgte ihm. Draußen im Korridor schloss er zu ihm auf. „Mit Ihrem Kollegen Retzlaff ist wohl nicht gut Kirschen essen." Das Namensschild an der Brusttasche seines grauen Arbeitsmantels wies den jungen Mann als Dr. Keitel aus.

„Ich kann ihn ja verstehen“, sagte Keitel und zuckte mit den Schultern.

„Warum?“, fragte Bienzle. „Weil Dichgans ihn schikaniert?“

„Retzlaff ist ein Überflieger, ein geradezu genial begabter Mann ... und wenn er's dann mit Dilettanten zu tun hat, und die kassieren auch noch alle Lorbeeren, die eigentlich ihm zustehen ...“ Der junge Mann ließ den Satz in der Luft hängen.

„Aber mit Ihnen springt er doch auch nicht grade freundlich um“, sagte Bienzle.

„Mal so, mal so ... Es gibt genug andere Leute, die mich mögen.“

Bienzle lächelte Keitel an. „Beneidenswert! Wen haben Sie denn mit Dilettanten gemeint, Dichgans oder noch jemand anderen?“

Ein sympathisches Grinsen breitete sich in Keitels Gesicht aus. „In unserem Job gibt es meistens drei Sorten: den begnadeten Tüftler, der ganz in seiner Arbeit lebt. Retzlaff zum Beispiel. Den unbegabten Techniker, der aber ein genialer Verkäufer ist und nach außen eine komplette Fassade aufbauen kann. Und die Trittbrettfahrer, die von beidem keine Ahnung haben. Die letzten kommen am besten durch, weil sie kaum auffallen.“

„Und zu welcher Gruppe gehört Dichgans?“

„Zur zweiten: Erstklassiger Verkäufer – eloquent, weltläufig, mit besten Manieren. Aber er macht einen großen Fehler. Er beutet die genialischen Tüftler aus. Besser – viel besser – wäre eine vernünftige Symbiose, aber damit kann sich der Herr nicht bescheiden. Dr. Kurz war da anders.“

„Fabian Kurz hat also mit Retzlaff kooperiert?“

„Ja. Und deshalb hätte er am Ende auch gewonnen“, sagte Dr. Keitel.

„Wie gewonnen?“

„Dr. Kurz stand vor seiner Beförderung und zwar an Dichgans vorbei ganz nach oben."

Solange Bienzle noch im Dienst gewesen war, hatte er es immer vermieden, Hannelore zu bitten, ihm bei seinen Ermittlungen zu helfen. Sie hätte das vermutlich auch weit von sich gewiesen. Aber jetzt war alles anders. Manchmal war Hannelore sogar froh, wenn ihr Bienzle sich wieder heimlich, oder auch offiziell von der Behörde angefragt, um irgendeine polizeiliche Ermittlung kümmerte. Wenn er ohne Beschäftigung war, konnte er unausstehlich werden. Hannelore war ohne Auftrag aus München zurückgekehrt, hatte also grade keine Arbeit, die drängte, und ging deshalb nach kurzem Zögern auf Bienzles Vorschlag ein.

Jetzt lag sie auf einer bequemen Liege, und Cordula Guntrum massierte mit geschmeidigen, gleichmäßigen Bewegungen ihre Kinnpartie. „Und wer hat mich empfohlen?", fragte sie.

„Frau Kurz. Annemirl Kurz", sagte Hannelore, und es klang wie das wohlige Schnurren einer Katze.

„Ach ja … mein Gott, die Arme … haben Sie das mitgekriegt …?"

„Sie meinen das mit ihrem Mann?"

„Wenn man sich das vorstellt. Sie liegt hier, wie Sie jetzt, und ihr Mann joggt wie jeden Morgen und dann …" Sie erschauerte.

„Ach, die Annemirl war bei Ihnen? Das hat sie mir gar nicht erzählt."

„Sie kommt jeden Dienstag um die gleiche Zeit."

„Letzte Woche auch?"

Cordula hielt in ihrer Bewegung inne. „Ja sicher. Warum wollen Sie das überhaupt wissen?"

Hannelore versuchte abzulenken: „Was war das eigentlich für einer, ihr Mann? Ich hab den nie zu Gesicht bekommen."

„Kein Wunder, der Fabian war doch völlig auf seinen Beruf fixiert. Da musste schon Weihnachten und Ostern auf einen Tag fallen, damit Annemirl ihn mal überreden konnte, mit ihr auszugehen."

„Kann man sich bei ihr gar nicht vorstellen."

„Ja, nicht wahr. So eine lebenslustige Frau."

„Und trotzdem hat er eine Freundin gehabt", sagte Hannelore betont beiläufig. Cordula verrutschten die Hände. „Der Fabian Kurz?"

„Das überrascht Sie?"

„Das haut mich glatt um! Bei dem wär ich doch nie auf die Idee gekommen."

„Sonst hätten Sie's vielleicht selber mal versucht, hm?"

„Wer weiß? Sie haben ihn ja nicht gekannt.... Von dem Mann ging etwas aus! Der hatte ein Geheimnis. Wenn der so versonnen vor sich hingelächelt hat ... und dann diese dunklen braunen Augen und immer diese leichte Melancholie ... Und er war ja so genial. Ein guter Freund von mir hat immer gesagt: ‚Du wirst sehen, der kriegt noch mal den Nobelpreis!'"

„Tscha", sagte Hannelore, „damit ist es ja nun wohl vorbei."

„Ich versteh das nicht", sagte Cordula Guntrum. „Annemirl und ich haben an dem Morgen unsere Horoskope verglichen und auch seins angeschaut. Er war Skorpion. Da war ganz deutlich, dass er eine reizvolle Aufgabe vor sich hatte – die Jupiter-Uranus-Konstellation war super. Merkur signalisierte höchste Anerkennung. Uranus war positiv. Das heißt, sein Erfindungsgeist würde sich endlich auszahlen. Man konnte sogar eine besondere Geldprämie erwarten ..."

„Und das alles verrät so ein Horoskop?"

„Ja sicher, wenn man in den Sternen lesen kann. Was sind Sie für ein Sternbild?"

„Schütze", log Hannelore. Sollte die Sternendeuterin doch mal sagen, was Bienzle bevorstand.

Frau Guntrum ging zu ihrem Computer und öffnete per Mausklick ein neues Programm. „Saturn und Jupiter positiv, Mars und Pluto negativ. Was Sie erreichen wollen, geht nicht so schnell wie erhofft. Suchen Sie Verbündete für Ihren Plan."

„Schau, schau, wer hätte das gedacht", sagte Hannelore, während die Kosmetikerin begann, eine Maske auf ihr Gesicht aufzutragen.

Gächter hatte seinen Stuhl nach hinten gekippt und die Füße auf die Schreibtischplatte gelegt. Neigenfindt erstattete Bericht, als ob er eines seiner ausgeklügelten Referaten in der Uni hielte. „Der Schuss wurde aus nächster Nähe abgegeben. Der Schütze muss sehr dicht vor Doktor Kurz gestanden haben. Jemand, den Doktor Kurz gut kannte und ohne …"

Gächter unterbrach: „Den Doktor können Sie in dem Fall weglassen. Spart Zeit!"

Neigenfindt gab sich indigniert. „Der Doktortitel ist für mich ein Teil des Namens. Gerade wenn man selber vorhat zu promovieren."

Gächter wollte sich auf keine Diskussion über akademische Titel einlassen. Er selber hatte nicht einmal Abitur und knabberte bis heute daran. „Sie haben recht, Kollege Neigenfindt, der Täter muss jemand gewesen sein, gegen den das Opfer kein Misstrauen hegte."

Neigenfindt fuhr zufrieden fort: „Die Waffe war eine Pistole. Vermutlich Heckler und Koch, Kaliber 0,8. Das Geschoss konnte von Dr. Kocher entnommen werden. Es ist kaum verformt, also wenn wir die Waffe dazu finden …"

„Schöne Aufgabe für Sie! Kriegen Sie raus, wer eine solche Waffe besitzt", sagte Gächter mit einem feinen Lächeln.

„Und wo soll ich suchen?"

„Bei den üblichen Verdächtigen: Frau, Geliebte, Rivalen beruflich wie privat, andere Leute, die von seinem Tod profitieren, vielleicht ja sogar die geschäftliche Konkurrenz."

Neigenfindt atmete tief durch.

„Alles die übliche Polizeiarbeit", sagte Gächter, „nicht spektakulär, selten erfolgreich, aber unabdingbar, Herr Kollege."

Hans Joachim Retzlaff hatte den Betrieb früher als sonst verlassen. Er fuhr nicht nach Hause, sondern über die Pischekstraße hinauf zur Wangener Höhe und dann den Bergrücken entlang fast bis ans Ende eines schmalen betonierten Sträßchens, über dem mächtige Laubbäume ihre dichten Blätterarme wie zu einem Tunneldach wölbten. Die Grundstücke, die sich hier hinter den Straßenbäumen aneinanderreihten, nannten die Schwaben „Gütle". Anderswo in Deutschland bezeichnete man sie als Schreber- oder Laubenpiepergärten.

Retzlaff stellte sein Auto ab. Seltsamerweise war das grüne Gartentor nur angelehnt, obwohl er immer sorgsam darauf achtete, dass abgeschlossen war. Als er an die Tür zu der flachgiebligen Hütte kam, die so kunstvoll eingewachsen war, dass man sie von der Straße her kaum sehen konnte, erstarrte er. Der Riegel war aus der Verankerung gerissen. Die Tür hing schräg in den Angeln und schwang leise ächzend im leichten Wind auf und zu.

Auf Zehenspitzen trat Retzlaff über die Schwelle. In der Hütte sah es aus wie immer …

Eigentlich hatte Bienzle ins Präsidium fahren wollen, um Gächter endlich Bericht zu erstatten. Aber dann fand er sich doch in der Ammergasse wieder. Kathrin Lehmann bat ihn ohne Umschweife herein. Es war erstaunlich, wie beherrscht sie jetzt wirkte.

„Am vorletzten Dienstagmorgen – waren Sie da zu Hause?", fragte der ehemalige Kommissar.

„Ja sicher. Ich habe doch auf ihn gewartet."

„Und haben Sie dafür irgendwelche Zeugen?"

„Nein, natürlich nicht."

„Sie waren auch nicht beim Bäcker Brötchen holen oder am Zeitungskiosk oder so?"

„Nein. Ich habe mich schön gemacht, den Tisch gedeckt, mich hingesetzt und gewartet. So gegen acht Uhr wusste ich dann: Er kommt nicht. Und plötzlich hab ich angefangen furchtbar zu heulen. Weil ich das Gefühl hatte, er kommt überhaupt nicht mehr. Nie mehr!"

„Hat er mit Ihnen irgendwann einmal über eine gemeinsame Zukunft gesprochen?"

„Das wollte ich nicht. Männer sind Meister in falschen Versprechungen!"

Bienzle zog eine Grimasse und wechselte das Thema. „Was machen Sie denn beruflich?"

„Ich bin an der Uni. Ich hab einen Lehrauftrag in Informatik."

„Also waren Sie eine adäquate Gesprächspartnerin für Fabian Kurz."

Kathrin nickte. „Ich habe sogar bestimmte Arbeiten für ihn übernommen."

„Ach ja?"

„Er war ein guter Techniker, aber ein schwacher Mathematiker. Und mit den fortgeschrittenen Computerprogrammen hatte er ganz schöne Probleme!"

Bienzle war nun auf die vorderste Sesselkante vorgerutscht. „Wusste jemand davon, dass Sie für ihn arbeiten?"

„Um Gottes willen! Bitte erzählen Sie's auch niemandem!"

Bienzle winkte begütigend ab. „Sie haben Frau Kurz gestern beschuldigt, ihren Mann erschossen zu haben", sagte er unvermittelt.

„Ach, nein, das glaube ich nicht wirklich. Für die Frau ist es ja auch ein Verlust."

„Und Sie? Wie kommen Sie damit zurecht?"

Kathrin schlug die Beine übereinander. „Wissen Sie, für mich hat es immer auch Momente gegeben, in denen ich mir überlegt habe, ob es nicht besser wäre, die Beziehung aufzugeben. Geliebte zu sein ist eine so beschissene Sache. Sie werden jetzt gleich fragen, warum machen Sie's dann?"

„Warum machen Sie's dann?", fragte Bienzle.

„Weil es mich zu diesem Mann so unglaublich hingezogen hat. Manchmal habe ich gedacht, ich lebe nur in den Momenten, in denen wir zusammen sind."

Bienzle nickte verständnisvoll. „Da fällt es natürlich schwer, ein Mordmotiv zu unterstellen."

Zum ersten Mal lächelte auch Kathrin Lehmann. „Könnte man aber auch gerade andersrum sehen, oder?"

Die ganze Zeit schon hatte Bienzle immer wieder zu einem Bild hingesehen, das alleine an der größten Wand des Raumes hing. Es hatte genau diese Eigenschaft, den Blick immer wieder auf sich zu ziehen. Dabei war er sich gar nicht sicher, ob es ein Foto oder ein Gemälde war. Vielleicht die Teleskopaufnahme eines Spiralnebels aus dem Weltraum in lauter Rottönen vor einem tiefen Blau, das sich nach hinten zu verlieren schien bis in die Unendlichkeit. Jetzt sagte Bienzle: „Ich habe ein ganz ähnliches Bild bei Frau Kurz gesehen."

„Es ist ein Geschenk von Fabian. Der Maler ist Cornelius Reiners." Weit hinten in Bienzles Gedächtnis regte sich etwas. Er hatte den Namen schon gehört. Hannelore würde ihn aufklären können. Sie war in der Szene zu Hause, wenngleich sie immer behauptete, sie sei nur eine Gebrauchskünstlerin, eine Illustratorin, die nur Auftragsproduktionen herstelle. Dabei hatte sie wunderschöne Bilder gemalt, die sie freilich nur ihm gezeigt hatte.

„Cornelius Reiners ist ein guter Freund von Fabian ... gewesen", sagte Kathrin.

Plötzlich ging in Bienzles Gedächtnis ein Türchen auf. Der Name Cornelius Reiners war kürzlich in einer Polizeiakte aufgetaucht. Gächter hatte ihm sogar ziemlich ausführlich davon erzählt. Aber in welcher? Er glaubte sich zu erinnern, dass es nicht bei der Mordkommission gewesen war, sondern in einer benachbarten Abteilung ... Ein unnatürlicher Todesfall. Kein Mord ... kein Totschlag ...

„Der Mann lebt nicht mehr", sagte Bienzle plötzlich.

Kathrin verstand ihn falsch. „Ja, natürlich, darüber reden wir doch die ganze Zeit". Sie schaute Bienzle erstaunt an. Doch der war ganz in Gedanken vertieft. „Ich meine nicht Fabian Kurz, ich meine diesen Maler. Ich komm jetzt bloß nicht drauf. Wartet Se amal. Haben Sie vielleicht ein Glas Rotwein für mich?"

„Ein Nordheimer Trollinger mit Lemberger, wäre der recht?"

„Der wär wunderbar!"

Beim zweiten Glas kam er drauf. Cornelius Reiners war vor der Küste Korsikas tauchen gegangen und nicht zurückgekommen. Seine Frau war bei der Polizei gewesen, nachdem sie zwei Tage nichts von ihrem Mann gehört hatte. Der Kollege Keuerleber hatte mit der französischen Polizei in Bastia Kontakt aufgenommen – Keuerleber sprach ein lupenreines Französisch. Nach den Ermittlungen der Franzosen lag der Fall klar: Dort, wo Reiners auf eigene Faust tauchen war, versuchten es nur Verrückte. Die Strömungen dort waren teuflisch. Und es standen genug Warntafeln in allen einschlägigen Sprachen am Strand. Aber Deutsche ließen sich ja nichts sagen. Da hätten sie genügend leidvolle Erfahrungen, hatte der Kollege aus Bastia gesagt. Am Ufer hatte man Reiners Kleider gefunden, dazu seine Brieftasche mit etwas französischem Geld, seinen Personalausweis, eine Packung Kondome, Hustenpastillen und die Haus- und die Autoschlüssel. Alles deutete darauf hin, dass der Mann ertrunken war.

„Ist das nicht komisch", sagte Bienzle, „zwei so unterschiedliche Todesfälle. Und nun berühren sich die beiden. Halten Sie das für einen Zufall?"

„Es gibt keine Zufälle", sagte Kathrin Lehmann.

„Ja, ja, ich weiß. Alles steht in den Sternen." Bienzle deutete auf den wilden Sternennebel auf Reiners Bild.

„Das habe ich nicht gemeint", sagte Kathrin.

„Ich glaub ja auch nicht dran", sagte Bienzle. „Wenigstens ned richtig."

Als er das Haus verließ, war er seltsam unruhig und trotz der beiden Gläser schweren Rotweins hellwach. Aber das kannte er bei sich. Er spürte, dass sich etwas bewegte … Er wusste noch nicht was, aber er wusste, dass es sich demnächst zeigen würde. An diesem Punkt der Ermittlungen packte ihn jedes Mal so eine undefinierbare Rastlosigkeit. Es wäre ihm jetzt unmöglich gewesen, sich irgendwo hinzusetzen und auch nur die Zeitung zu lesen. Sofort hätte er wieder aufspringen und herumtigern müssen wie ein gefangenes Tier in einem Käfig. Er empfand es geradezu als Erleichterung, als sein Handy klingelte. Retzlaff war am Apparat.

In seinem versteckten Gartenhaus auf dem Gütle hatte Hans Joachim Retzlaff das Analyseprogramm auf dem Computer hochgefahren. Es war eindeutig, dass ein anderer im Programm gewesen sein musste. Der Techniker stand auf und ging zu einem altertümlichen Stahlgeldschrank, der in der Wandverkleidung verborgen war. Er öffnete ihn, nahm ein Tablett mit verschiedenen Werkstücken und ein Bord mit Reagenzgläsern heraus. Wenigstens waren die Werkstücke und Proben nicht gestohlen worden. Aber was nützte ihm das? Wer in sein Computerprogramm eingedrungen war, hatte auch alle Angaben über die Zusammensetzung des Stoffes.

Es klopfte an der Tür, die im selben Augenblick leicht knarrend aufschwang. Bienzle stand auf der Schwelle. Retzlaff schaute auf. „Na endlich!“, sagte er. „Haben Sie’s leicht gefunden?“

„Als alter Stuttgarter …“ Bienzle schloss die Tür hinter sich und setzte sich auf einen Hocker. „Wenn man von hier oben auf die Stadt Stuttgart hinunterschaut, sieht sie aus wie eine lichtbekränzte Königin. Das hat der Manfred Esser in seinem Ostend-Roman geschrieben.“

Retzlaff gestand, seit seinem Abitur nie mehr eine Zeile Literatur gelesen zu haben. Dann sagte er unvermittelt: „Man hat mich bestohlen!“

„Wer?“, fragte Bienzle.

„Dichgans oder einer seiner Handlanger. Keitel vielleicht, was weiß denn ich?! Ich war denen mindestens um ein Jahr voraus.“

„Jetzt amal langsam. Sie waren wem voraus? Etwa Ihrer eigenen Firma?“

„Ja, verdammt noch mal. Und ehe Sie mir einen Vorwurf machen: Die haben mich selbst für das, was ich Ihnen geliefert habe, noch viel zu schlecht bezahlt.“

„Und das andere, was hatten Sie damit vor?“

Retzlaff merkte, dass er sich schon viel zu weit vorgewagt hatte, und schwieg.

„Ihre Firma hat Konkurrenten, Herr Retzlaff“, sagte Bienzle.

„Was geht Sie das überhaupt an?“, schnappte Retzlaff. „Sie sind ja doch nicht einmal mehr im aktiven Polizeidienst. Haben Sie doch selbst gesagt!“

„Freier Mitarbeiter“, brummte der einstige Kommissar. „Wusste Dr. Kurz davon?“

Retzlaff schwieg.

„Ich habe gehört, ohne Sie wäre er bei Weitem nicht so erfolgreich gewesen."

Retzlaff nickte nur, sagte aber nichts.

„Haben Sie sich gut verstanden, Kurz und Sie?", bohrte Bienzle weiter.

„Wenigstens hat er mein Genie erkannt. Und anerkannt!"

„Und was wollte er damit erreichen? Wollte er bei Ihrer Firma ganz nach oben, oder wollte er Ihr Wissen teuer verkaufen und den Gewinn mit Ihnen teilen?"

Retzlaff lächelte mit schmalen Lippen. „Wir können ihn leider nicht mehr fragen."

Bienzle stemmte die Hände auf die Knie und stand schwerfällig auf. „Sie waren also so eine Art Kompagnons, Sie und der Fabian Kurz."

„Wir hatten uns arrangiert. Er wollte in Amerika alles klarmachen. Aber da ist er ja gar nicht mehr hingekommen. Irgendwer hat es gerade noch rechtzeitig verhindert."

Es war schon fast Mitternacht, als Bienzle am Tor zu der Jugendstilvilla am Bubenbad klingelte. Elaine Reiners öffnete. Sie hatte eine Mähne aus leuchtend roten Haaren, lange Beine und schob beim Gehen das Becken weit nach vorne. Dass sie keine grünen, sondern graue Augen hatte, enttäuschte ihn. Er sagte wahrheitsgemäß, er befasse sich mit den Ermittlungen im Mordfall Kurz und war froh, dass die Frau nicht nach einem Ausweis verlangte. Als er den Namen nannte, rang Frau Reiners erkennbar um ihre Fassung. Aus ihrem Wohnzimmer erklang das Lachen zweier Frauen.

Elaine Reiners wollte den ehemaligen Kommissar nicht hereinlassen. „Ich habe mit zwei Freundinnen zu Abend gegessen, und jetzt trinken wir noch ein Gläschen zusammen. Das ist alles

sehr privat. Wenn Sie mich sprechen wollen, komme ich gerne morgen ins Präsidium. Oder Sie können mich auch in meiner Galerie besuchen. Nur jetzt, jetzt kommen Sie sehr ungelegen."

Bienzle sagte, das könne er gut verstehen. Er werde dann morgen in der Galerie vorbeischauen. Ob sie ihm eine Karte geben könne …

Elaine ging ins Wohnzimmer, um eine Visitenkarte zu holen. Bienzle folgte ihr unaufgefordert. An der Tür verbeugte er sich ein wenig linkisch. „Tut mir leid, dass ich gestört habe." Er lächelte Annemirl Kurz freundlich zu, die mit überschlagenen Beinen auf einer weißen Couch aus Leder saß und ein Champagnerglas auf ihrem rechten Knie balancierte. Das Gesicht der dritten Frau prägte er sich ein. Ihm blieb nicht verborgen, dass das Trio ihn verwirrt anstarrte.

Hannelore schlief schon, als er nach Hause kam, und sie reagierte äußerst ungnädig, als er sie weckte. Bienzle stand mit einer Flasche Trollinger und zwei Gläsern am Fußende des Bettes, dachte nicht daran, schlafen zu gehen, und wollte mit ihr reden.

Hannelore setzte sich auf. „Lass es lieber, ich kann eh nichts mehr aufnehmen."

„Aber ich", sagte Bienzle. „Wie war's bei der Kosmetikerin?"

Hannelore stöhnte auf. „Deshalb weckst du mich?"

„Halb so schlimm", sagte er, „ich hab grad schon den Gächter geweckt, damit der, seinerseits, einen Staatsanwalt und einen Richter aus dem Schlaf reißt". Bienzle grinste wie ein Schulbub, dem ein Streich gelungen ist.

„Warum das denn?"

„Weil ich eine Telefonüberwachung brauche."

„Du weißt genau …"

„Ja, du bist dagegen. Und eigentlich bin ich auch dagegen, aber in dem Fall … Sag amal, wie sieht die Kosmetikerin aus …?"

„Ja, wie sieht die aus … musst du das jetzt wirklich wissen?"

Bienzle sagte: „Zirka fünfunddreißig Jahre alt, etwa 1,75 groß, brünett, kleiner Busen, breite Hüften, muskulöse Beine. Kurzhaarschnitt, Lachfältchen um die Augen, eine etwas zu dicke Nase, aber trotzdem ziemlich hübsch, was wahrscheinlich von den hohen Wangenknochen und den leicht schräg liegenden Augen kommt."

Hannelore reagierte überrascht. „Das ist sie!"

„Ich hab sie grade noch bei Elaine Reiners getroffen."

„Bei der Galeristin?"

„Ja, genau. Jetzt müsste man wissen, ob die Frau Kurz am Dienstag letzter Woche wirklich bei ihr war, oder ob die Frau Guntrum ihr nur ein Alibi gibt."

Hannelore musterte ihn genau. Langsam wurde ihr Blick wacher. „Saturn und Jupiter positiv", sagte sie, „Mars und Pluto negativ. Was Sie erreichen wollen, geht nicht so schnell wie erhofft. Suchen Sie Verbündete für Ihren Plan."

„Hä?", machte Bienzle.

„Steht in deinem Horoskop, und du weißt doch: Die Sterne lügen nicht."

„Blödsinn. Und woher willst du das überhaupt wissen?"

„Ich hab Frau Guntrum heute Morgen …" sie verbesserte sich, „gestern Morgen nach deinem Horoskop gefragt."

„Du scheust auch vor gar nix z'rück!" Bienzle goss eines der Weingläser voll und reichte es Hannelore. „Gehst du für mich noch mal zu ihr hin?"

„Tut mir leid, ich hab den ganzen Tag Termine."

Bienzle nickte. „Ja, das Leben ist hart. Muss ich halt selber zur Kosmetik gehen."

„Schaden kann es dir nicht!" Hannelore nahm einen ersten Schluck Wein.

Bienzle hatte nur drei Stunden geschlafen, aber er fühlte sich nicht müde. Schon kurz vor sieben Uhr war er wieder auf den Beinen, kochte einen starken Kaffee, duschte heiß und kalt. Dann rief er Gächter an, der offensichtlich noch mit dem Schlaf kämpfte und verärgert brummte: „Zu deiner aktiven Zeit bist du nicht halb so aktiv gewesen, Mann!“ Unbeeindruckt sagte der Kommissar im vermeintlichen Ruhestand: „Ihr müsst Elaine und Cornelius Reiners bei eurer Waffenrecherche mit einbeziehen.“

Punkt acht Uhr stand Bienzle vor dem Kosmetikstudio Guntrum. Die Besitzerin traf kurz nach ihm ein. „Guten Morgen, Frau Guntrum. Wir haben uns ja schon gestern Abend kurz gesehen. Jetzt müsst ich Ihnen ein paar Fragen stellen.“

Cordula Guntrum antwortete nicht darauf. Sie schloss die Tür auf und ging voraus in ein helles, freundliches Büro. An der Wand hing eine grafische Darstellung zum Thema Fußzonenreflexmassage sowie ein Terminplaner mit farbigen Täfelchen.

„Sie sind mit Frau Kurz gut befreundet?“ fragte Bienzle.

Cordula Guntrum war auf der Hut. „Wir kennen uns schon ein paar Jahre, und sie ist eine meiner besten Kundinnen.“

„Und sie kommt immer dienstags zur Behandlung?“ Bienzle war vor den Planer getreten.

„So ist es.“

„Haben Sie, außer der Tafel da, noch ein Planungsbuch oder so etwas?“

„Ja, aber da steht auch nichts anderes drin.“

„Darf ich das Buch trotzdem mal sehen?“

Cordula reichte Bienzle das Buch und sagte unfreundlich: „Sie halten mich von der Arbeit ab!“

Bienzle blätterte in dem Buch. „Dienstag, 8,30 Uhr. Da ist was rausradiert. Hatten Sie da zuerst eine andere Kundin?“

„Nein, ich habe mich bloß verschrieben." Sie wurde zunehmend ärgerlicher und nervöser.

Unbeeindruckt studierte Bienzle weiter in dem Buch. „Donnerstag: A. Kurz. 18 Uhr", las er laut.

„Das war ein zusätzlicher Hausbesuch bei Annemirl."

Bienzle hielt die Seite, auf der die Bleistiftschrift radiert worden war, gegen das Licht. „Da stand, warten Sie mal, irgendwas mit Wein … Weinzig oder Weinzierl oder so …" Er blätterte weiter. „Ach, da taucht der Name ja auch auf: Weinzierl, genau!" Er legte das Buch hin und schaute Cordula direkt an. „Frau Guntrum, wenn ich jetzt Frau Weinzierl ausfindig mache, was wird sie mir bestätigen? Dass Sie abgesagt haben? Wahrscheinlich nicht! Und wenn ich Ihre Buchhaltung überprüfen lasse, finde ich da für Dienstag eine Rechnung für Frau Weinzierl oder für Frau Kurz?"

Cordula schaute zu Boden und biss sich auf die Lippen. „Schon gut! Aber Sie ziehen die falschen Schlüsse."

Bienzle setzte sich und betrachtete die Kosmetikerin nicht ohne Sympathie. „Und welche wären das?"

„Annemirl hat nichts mit dem Mord an ihrem Mann zu tun."

„Aber trotzdem brauchte sie ein Alibi?"

Cordula starrte Bienzle unsicher an. Offenbar hatte er ins Schwarze getroffen. Sie nickte langsam. „Aber wegen etwas ganz anderem …"

„Frau Kurz hat also einen Freund? Und Sie waren ihr Alibi, wenn sie ihn getroffen hat?"

„Fragen Sie Frau Kurz. Von mir erfahren Sie den Namen jedenfalls nicht."

„Was sind Sie für ein Sternbild?", fragte Bienzle.

„Steinbock, warum?"

„Und wie ist Ihr Horoskop für diese Woche?"

„Jupiter und Uranus signalisieren mir, dass ich auch gegen harte Gegner bestehen kann."

„Danke!", sagte Bienzle.

Neigenfindt stürmte in Gächters Büro. „Volltreffer! Ich hab das Ergebnis der Telefonüberwachung."

Gächter ging zur Kaffeemaschine, die auf dem Fensterbrett leise vor sich hingurgelte, und schenkte sich einen Becher ein. „Lesen Sie vor!"

„Liebling, ich bin's!"

Gächter hob die Augenbrauen, sagte aber nichts. Rosemarie Müller kam herein. „Weiter", sagte Gächter.

„Das war ein männlicher Anrufer. Dann die Frauenstimme: ‚Wo bist du jetzt?' Und er: ‚In Caracas. Alles ist gut gegangen. Was sagt denn der Anwalt?' Dann wieder sie: ‚Es wird ein Jahr dauern. Mindestens.' Keine Ahnung, was sie damit meint", fügte Neigenfindt noch hinzu.

„So lange dauert es mindestens, bis einer für tot erklärt wird. Und dann zahlt auch erst die Lebensversicherung", sagte Gächter.

Neigenfindt gab mit gespitzten Lippen einen leisen Pfiff von sich. „Ach, so läuft der Hase! Übrigens: Die Tatwaffe ist möglicherweise registriert."

„Wieso, wir haben bisher keine Tatwaffe gefunden."

„Das Geschoss könnte aus einer Heckler und Koch 0,8 Millimeter stammen, sagen die Ballistiker. Eine Waffe dieses Fabrikats und dieses Kalibers ist auf den Namen Cornelius Reiners zugelassen. Natürlich wissen wir nur, dass es die gleiche Waffe ist, ob es dieselbe ist, muss erst noch geklärt werden."

„Natürlich", knurrte Gächter. Die Tüchtigkeit dieses Neulings ärgerte ihn. Trotzdem sagte er: „Gute Arbeit!"

Neigenfindt winkte ab. „Routine. Sollen wir eine Durchsuchungsanordnung für die Wohnung Reiners beantragen?"

„Ich bin davon ausgegangen, dass Sie das längst gemacht haben", sagte Gächter und schämte sich gleich ein bisschen für seine Gehässigkeit.

Staatsanwalt und Richter ließen sich Zeit mit der Durchsuchungsanordnung. Aber Frau Reiners lief ihm nicht davon. Gächter fuhr nach Bad Cannstatt zu der Fabrik, in der Retzlaff beschäftigt war … gewesen war. Dichgans hatte ihn fristlos gekündigt und war damit auch bei der Personalabteilung durchgekommen. Für den Dienstagmorgen der vorausgegangenen Woche hatte Dichgans ein Alibi. Dr. Keitel auch.

„Der Dichgans wird schon sehen, was er davon hat", sagte Hans Joachim Retzlaff. Er saß vor einem Bier in der Kantine und war, außer Bienzle, der einzige Gast. Kein Wunder, um diese Zeit. Bei der aktuellen Beschäftigungssituation ging niemand außer der Reihe in die Kantine.

„Was wollen Sie denn jetzt machen?", fragte Bienzle, nachdem ihn der Techniker über seinen Rausschmiss informiert hatte.

„Wenn in der Branche bekannt wird, dass ich frei bin, hab ich am nächsten Tag wieder einen Job", sagte Retzlaff.

„Und warum haben Sie dann nicht schon viel früher gewechselt?"

Mit einem trostlosen Blick sagte Retzlaff: „Wir haben ja gedacht, dass wir gewinnen – der Kurz und ich!"

Gächter, dem einer der Mitarbeiter verraten hatte, Retzlaff sei in die Kantine gegangen, kam herein. Er sah Bienzle mit einem leisen Kopfschütteln an. „Spielen wir jetzt Hase und Igel?"

Der Ältere winkte ab. „Wir teilen uns nur die Arbeit. Haben wir doch immer so gemacht."

„Ja, früher! Los, komm! Es gibt neue Erkenntnisse!"

„Darf man fragen, welche das sind?", meldete sich Retzlaff.

„Fragen darf man", gab Gächter zurück. „Die Antwort kommt später."

Die Galeristin Elaine Reiners saß über dem Umbruch eines Ausstellungskatalogs, der sich ausschließlich mit den Werken ihres Mannes befasste. An der Wand lehnten gut zwanzig seiner Werke. Eine Mitarbeiterin hängte gerade die Bilder eines anderen Malers ab.

„Sie vergeuden keine Zeit", sagte Bienzle von der Tür her.

Elaine sah nur kurz auf. „Cornelius wäre damit einverstanden gewesen, dass ich jetzt eine große Retrospektive mache."

Bienzle stellte Gächter vor. „Er leitet die Ermittlungen."

„Und Sie?"

„Ich helf' ihm dabei. Wird das eine Verkaufsausstellung?"

„Ja sicher, das Leben muss ja weitergehen ..."

„No ja, wie man's nimmt. Das von Fabian Kurz musste ja auch nicht weitergehen."

„Ja, es ist furchtbar", Elaine Stimme hatte einen fast schon gelangweilten Ton.

„Bei Ihrem Mann Cornelius sieht das allerdings ein bisschen anders aus", sagte Gächter.

Die junge Frau, die an der Rückwand gerade ein Bild abstellen wollte, hielt mitten in ihrer Bewegung inne. „Ich verstehe nicht, was Sie meinen."

„Ich habe eine richterliche Durchsuchungsanordnung", Gächter legte das Papier vor Elaine auf den Tisch. „Meine Kollegen werden gleich da sein."

„Sie haben was?"

„Oder können Sie uns die Waffe Ihres Mannes aushändigen?"

„Die Waffe? Welche Waffe?"

„Eine Heckler und Koch 0,8 Millimeter. Gekauft am 16. März letzten Jahres bei der Waffenhandlung Hieberer. Ihr Mann hat einen gültigen Waffenschein vorgelegt. Die Pistole ist auf seinen Namen registriert."

„Ich verstehe kein Wort. Mein Mann ist ertrunken!"

„Aber Fabian Kurz wurde erschossen, und zwar genau mit einer solchen Waffe", sagte Bienzle. Elaine fuhr zu ihm herum. Sie sah aus, als wollte sie ihm gleich mit ihren langen, grün lackierten Fingernägeln ins Gesicht fahren. Ihre Augenfarbe hatte sich verändert und schimmerte jetzt wie Granit. „Ich habe keine Ahnung, was Sie sich da zusammenreimen!"

„Ich will's Ihnen sagen: Als der Plan geschmiedet wurde, dass Ihr Mann den eigenen Tod vortäuschen sollte, damit Sie beide gemeinsam in den Genuss seiner Lebensversicherung kommen, hatten Sie und Ihre Freundin Annemirl Kurz die Idee, dass man zwei Fliegen mit einer Klappe … – na ja, des isch jetzt koi so schöner Vergleich …"

„Mein Mann ist tot", schrie Elaine Reiners.

Gächter meldete sich wieder: „Sie haben heute Nacht um 2 Uhr 47 noch mit ihm telefoniert." Er zog ein Papier aus der Tasche. „Da, Ihr Gespräch ist genau protokolliert."

Bienzle zog mit dem Fuß einen Stuhl heran und setzte sich. „Eigentlich war ja die Idee gar nicht so schlecht. Wenn einer, der selber stirbt, noch schnell einen Mord begeht, wie will man da den Täter erwischen? Sie haben es zu dritt ausbaldowert: Sie, Annemirl Kurz und Ihr Mann Cornelius Reiners."

„Das sind doch alles Hirngespinste", stieß Frau Reiners hervor.

Aber Bienzle ließ sich nicht beirren. „Am Dienstag letzter Woche kam dem Herrn Kurz auf seinem Joggingpfad plötzlich sein alter Freund Cornelius Reiners entgegen. Die beiden begrüßten sich, redeten ein bisschen miteinander, vielleicht hat Ihr Mann seinem Freund ja noch erzählt, dass er am gleichen Tag zum Tauchen nach Korsika fliegen wollte. Dann hat er seine Waffe gezogen und abgedrückt. Ins Neckarwasser war's ja dann nimmer weit."

„Ich sage nichts mehr. Kein Wort!" Es klang trotzig, aber schwach. Die Augen der Frau zeigten jetzt wieder ein stumpfes Grau. Ihre Hände zitterten. Bienzle bemerkte es, obwohl Frau Reiners die Hände fest ineinander verschränkte.

Gächter nahm wieder das Wort: „Jetzt fragt sich nur noch, warum. Dass Sie's miteinander geplant haben, und dass Ihr Mann Fabian Kurz erschossen hat, ist klar. Aber warum? Ich meine, warum hat Cornelius Reiners Ihrer Freundin Annemirl den Gefallen getan?"

„Wir hatten Pläne", sagte Elaine Reiners. „Mein Mann, Annemirl und ich. Wir hätten ja zwei Lebensversicherungen kassiert. Geld genug, irgendwo anders ganz neu anzufangen. Meinen Mann hat diese miese Provinz hier angeödet. Annemirl hat ihren Mann schon lange nicht mehr ausstehen können, und ich ...", ein Lächeln huschte über ihr Gesicht, „ich mag beide sehr. Wir hätten es uns ganz schön gemacht. Aber dann müssen zwei so provinzielle Spießer dazwischenkommen ..."

„Ich nehm an, damit sind wir gemeint", sagte Gächter zu Bienzle. „Macht nichts", sagte der „Ich lebe gern in der Provinz."

# Der Sündenbock

Bienzle war benommen. In seinen Augen saß noch der Schlaf. Eine schwere, angenehme Müdigkeit hatte sich in seinem Körper eingenistet. Bienzle genoss die bleierne Schwere – hätte er die Entscheidung gehabt, sich in den Schlaf zurückfallen zu lassen oder vollends zu sich zu kommen … er hätte sich für den Schlaf entschieden.

Aber die Lautsprecherstimme hatte deutlich genug gesagt: „Meine Damen und Herren, in wenigen Minuten erreichen wir Stuttgart Hauptbahnhof." Dass der Zugführer den Satz auf Englisch wiederholen musste, hielt Bienzle für eine Zumutung – für die Fahrgäste und für den Schaffner!

Bienzle liebte es, abgeholt zu werden. Zwar sagte er Hannelore jedes Mal, wenn er verreisen musste, das sei ganz und gar nicht nötig, das Taxi ginge ja auf Spesen, aber dann stapfte er doch mit gerecktem Hals und leichtem Herzklopfen den Bahnsteig hinunter. War sie da, gab er sich gelassen erfreut, war sie nicht da, kämpfte er ein paar Minuten mit seiner Enttäuschung und trank noch rasch ein Bier an einem der Kioske, ehe er sich ins Taxi setzte, um nach Hause zu fahren. Hannelore war nicht gekommen. Bienzle ging zu einem Bratwurststand, bestellte eine heiße Rote vom Rost, änderte die Bestellung aber sofort in ein Paar Rote, verlangte nach einem Bier und lehnte sich gegen den brusthohen ovalen Tisch. Ein Penner begann seine Geschichte zu erzählen. Bienzle hörte nicht zu, sagte trotzdem ab und zu „So, so“ oder „Aha“, spendierte dem Mann ein Bier und ging die Bahnhofstreppe hinunter.

Am Ausgang stand er, auf einen Stock gestützt. Hochgewachsen, schmal, aufrecht: Karl-Christian von Wiedelbach. Einen Augenblick lang überlegte Bienzle, ob er auf ihn zugehen sollte. Doch dann geschah etwas, was Bienzles ersten Impuls sofort wieder auslöschte. Ein junges Paar kam direkt an von Wiedelbach vorbei. Das Mädchen schmiegte sich eng an seinen Freund. Die beiden blieben stehen und küssten sich. Frech fasste der Junge nach den Brüsten des Mädchens und ließ seine Hände rasch, fast beiläufig zu ihren Schenkeln hinabgleiten. Das Mädchen drängte sich gegen ihn. Wiedelbach hatte den beiden mit aufgerissenen Augen und – wie es schien – mit angehaltenem Atem zugeschaut. Jetzt ging er auf sie los, mit dem hoch erhobenen Stock in der rechten und seiner zur Faust geballten linken Hand. Wild schlug er auf die beiden ein, die zunächst so überrumpelt waren, dass sie nur versuchten, schützend die Arme über ihre Köpfe zu halten. Bienzle rannte los, warf sich zwischen das junge Paar und den Mann und hielt die Hand mit dem Stock fest.

„Hören Sie auf“, herrschte er von Wiedelbach an, „hören Sie sofort auf.“

„Spinnt der?“, schnappte der junge Mann.

Bienzle hätte beinahe gesagt: „Ja, wahrscheinlich!“ Stattdessen zog er von Wiedelbach durch das Bahnhofstor hinaus auf die Straße.

Erst jetzt erkannte ihn Karl-Christian von Wiedelbach. Er sah Bienzle aus seinen wässrigen, graublauen Augen an.

„Wo kommen Sie denn her?“

Bienzle zeigte auf das Bahnhofscafé unter den Arkaden. „Gehen wir etwas trinken."

Ein halbes Jahr hatte Bienzle ermittelt. Erfolglos. Der Mord an von Wiedelbachs Nichte Elsgard war einer seiner letzten Fälle gewesen. Kurz vor seiner Pensionierung hatten er und seine Kollegen kapituliert und ihn zu den Akten gelegt. Zwar glaubte ein ganzes Dorf den Schuldigen zu kennen. Aber das war das einzig gesicherte Ergebnis der Ermittlungen: Der war so unschuldig, wie einer nur sein konnte.

Hätte es die gentechnische Untersuchung noch nicht gegeben, wäre Bernd Müllerschön mit großer Wahrscheinlichkeit hinter den Gittern des Rottenburger Gefängnisses verschwunden und vor Ablauf von zehn, zwölf Jahren kaum wieder herausgekommen.

Bei der toten Elsgard von Wiedelbach hatte man Spermaspuren gefunden. Ehe sie sterben musste, war sie vergewaltigt worden. Von Müllerschön hatten sie nicht gestammt.

Die beiden ungleichen Männer saßen sich an einem schmalen Tischchen gegenüber. Keiner sprach – Bienzle war es recht. Seine Gedanken gingen zurück nach Hainbach – das Dorf zwischen Rottenburg und Hechingen, ein bisschen verschlafen und – wie einst – dominiert vom alten Schloss, auf dem noch immer das einstige Herrengeschlecht derer von Wiedelbach wohnte – ein Dorf, in dem auch heute noch jeder jeden kennt.

Bernd Müllerschön jedenfalls war es nicht gewesen. Und dann hatten sie den, der das Mädchen vergewaltigt hatte: Karl-Christian von Wiedelbachs Sohn Thomas-Rainer. Die mit ihren Doppelnamen. Was, wenn ich Ernst-Maria Bienzle hieße? Der Gedanke amüsierte ihn für einen Moment.

Der Vergewaltiger war nicht der Mörder. Ein in sich gekehrter, fast autistischer Junge mit einer eingefallenen Brust und sehr starken Armen. Das Sorgenkind der adligen Familie, nicht nur körperlich, sondern auch geistig etwas zurückgeblieben.

„Sie haben sich unmöglich benommen in Hainbach“, sagte von Wiedelbach plötzlich.

„Nicht so unmöglich wie Sie gerade im Bahnhof.“ Bienzle ließ den Anderen keine Sekunde aus den Augen.

„Im Bahnhof?“

„Sagen Sie bloß, Sie erinnern sich nicht.“

„Ich erinnere mich gut. Sie waren aufdringlich, unhöflich und haben uns wochenlang belästigt.“

„Ihr Sohn hat’s anders empfunden, glaube ich!“

„Sie haben sich in sein Vertrauen geschlichen!“

„Ich habe seine Unschuld bewiesen, was den Mord anbelangt.“

„Er war überhaupt unschuldig“, sagte von Wiedelbach steif.

Bienzle schüttelte den Kopf. „Das sehen Sie falsch. Die Vergewaltigung geht auf seine Rechnung.“

„Nein!“

„Das ist nun wirklich einwandfrei erwiesen, Herr von Wiedelbach.“

„Das Biest hat ihn verführt. Er kann nichts dafür, gar nichts.“

Bienzle sah von Wiedelbach aufmerksam an: ein seltsames Gesicht, mit einer scharfen Hakennase und zwei langen senkrechten Falten, die sich von den Augen bis zu den Mundwinkeln zogen. Das Kinn sprang weit und spitz vor. Die wässrigen Augen wirkten fast durchsichtig. Die rechte Hand Wiedelbachs ruhte noch immer auf dem Knauf seines Stocks, den er bei jedem Wort, das er sprach, auf den Boden stieß.

„Hat sie’s bei Ihnen auch einmal versucht?“, wollte Bienzle wissen.

„Sie war absolut hemmungslos, das können Sie mir glauben“, stieß der Adlige hervor.

Bienzle sah in die wässrigen Augen. Der Mann war 57, wirkte aber älter. „Ihr Sohn hat einmal gesagt, er habe immer Angst vor Ihnen gehabt."

„Er hat Respekt gemeint, nicht Angst!"

„Er hat Angst gemeint", insistierte Bienzle sanft. „Als Kind begann er schon zu zittern, wenn er Ihre Schritte und das Klopfen Ihres Stockes im Korridor oder auf der Treppe hörte."

„Thomas-Rainer hat Ihnen erzählt, was Sie hören wollten!"

„Es hat lange gedauert, bis er den Mut fand, etwas ganz von sich aus zu erzählen, das stimmt." Bienzle bestellte beiläufig noch zwei Viertel Rotwein.

„Warum rede ich überhaupt mit Ihnen?" herrschte ihn von Wiedelbach an.

Bienzle lächelte. „Ob hier oder in Hainbach – ist doch egal, oder?"

„Heißt das, Sie wollen wieder mit Ihrer Schnüffelei anfangen?"

„Ich bin nicht mehr im Dienst, aber der Fall lässt mir einfach keine Ruhe."

„Das Mädchen ist seit zwei Jahren tot!"

„Und der Mörder läuft genauso lange frei herum! Prost Herr von Wiedelbach."

Der Adlige verfiel in ein trotziges Schweigen. Bienzle prüfte die Farbe des Weines gegen das Licht. Als feststand, dass nicht Bernd Müllerschön, sondern ihr eigener Vetter Elsgard von Wiedelbach vergewaltigt hatte, war für die Hainbacher Müllerschön plötzlich wieder der Täter. „Der hat sie umgebracht", sagte die Witwe, bei der Bienzle während seiner Ermittlungsarbeit wohnte. „Der gilt schon lang als unberechenbar und brutal."

„Dann schlachten wir den Sündenbock", hatte Bienzle geantwortet, aber Frau Schlotterbeck hatte nicht verstanden, was er damit meinte. Der Kommissar aus Stuttgart war für sie sowieso ein wunderlicher Mensch, nicht unfreundlich, aber auch nicht liebenswürdig, meistens kurz angebunden. Er konnte zwar gut zuhören – und wo fand man heutzutage noch so jemanden? Aber er selber sagte so gut wie nichts. Und dabei war sie so voller Hoffnungen gewesen, als er ausgerechnet das Zimmer bei ihr gemietet hatte – mit Blick auf den Hainbach und die sanft ansteigenden Mischwaldhänge auf der anderen Seite des Tals.

Tagelang war er nur rumgelaufen. Oft stand er Stunden im Schlosshof, redete mit niemandem, schaute dem Gärtner zu oder auch Thomas-Rainer, wenn der seine Reitstunde hatte. Am Abend saß er im Goldenen Ochsen, trank sein Viertel Trollinger in zwei Stunden und sah zu, wie die Zeit verging. Das hatte ihr die Frau Hagenlocher erzählt, die abends in der Wirtschaft bediente, um sich was dazu zu verdienen.

Bienzle sagte: „Meine Wirtin meinte auch, es sei vergebliche Liebesmühe, nach einem anderen Täter zu suchen. Für sie war klar, dass es der Müllerschön war."

„Ich habe immer gesagt, dass ich das nicht glaube", sagte von Wiedelbach nun sehr leise.

„Mhm", machte Bienzle, „Sie wussten Bescheid, nicht wahr?"

„Bitte, was?"

„Na ja, mit den Leuten in Hainbach, die kennt doch kaum jemand besser als Sie, der Schlossherr."

„Ach so, ja, ja!"

Bienzle sah ihn forschend an. Manchmal hatte er das Gefühl, von Wiedelbach höre ihm gar nicht zu.

„Warum haben Sie denn auf die armen jungen Leute eingeschlagen?", fragte Bienzle unvermittelt.

„Was hab ich?"

„Sie haben sie ganz schön mit Ihrem Stock traktiert, muss ich schon sagen."

„Sie meinen Thomas-Rainer und …!“

„Nein, ich meine das Pärchen im Bahnhof!“ Bienzle ärgerte sich sofort maßlos, dass er von Wiedelbach unterbrochen hatte.

„Ach so“, er schien erleichtert zu sein, lachte sogar ein wenig. „Na ja – ich kann diese Obszönitäten einfach nicht ausstehen.“

„Da haben Sie in unserer Zeit aber viel auszuhalten“, auch Bienzle lachte jetzt leise.

„Ach wissen Sie“, plötzlich strahlte von Wiedelbach eine gewisse Jovialität aus. „Bei uns in Hainbach ist die Welt ja noch halbwegs in Ordnung.“

„Denkste!“, hätte Bienzle am liebsten geantwortet. Die reinste Hexenjagd war das gewesen, als plötzlich alles auf den grobschlächtigen Bernd Müllerschön als Täter hinzudeuten schien. Elsgard war im Dorf offensichtlich beliebt gewesen. „Immer freundlich und alleweil lustig“, hatte Frau Schlotterbeck gewusst. „Überhaupt net hochnäsig oder so. Und sooo hübsch!“ Bienzle hatte Fotos von Elsgard gesehen. Aber auch die konnten natürlich das schreckliche Bild des misshandelten und buchstäblich zu Tode geprügelten Mädchens nicht auslöschen.

Natürlich sei er ihr nachgestiegen, der Elsgard, hatte Bernd Müllerschön gesagt. Und sie habe ihn ja auch richtig dazu aufgefordert. „Wie denn?“, hatte Bienzle wissen wollen. Richtig rot war er danach geworden, dieser Klotz von einem Kerl – nicht größer als 1,70 Meter, mit sehr breiten Schultern, kräftigen Oberarmen und dazu kontrastierenden schmalen Händen, wie sie sonst nur Chirurgen oder Pianisten haben. Seine Oberschenkel hätte auch einer mit viel größeren Händen nicht umspannen können. Bernd Müllerschön ging nicht, er schob seinen Körper vorwärts, dabei immer ein bisschen nach vorne geneigt, als wolle er sich mit dem Kopf Bahn schaffen.

Er sprach in schwerfälligem Ton, legte lange Pausen ein, aber was er sagte, war meist sehr genau. Bienzle hatte Bernd auf Anhieb gemocht, trotz der Geschichten, dass er mal ein Kalb mit einem einzigen Beilhieb niedergestreckt und einem angriffswütigen Schafbock das Genick mit bloßen Händen gebrochen habe. Das konnten Legenden sein, erfunden von Neidern, die nicht mal ein Autorad hochheben konnten, wenn sie's wechseln mussten. Bernd Müllerschön wich Bienzles forschenden Blicken niemals aus. Seine dunklen Augen fragten von Anfang an zurück. „Glauben Sie etwa auch, dass ich das Mädchen getötet habe?"

Bienzle glaubte es nicht. Nicht einmal, nachdem Zeugen bekundeten, sie hätten Bernd Müllerschön in der Mordnacht allein mit Elsgard gesehen.

„Was war denn da?", hatte Bienzle gefragt.

„Musikfest ist gewesen, so richtig wie sich's g'hört."

Zuerst ein Wertungsspiel von zwölf Kapellen vor einer Fachjury und am Abend Tanz. Das wusste Bienzle von zu Hause. Jede Musikkapelle bildete kleinere Instrumentengruppen mit den begabtesten Spielern, die dann zum Tanz aufspielten – die schlechteren brachten immer noch annehmbare Ländler und Walzer, alle mindestens das „Kufsteinlied" hervor, bessere versuchten sich schon mal in Dixieland-Melodien oder modernen Schlagern („Du bist alles für mich, denn ich liebe nur dich – Manuela – aha ..."). So war's auch in Hainbach gewesen, genauso wie bei Bienzle damals in Dettenhausen. Da hatte sich seit den 50er-Jahren kaum was geändert. Kein Wunder, meinte man doch die Fünfziger, wenn man erinnerungsselig von „unseren goldenen Jahren" sprach.

Bernd Müllerschön hatte mit Elsgard getanzt. Familie von Wiedelbach gab sich gern volkstümlich, Elsgard tat es aus Überzeugung, sie tanzte für ihr Leben gern im Festzelt – oben auf der Bühne, wenn die Leute an den langen Biertischen begeistert mitklatschten. „Du bist so unheimlich stark, heb mich doch mal hoch“, flüsterte sie Bernd Müllerschön ins Ohr. Und der umfasste sie mit seinen kräftigen Armen, hob sie hoch, als ob sie nichts wiegen würde und drehte sich mit ihr im Kreis, bis ihm von dieser gestampften Pirouette, dem Geruch von Elsgards Parfüm und ihrem girrenden Lachen ganz schwindlig war. Als er sie absetzte, küsste sie ihn aufs Ohr und sagte: „Du bringst mich heut Nacht nach Hause, machst du das?“

Bernd hatte nur genickt und dabei gefürchtet, sie könne sein Herzklopfen hören.

Genauso hatte er es Ernst Bienzle erzählt. Und der hatte auch nur genickt, hatte doch Bernds Erzählung gewirkt wie ein Bericht aus seiner eigenen Jugend, nur dass das Mädchen damals Helga hieß und ganz und gar nicht adlig war.

„Und dann hast du sie heimgebracht?“ Dass er den Müllerschön duzte, ging in Ordnung. Der hätte ja auch aus Dettenhausen sein können.

Bernd nickte wieder.

„War’s schön?“

„Wunderbar!“

„Ihr habt euch geküsst?“

„Ja, ganz lang, und sie hat mich gestreichelt und ich sie auch …“ Plötzlich war Bernd Müllerschön in Tränen ausgebrochen, und Bienzle fuhr ihm, einem plötzlichen Impuls folgend, übers Haar. „Du hascht se g’sund abg’liefert und bischt brav heim ins Bett?“

„Ha noi, des net grad. I bin dann scho noch mal aufs Fescht. Aber ich hätt’ ihr nix do könne, wo i se doch so möge han!“

Als Bienzle ihm sagte, dass er ihm glaube, lächelte Bernd Müllerschön zum ersten Mal.

„Ihre Nichte hat das Schloss gesund erreicht“, sagte Bienzle zu von Wiedelbach.

„Sie wurde im Garten gefunden.“ Von Wiedelbach musste an die gleiche Szene gedacht haben, es klang, als setzte er Bienzles Satz nur fort.

Bienzle sah den schmalen, aufrecht dasitzenden Mann unter seinen buschigen Augenbrauen hervor an. Von Wiedelbach klopfte nervös mit seinem Stock auf den Fußboden. Ein nervöses Zucken hatte seinen rechten Mundwinkel erfasst.

„Sie gehen nie ohne Stock, nicht wahr?“ Bienzle ließ von Wiedelbach nicht aus den Augen.

„Weiß nicht genau, ich hab viele davon!“

Das war ein Versäumnis, dachte Bienzle, dass ich nicht in den einschlägigen Geschäften hatte fragen lassen, ob Karl-Christian von Wiedelbach sich in letzter Zeit einen neuen Stock zugelegt hatte und wenn ja, wann genau. Aber wer hinderte ihn daran, so zu tun, als habe er das nicht versäumt?

„Wir konnten damals ermitteln, dass Sie sich am Tag oder zwei Tage nach der Tat – ich hab die Akte jetzt nicht mehr so im Kopf … – also da haben Sie sich einen neuen Stock zugelegt.“

„Und wenn schon, das ist ja wohl meine Sache.“

„Wird Ihr Sohn Thomas-Rainer Ihre Güter übernehmen?“

„Ich habe nur diesen einen!“

„Kann er das denn?“

„Er ist ein von Wiedelbach!“

Bienzle lachte. „Na ja, bei uns Bürgerlichen kommt’s schon mal vor, dass wir aus der Art schlagen. Mein Vater war Lehrer und hätte es ganz gern gesehen, wenn ich’s auch geworden wäre.“

„Und? Warum haben Sie sich widersetzt?“, fragte von Wiedelbach scharf.

„Es haben einfach ein paar Voraussetzungen gefehlt", antwortete Bienzle. „Ich glaube übrigens, dass es bei Ihrem Sohn nicht viel anders ist."

„Ich erlaube Ihnen nicht, so über meine Familie zu sprechen." Von Wiedelbach fuhr sich mit der flachen Hand über die Augen, als ob ihn eine plötzliche Müdigkeit überfallen hätte. Auch Bienzle war müde, aber er wusste, dass er jetzt nicht locker lassen durfte. Genau wie beim Sohn dieses störrischen Herrn.

Thomas-Rainer hatte Bienzle zehn Tage lang widerstanden. Welche zufälligen oder dienstlich herbeigeführten Treffen der Kommissar auch arrangierte, zunächst wich ihm der junge von Wiedelbach aus. Bienzles Kollege Gächter pflegte zu sagen, irgendwann bringe der Hauptkommissar jeden zum Reden. Das gefiel Bienzle, dass Gächter das sagte, und er gab sich große Mühe, die Prophezeiung des Kollegen zu erfüllen. Da hatte er inzwischen einen Ruf zu verlieren – für ihn Anlass genug, es auch dann noch mal zu versuchen, wenn er eigentlich schon aufgeben wollte.

So war es mit Thomas-Rainer von Wiedelbach, einem Jungen, der sehr von oben herab mit den Menschen redete, wenn er sich überhaupt dazu herabließ, eine Frage zu beantworten oder gar selbst das Wort an jemanden zu richten.

„Sie glauben doch nicht, dass ich mich von einem dahergelaufenen Polizisten verhören lasse wie ein Verbrecher!"

Bienzle hatte gelächelt. „Ja, ich kann's mir schon denken. Ihre Vorfahren haben sich auch dafür jemand gehalten."

Aber für Ironie hatte Thomas-Rainer von Wiedelbach keinen Sinn. Er war einfach weggegangen, und Bienzle wäre sich komisch vorgekommen, hätte er so was wie „Sie bleiben hier, das ist eine Vernehmung!" hinter ihm hergerufen. Vielleicht war das überhaupt sein erster Schachzug gewesen, den Jungen einfach gehen zu lassen.

Jedenfalls war ihr zweites Gespräch schon etwas ausführlicher gewesen, und Bienzle wartete geduldig weiter, bis sich so etwas wie eine Vertrauensbasis einstellte. Dazu mochte beigetragen haben, dass Thomas-Rainers Vater Karl-Christian von Wiedelbach immer wieder versuchte, den Kommissar vom Hof zu jagen. Aber den gab es wohl nicht, der Bienzle mit herrischen Gesten und Worten beeindrucken konnte.

Bienzle schaute auf. „Wissen Sie, was mir plötzlich klar wird?" Karl-Christian von Wiedelbach war auf der Hut. „Ja?", fragte er knapp zurück.

„Hier in der Stadt – vorhin auf dem Bahnhof und jetzt hier in diesem ganz normalen Café heben Sie sich überhaupt nicht ab!"

„Was soll denn dieser Unsinn nun schon wieder?"

Von Wiedelbachs herrischer Ton verpuffte. Bienzle lächelte zufrieden. „Schade", dachte er, „dass das schöne alte Wort Republikaner von irgendwelchen rechten Arschlöchern so in Misskredit gebracht wurde."

„Ihr Sohn hat ja dann ein sehr schönes Geständnis abgelegt", sagte Bienzle.

„Aber er hat sie nicht umgebracht!"

„Ich habe ja auch nicht behauptet, dass er das gestanden habe! Auf jeden Fall vergesse ich nie, wie unglaublich erleichtert er war, als er's endlich, endlich erzählen konnte."

„Ein mir unerklärlicher Triebstau", sagte Karl-Christian von Wiedelbach. Bienzle sah ihn verwundert an. „Ihnen ist der unerklärlich, ausgerechnet Ihnen?"

„Was soll denn nun das schon wieder?" schnappte von Wiedelbach.

„Ich habe mir gerade vorgestellt", sagte Bienzle bedächtig, unterbrach sich dann aber und setzte neu an. „Ihre Nichte war kein

Kind von Traurigkeit, sie war auch längst keine Jungfrau mehr, wie wir vom Gerichtsarzt und von mehreren Zeugen wissen. Und sie war an diesem Abend ‚angetörnt', wie man heute wohl sagt."

„Bitte, ich will nichts mehr davon hören!" Auf von Wiedelbachs Stirn erschienen kleine Schweißtropfen. Bienzle beobachtete ihn scharf. „Thomas-Rainer hat es mir geschildert. Es ist ja wie mit allen diesen Introvertierten, wenn sie dann mal die Lust am Erzählen packt …!"

„Schweigen Sie!", von Wiedelbach rief es so laut, dass ein paar andere Gäste überrascht herschauten. Bienzle fuhr unbeirrt fort. „Ihr Sohn hatte Elsgard und Bernd Müllerschön beobachtet. Sie haben sich geküsst und vielleicht war da auch mehr. In meiner Jugend hätte man es wohl Petting genannt."

Von Wiedelbachs Lippen zitterten, er wollte etwas sagen, schluckte aber nur ein paarmal trocken. Plötzlich wusste Bienzle, das hatte nicht nur der Sohn beobachtet, sondern auch der Vater. Prompt sagte er: „Sie müssen's doch wissen, Sie haben's ja auch gesehen!"

Es klang wie hilfloses Stammeln, als von Wiedelbach nun hervorstieß. „Bitte, ich bitte Sie, natürlich nicht." Aber Bienzle hatte das Bild der toten Elsgard von Wiedelbach sehr deutlich vor Augen.

„Bernd Müllerschön ging und Thomas-Rainer vertrat Elsgard den Weg – durch das, was er beobachtet hatte, aufs Äußerste erregt!" Karl-Christian von Wiedelbach wollte etwas sagen, aber nun war es an Bienzle, herrisch zu sein. Er stoppte ihn mit einer Geste und sagte: „Genauso hat es mir Ihr Sohn erzählt! Er war – wie er sich selber ausdrückte – ‚nicht mehr bei Sinnen'! und er fiel über seine Cousine her. Die lachte zuerst und rief sogar noch …"

„Streng dich doch nicht so an!“ Von Wiedelbach schlug sich die Hand auf den Mund, aber der verräterische Satz war nun schon heraus.

Bienzle nickte ein paarmal. „Ja“, sagte er, „eine Vergewaltigung war's eigentlich gar nicht, obwohl sich Ihr Sohn in seiner Raserei ...“

„Und da hätte ich zusehen sollen?“, schrie von Wiedelbach.

Bienzle schüttelte den Kopf. „Nein, das nicht. Aber warum mussten Sie das Mädchen erschlagen?“

Als von Wiedelbach anfing zu erklären, stoppte ihn Bienzle kalt. „Ich zahle jetzt, dann lasse ich Sie abholen in die Taubenheimstraße, und dort geben Sie dann alles zu Protokoll.“

Fünfundzwanzig Minuten saßen sie noch an dem schmalen Tischchen – lastendes Schweigen zwischen sich. Nur einmal sagte Bienzle. „Ich sag jetzt mal was: Wenn man eine Schuld bekennt, hat man auch eine Chance, sie zu sühnen.“ Aber es war nicht klar, ob ihn von Wiedelbach, tief über seinen Stock gebeugt, verstanden hatte.

Als zwei uniformierte Beamte Herrn von Wiedelbach abholten, ging er mit ihnen, ohne Bienzle noch eines Grußes oder auch nur eines Blickes zu würdigen.

Bienzle stapfte noch mal in die Bahnhofshalle, stellte sich an den gleichen Tisch wie kurz nach seiner Ankunft und bestellte noch ein Bier. Die Müdigkeit kam wieder. Derselbe Penner stand noch immer da, begann sofort wieder dieselbe Geschichte, und natürlich gab ihm Bienzle noch ein Bier aus.

Ein paar Minuten später erschien Hannelore. Sie hatte sich den falschen Zug notiert, vielleicht hatte er ihr auch den falschen genannt. Jedenfalls freute er sich wie ein Kind, als sie plötzlich neben dem Penner stand.

„Ich bin schon seit zwei Stunden da“, sagte er.

„Und was hast du die ganze Zeit gemacht?"

„Ich habe den Täter im Fall Wiedelbach überführt."

Hannelore schüttelte den Kopf. „Das kommt davon, wenn man zu viel trinkt, da kriegt man leicht solche Allmachtsfantasien – du sowieso!"

Bienzle widersprach nicht!

# Äpfel für Costa Rica

Warum hatte er bloß nachgegeben? Hätte Günter Gächter ihn nicht so dringend darum gebeten und hätte Hannelore nicht gesagt, sie könne es nicht mehr sehen, wie er so untätig zuhause herumsitze, er hätte sich bestimmt nicht darauf eingelassen. Erschwerend kam freilich hinzu, dass der neue Chef des Landeskriminalamtes ihn persönlich zu einem Gespräch eingeladen hatte, in dem der Präsident behauptet hatte, in so einem Fall sei die Erfahrung eines so erfolgreichen früheren Kommissars von unschätzbarem Wert.

Bienzle hatte seinen Wagen am Dorfeingang abgestellt. Jetzt stapfte der schwere Mann durch ein schmales Sträßchen, das steil zwischen hässlichen Häusern den Berg hinaufführte. Der Asphalt war an vielen Stellen aufgebrochen. Im Herbst war Wasser in die Straßendecke eingesickert. In der Kälte war es zu Eis geworden und hatte dem Belag Schrunden gemacht.

Als der Mord gemeldet worden war, hatte sich Gächter schon wenige Stunden später bei Bienzle gemeldet. „Wir haben einen Mord, der dich interessieren müsste. Das Opfer: Anton Hägele, Eisendreher, Nebenerwerbslandwirt, geboren in Eichenbach, wohnhaft in Eichenbach. Ein Landsmann von dir, Ernst."

Ernst Bienzle stieß mit dem rechten Fuß gegen ein loses Asphaltstück. Warum hatte er sich bloß darauf eingelassen?! Eichenbach war ein Dorf ohne Gesicht. Bienzle ärgerte sich, dass er einen Mantel angezogen hatte. Die Sonne schien warm für diesen späten Märznachmittag.

Vor dem schmalbrüstigen Haus stand ein Polizeiwagen. Bienzle blieb stehen und schaute sich den Vorgarten an. Schneeglöckchen blühten und bunte Krokusse, und gelbe Primeln, die offensichtlich frisch eingesetzt und angegossen worden waren. Um die schmächtigen Stängel und Blätter hatten sich kleine kreisrunde feuchte Höfe gebildet.

„Ich kenn Sie, Herr Kommissar." Der junge Uniformierte strahlte. Das hatte er davon, dass er in den letzten Jahren seiner Amtszeit und auch noch nach seiner Pensionierung manchmal als Schulmeister auf Fortbildungslehrgängen herumgereicht wurde.

Bienzle schenkte es sich, zu sagen, dass er inzwischen pensioniert sei. „Dann zeigen Sie mir mal, was passiert ist", brummte er.

Die Leiche schwamm, Rücken nach oben, in einem Heizöltank. Bienzle war auf eine Bockleiter gestiegen, um in den Tank hineinsehen zu können. Der Deckel lehnte an der Wand. Der Tote trug einen blauen Overall.

„Wir haben alles gelassen, wie es war", sagte der junge Beamte eifrig.

„Na hoffentlich war er da schon tot", brummte Bienzle.

„Aber sicher, wenn er doch schon seit drei Tagen drin liegt."

„Woher wissen Sie das?"

„So lange fehlt der Herr Hägele schon."

„Sagt wer?"

„Die Frau Hägele!"

„Ist Ihnen etwas aufgefallen, Herr Kollege?"

„Nein!"

„Nichts?"

Bienzle fixierte den jungen Beamten der Schutzpolizei.

„Was soll mir denn aufgefallen sein?“, fragte er unsicher.

„Zum Beispiel alles, was außer der Leiche noch da drin rumschwimmt.“

„*Hä?*“

„Holen Sie mal eine Lampe!“

Der Uniformierte sah Bienzle ratlos an. „Im Zweifel den Suchscheinwerfer aus Ihrem Dienstwagen, verdammt noch mal.“

Im Licht des Suchscheinwerfers erkannten sie ein paar Holzstiftchen und eine Art Schlauch.

„Rausholen!“ kommandierte Bienzle.

Die Holzstiftchen erwiesen sich als Streichhölzer. Der Schlauch war aus Plastik und ungefähr einen Meter lang. Bienzle drehte zwei Streichhölzer in der Hand.

„Die sind abgebrannt worden. Wenn einer den Hägele da drin verbrennen wollte, hat er's saudumm ang'stellt.“ Er stieg von der Leiter. „Lassen Sie die Leiche bergen, und das Zeug da kriegt die Spurensicherung.“

Bienzle stapfte die Kellertreppe hinauf. Hinter einer Tür im Erdgeschoss hörte er Stimmen. Er ging hinein, ohne anzuklopfen, und kam in eine gemütliche Küche. Auf einer Eckbank saß eine etwa dreißigjährige Frau und putzte Gemüse. Ihr gegenüber stand, an ein altes Küchenbüfett gelehnt, ein älterer uniformierter Beamter. Die Frau lächelte, was Bienzle irritierte.

„Grüß Gott“, sagte der Kommissar, „Bienzle mein Name, ich komm vom Landeskriminalamt.“

„Gutbrod“, stellte sich der Beamte vor.

„Frau Hägele?“

Die Frau nickte, ohne ihre Arbeit zu unterbrechen.

„Wir bergen die …, ich mein Ihren Mann. Sie sollten dann mitkommen.“

Die Frau schüttelte den Kopf.

Bienzle setzte sich.

„Wir müssen ihn aber identifizieren."

„Ich habe ihn schon gesehen."

„Haben Sie ihn selber entdeckt?"

„Ja."

„Und dann?"

„Ich weiß nicht so genau."

„Sie hat uns angerufen", sagte Gutbrod.

„Wann war das?"

„Vierzehn Uhr dreißig."

Bienzle betrachtete die Frau. Sie war klein, zierlich und hatte ein glattes, rundes Gesicht, das ihn an eine Puppe erinnerte. Sie wirkte wenig beeindruckt.

„Hatte Ihr Mann keine Arbeit, oder warum war er daheim?", fragte Bienzle.

„Er schafft Schicht. Zurzeit nachts."

Bienzle sah die Frau einen Augenblick sprachlos an. Dann sagte er: „Ich denk, er fehlt seit drei Tag!"

„Ja, schon!"

„Aber …", ihm fiel dazu im Augenblick nichts ein.

„Des war nix B'sonders."

„Ach, so ist das!"

„Ja, so ist das!" Sie warf das geputzte Gemüse in ein Sieb, stand auf und ging zum Spülbecken. Draußen waren Stimmen zu hören. Dann schwere Schritte. Eine Männerstimme rief aufgebracht: „Was soll denn das alles?"

Die Tür wurde aufgerissen. Die Frau drehte sich um. Auch Bienzle wandte seinen Kopf zur Tür. Auf der Schwelle stand ein grobschlächtiger Mann, die Klinke noch in der Hand. Er trug einen blauen Overall.

„Anton!“ Frau Hägele hatte den Namen ganz leise ausgesprochen. „Was tut die Polizei hier?“, brüllte der Mann unbeherrscht. Und als niemand antwortete: „Ich will eine Antwort, und zwar sofort! Und wer sind Sie?“, schrie er Bienzle an. Bienzle lächelte: „Herr Hägele?“

„Ja, wenn Sie nix dagege habet – und das hier ist mein Haus!“

„Aber Anton, du bist doch …“ Die Frau hielt inne und legte die Hand auf den Mund.

„Wir dachten, Sie seien tot!“, sagte Bienzle ruhig. Hägele grinste und sagte zu seiner Frau: „Des hättest wohl gern, was?“

„Anton, bitte!“ Frau Hägele begann das Gemüse zu waschen. Der Polizist Gutbrod sagte: „Also ich versteh gar nichts mehr.“

„In Öl eingelegt!“ Gerichtsmediziner Dr. Kocher schüttelte den Kopf. „Also so hat man mir noch nie eine Leiche gebracht, Herr Bienzle.“

Bienzle antwortete nicht. Er starrte die nackte Gestalt an.

„Was haben Sie denn? Sie gehören doch nicht zu denen, die gleich umfallen!“

„Christian Maria Herget!“, sagte Bienzle.

„Wie bitte?“

„Ich kenn den da!“

„Ach ja?“ Kocher hob den Kopf. „Ein Kunde von Ihnen?“

„Kann ich mal …?“ Bienzle zog den Telefonapparat zu sich her und wählte.

„Den hab ich selber auf Nummer Sicher gebracht vor, wie ich noch im Dienst war. … Warten Sie mal …“, dann sprach er in den Hörer: „Gächter, die Leich’ in Eichenbach, das ist der Herget …, Christian Maria. Hast du was gehört, dass der …, ja warum sagt mir das denn keiner!!“

Er warf den Hörer auf die Gabel. „Na?“, fragte Kocher.

„Ausgebüchst, wie mein Kollege das nennt – vor drei Wochen!“

„Und wofür hat er gesessen?"

Bienzles Laune wurde von Sekunde zu Sekunde schlechter. „Na, für Handtaschendiebstahl bin i ja net zuständig gwesen."

Kocher war wenig beeindruckt. „Mord also!"

„Sie haben eines der Opfer selber in Ihre Finger g'habt."

Der Mediziner versuchte sich zu erinnern, gab es aber schnell auf.

„Mann oder Frau?"

„Frau. Ich hör Sie doch noch, Professor: ‚Selbst im Tode noch eine Schönheit. Ein solcher Mord wiegt doppelt schwer', wörtlich haben Sie das gesagt."

„Gabriele Wiedemann."

„Richtig. Gabriele Wiedemann", bestätigte Bienzle – „Mutter von zwei Kindern, alleinerziehend. Nicht reich, aber gut versorgt. O Mann, o Mann, war ich froh, als ich den Herget hatte! Obwohl – den Kindern hat das auch nicht geholfen. Zwei Banken hat er außerdem überfallen und den Kassenboten eines Kaufhauses – den hat er übrigens auch erschossen."

Bienzle ging in dem kahlen, gekachelten Raum auf und ab und blieb schließlich abrupt vor dem Professor stehen. „Wie kommt Christian Maria Herget, der schöne Christian – wie kommt der ausgerechnet nach Eichenbach in den Wiesengrund Nummer 7, zu einem Eisendreher, der am Feierabend seine kleine Landwirtschaft betreibt und am Wochenende seine Frau betrügt? Der Hägele sagt, er kennt ihn nicht, und die Frau Hägele sagt gar nix."

„Vielleicht hat sich der Herget im Keller versteckt, ohne dass die Hausbewohner etwas bemerkt haben."

Bienzle schüttelte den Kopf. „Die lügen beide, aber fragen Sie mich nicht, warum, Herr Kocher."

„Sie werden schon dahinterkommen, Herr Bienzle."

„Oder auch nicht."

Bienzle stapfte missmutig Richtung Tür. Kocher sagte: „Der Tod ist gegen 11.30 Uhr eingetreten. Mich irritiert dabei allerdings etwas."

Bienzle blieb stehen, ohne sich umzudrehen.

„Und das wäre?"

„Der Mann muss viel länger im Öl gelegen haben."

„Was? Sagen Sie das noch mal."

„Einmal reicht. Sie sind doch nicht begriffsstutzig, Bienzle!"

Mit der Dämmerung hatte ein leichter Nieselregen eingesetzt. Bienzle stand unschlüssig vor dem Haus des Ehepaares Hägele. Nur das Küchenfenster war erleuchtet. Bienzle ging ein paar Schritte darauf zu, blieb dann aber stehen, kehrte schließlich um und lehnte sich an einen Baum am Straßenrand. Ein Routinefall, hatte der Kollege Gächter gemeint. So nach dem Muster, Ehefrau bringt untreuen Mann um. Bienzle lachte leise. Der Regen nahm zu. Wind kam auf. Bienzle fröstelte und zog den Mantel enger um seine Schultern. Wenn er so auf der Lauer lag, hatte er schon immer etwas von einer Katze an sich gehabt. Er verlor dann das Gefühl für die Zeit, stellte sich selbst ruhig, wie er das im Stillen nannte. Er dachte an nichts Bestimmtes. Vor allem versuchte er, sich nicht mit dem laufenden Fall zu beschäftigen.

Als das Licht im Flur des Hauses anging, wusste der Kommissar dennoch, dass es fast genau zehn Uhr abends war. Die Tür ging auf. Hägeles massive Figur erschien in dem hellen Rechteck. Bienzle zog sich einen Schritt weiter hinter den Baumstamm zurück.

„Du hättest dich krankschreiben lassen können", hörte er Frau Hägele sagen.

„Warum denn?", antwortete ihr Mann.

„Nach allem, was passiert ist!"

„Ist ihm doch recht geschehen!“

Der Mann wendete sich der Straße zu. „Du gehst ja gar nicht ins Geschäft!“, zeterte die Frau.

„Ach, halt doch dein ungewaschenes Maul“, schrie der Mann wütend zurück und bückte sich nach einem Stein. Die Frau warf die Tür zu. Gerade noch rechtzeitig. Der Stein prallte vom Holz zurück.

Anton Hägele ging mit langen Schritten den Wiesenweg hinunter. Bienzle folgte ihm lustlos. An der nächsten Kreuzung wartete ein Wagen auf Hägele. Bienzle bückte sich, um zu erkennen, wer am Steuer saß. Es war ein Mann mit langen blonden Haaren, der wie Hägele einen blauen Overall trug – offensichtlich ein Arbeitskollege, wie Hägele auf dem Weg zur Nachtschicht.

Bienzle ging zurück und klopfte an die Tür. Im ersten Stock öffnete sich ein Fenster. „Was ist?“ Bienzle fiel jetzt erst auf, dass Frau Hägele eine Stimme hatte, die überhaupt nicht zu ihrem Äußeren passte – grell und scharf. „Ich hab noch ein paar Fragen, Bienzle!“

„Jetzt noch?“

„Sag ich doch!“

Die Frau seufzte und schloss das Fenster.

In der Küche schob sich Bienzle schwerfällig auf die Eckbank. Frau Hägele stellte wortlos eine Flasche Bier und ein Henkelglas vor ihn auf den Tisch.

„Warum meint Ihr Mann, es sei ihm grad recht geschehen?“, fragte er unvermittelt.

„Ach, mein Mann – der sieht doch Gespenster!“

„Ach ja – was für welche denn?“

„Er meint, ich hätte einen Liebhaber gehabt.“

„Und?“

„Was und?“

„Habet Sie ein' g'habt?"

„Nein!", sagte sie trotzig.

„Christian Maria Herget war bekannt dafür, dass er Frauen … na ja, dass er bei Frauen gut ankam."

„Ist das der Tote?"

Bienzle ging auf die Frage nicht ein. „Ich frag mich bloß, wie kommt der schöne Christian hierher – also nix gegen Eichenbach, aber der Herget hat's lieber städtisch g'habt. Haben Sie immer schon hier g'lebt?"

„Ich stamme aus Stuttgart."

„Ihr Mann hat eine Freundin?"

„Eine …?!" Sie lachte bitter auf.

Bienzle blinzelte.

„Und das bei so einer Frau!"

„Er liebt halt die Abwechslung", sagte sie obenhin, „dem Anton kommt's gar nicht darauf an, wie eine aussieht oder wie sie ist, der ist bei Frauen ein Vielfraß und ein Allesfresser."

„Wie lang war der Christian Herget schon im Haus, ohne dass es Ihr Mann gemerkt hat?"

Bienzle hatte aufs Geratewohl gefragt, aber die Wirkung schien ihm recht zu geben.

„Was wissen Sie? Waren Sie bei meinem Vater?"

Bienzle wiegte den Kopf hin und her, was man durchaus als Zustimmung werten konnte. „Also?"

„Ich sag nix!"

Bienzle nahm einen kräftigen Schluck. „Haben Sie keine Kinder?"

Frau Hägele schüttelte den Kopf.

„Warum bleiben Sie dann bei dem Mann?"

„Er hat ja nicht nur schlechte Seiten!"

„Erzählen Sie doch einmal von seinen guten!"

Sie sah auf. „Es gibt Tage, da kommt er mit Blumen oder Pralinen heim. Oder mal mit einer neuen Schallplatte – Tanzmusik meistens. Und dann hat er oft auch eine gute Flasche Wein gekauft. Dann sitzen wir zusammen, reden und lachen, und zum Schluss tanzen wir meistens sogar noch ein bisschen. Er tanzt wirklich gut – das sieht man ihm nicht an, aber es stimmt." Sie sah verträumt auf ihre Hände. „Ja, und das sind dann auch die Abende, wo wir, oder die Nächte halt … Sie wissen schon."

„Die Nächte, in denen Sie wieder einmal miteinander schlafen!", sagte Bienzle sachlich. Frau Hägele wurde ein wenig rot, aber sie nickte tapfer.

„Und wie war's mit Christian Herget?"

„Sie lassen nicht locker, gell?" Frau Hägele ging zum Kühlschrank und holte eine neue Flasche Bier für Bienzle, obwohl er seine erste Flasche noch gar nicht ausgetrunken hatte.

Bienzle nickte. „Ich gelt als zäh, ja!"

Frau Hägele setzte die Flasche hart auf, ging zum Küchenbüfett, entnahm einer Schublade eine Zigarrenschachtel, kramte darin und förderte schließlich einen Ausweis zutage. Sie legte ihn vor Bienzle auf den Tisch.

„Annemarie Hägele, geborene Meier", las Bienzle.

„Geschiedene Herget!" vollendete die Frau.

„O du liebs Herrgottle von Biberach", entfuhr es Bienzle, „wie habet dich die Mucke verschisse! Ihr erster Mann also!"

Sie nickte, und Tränen traten in ihre Augen. Dann wandte er sich ab und starrte durchs Fenster hinaus.

„‚Die finden mich nie – nie finden mich die Bullen', hat er gesagt und gelacht dabei, ‚ich hab ein Versteck, da kommt nicht mal der Bienzle drauf' – daher kenn ich übrigens Ihren Namen."

Bienzle gab einen unartikulierten Laut von sich.

„Er hat es jeden Tag geübt. Eine Riesenschweinerei, sage ich Ihnen. Untergetaucht ist er und hat durch den Plastikschlauch geatmet – Schnorcheln hat er's genannt."

„Da hätte ihn tatsächlich keiner gesucht, und selbst wenn man den Deckel aufgemacht hätte, wäre wohl niemand was aufgefallen."

„In unserer Dusche hat's gestunken, Sie glauben's nicht."

„Was ich nicht glaube", sagte Bienzle, „ist, dass Sie ihn so ohne Weiteres aufgenommen haben – und vor allem, dass Ihr Mann – Ihr jetziger, meine ich – damit einverstanden war."

„Ach der!"

„Sie meinen, dem war's egal?"

„Ich weiß es nicht, wirklich nicht, ich hab keine Ahnung. Eigentlich sollte man doch denken, und am Anfang hat er auch getobt, aber dann war alles plötzlich ganz anders. Mit einem Mal waren die zwei dicke Freunde, steckten die Köpfe zusammen – wahrscheinlich redeten sie über mich."

Bienzle stand auf, eine seltsame Erregung hatte ihn plötzlich gepackt. Herget hatte Beute gemacht. Und nicht zu knapp. Vor allem nicht allein – ihm war zuzutrauen, dass er seinen Teil auf besonders intelligente Weise versteckt hatte. Und womöglich auch den seiner Komplizen. Er hätte einen Boten gebraucht, um an den Schatz heranzukommen – Hägele zum Beispiel.

„Was denken Sie?", fragte Frau Hägele.

„Ich glaube nicht, dass die beiden über Sie geredet haben."

„Sondern?"

„Über Geld zum Beispiel."

„Geld?" Die Frau sah den Kommissar ungläubig an.

„Wer wusste noch, dass Herget bei Ihnen Unterschlupf gefunden hatte?"

„Niemand."

„Gelogen!“, sagte Bienzle ganz ruhig. „Ihr Vater wusste es, Sie haben's vorher selber g'sagt.“

Frau Hägele senkte den Kopf.

„Sie sollten auch was trinken“, sagte Bienzle freundlich.

„Ich mag kein Bier!“

Bienzle hatte im Kühlschrank eine Flasche mit einem handgeschriebenen Etikett gesehen, auf dem „Obstler“ geschrieben stand. Die holte er jetzt. Dann entnahm er dem Büfett zwei Schnapsgläser und goss ein. Frau Hägele trank hastig und schob das Glas zurück. Bienzle goss noch mal ein.

„Wie war das zwischen Herget und Ihnen?“

„Ich verstehe nicht.“

„Hat er Sie verlassen oder sind Sie von ihm weg?“

Frau Hägele sah an Bienzle vorbei und schwieg.

„Also er hat sich abgesetzt“, sagte Bienzle. „Und wie war's jetzt, als er so plötzlich wieder kam? Ihr Mann hatte Nachtschicht, nicht wahr?“ Jetzt sah sie ihn an. „Wahrscheinlich könnte er mich immer rumkriegen – aber nicht hier in unserem Haus.“

„Hat er's probiert?“

„Natürlich!“

Bienzle nickte. „Aber Ihr Mann kam dazu.“

„Er hat eine dreckige Bemerkung gemacht. Und dann ist er gleich mit mir ins Bett. Irgendwie hat ihn das ...“ sie unterbrach sich.

„Tja, so was soll's geben!“, sagte Bienzle. „Hatte er denn in jener Nacht keine Schicht?“

„Ich glaube nicht, dass er überhaupt noch arbeiten geht.“

„Ich habe ihn vorhin mit einem Arbeitskollegen wegfahren sehen. Vorne an der Kreuzung.“

„Na und? So einer wie Anton würd's nicht zugeben, dass er arbeitslos ist – der doch nicht. Der würde ewig so tun, als ob er zur Arbeit geht, aber in Wirklichkeit tät' er sich bloß rumtreiben."

„Na ja, das würden Sie aber doch merken. Und Sie könnten sich ja auch vergewissern."

Sie fuhr auf. „Ich – meinem Mann nachspionieren?!"

„Es kann Situationen geben ..."

„... vor denen man sich nur fürchten kann. Ja!"

Sie hielt das Schnapsglas fest in der Hand, und plötzlich schlug sie es flach auf die Tischplatte – Splitter tanzten über den Tisch. Blut quoll zwischen ihren Fingern hervor. „Waschen Sie's aus", sagte Bienzle sachlich.

Vom Wasserhahn her sagte sie erstaunlich ruhig: „Ich leb wie in einem Raum ohne Licht und Luft. Ich glaub, kein Mensch ist mir so fremd wie mein eigener Mann. Was soll ich denn tun? Ein Tag ist wie der andere, nur dass es mir immer enger wird. Ich hab das Gefühl, die Wände und die Decke wachsen auf mich zu. Ganz langsam, aber unaufhörlich. Dann denk ich, ich muss ersticken, dann brauch ich Luft, Luft, Luft!"

Sie rannte quer durch die Küche und riss das Fenster auf.

„Weg, weg, geh weg, verschwinde!", schrie sie plötzlich.

Bienzle erhob sich, obwohl er ganz sicher war, dass sie nicht wirklich jemand sah. Aber der Mann vor dem Fenster war keine Erscheinung. „Beruhige dich doch, Annemarie!", sagte er.

Die Stimme klang ruhig und tief. Das Licht, das aus dem Fenster fiel, ließ das Gesicht des Mannes zwar verschwommen erscheinen, aber Bienzle war sich dennoch sicher, dass der Mann da draußen alt war – eher siebzig als sechzig.

„Wen hast du bei dir?", fragte der Mann. Bienzle antwortete selbst: „Mein Name ist Bienzle, Ernst Bienzle ..." setzte er bedächtig hinzu. „Ich bin vom Landeskriminalamt und untersuche einen Todesfall."

„Komm doch rein, Vater“, sagte Annemarie Hägele.

„Du weißt, das Haus betret ich nicht – niemals!“

Er wandte sich zum Garten. Bienzle schwang mit erstaunlicher Behändigkeit die Beine über den niedrigen Fenstersims.

„Der Garten ist doch auch ein Teil des Hauses, oder?“

Der alte Mann schritt den schmalen Gartenweg hinunter. Bienzle folgte ihm. Er hörte noch, wie hinter ihm die Fensterflügel heftig zugeworfen wurden. Am Gartentor holte Bienzle den anderen ein. Auf dem kurzen Weg hatte er sich den Kopf zerbrochen: Wie hieß der Vater von Annemarie Hägele, was war sie für eine Geborene? Irgendein Allerweltsname. Er ging neben dem Alten her. Plötzlich fiel es ihm wieder ein. „Sie sind der Herr Meier, gell?“

„Mhm“, machte der alte Mann.

Bienzle. Er hatte Zeit und konnte warten, die Nacht war sowieso angebrochen, ein Zimmer hatte er nicht gesucht. „Was weg ist, brummt nimmer“, hatte sein Vater immer gesagt.

Der Spruch war ihm, wie alle anderen goldenen Worte seines Vaters, im Gedächtnis geblieben. „Die besten Händel sind nichts nutz“ zum Beispiel, oder „Wenn du einen rußigen Hafen anlangst, kriegscht selber schwarze Händ“.

Der alte Meier war kein rußiger Hafen (Kessel sagen die Norddeutschen dazu). Hafen klang eigentlich nur in der schwäbischen Verkleinerung: „Häfele“. Da fiel ihm ein Spruch seiner Mutter ein, den sie unweigerlich brachte, wenn er sich mit seinem Bruder einst gestritten hatte. „Da wird der eine ’s Schüssele verschüttet habe und der andere ’s Häfele!“ Denn ein Häfele war halt auch ein Schüssele.

„Was habet Sie denn?“, fragte der alte Meier.

„Ja, ja“, sagte Bienzle zu sich selbst, „der eine hat des Schüssele verschüttet und der andere ’s Häfele.“

„In dem Fall net!“, sagte der alte Meier scharf.

„Sondern?“ Sie gingen noch immer dicht nebeneinander.

„Der Christian hat alles auf’m Gewissen!“

„Und der Hägele?“

„Ein Taugenichts und Tunichtgut, weiter nix. Aber meine Annemarie hat mit den Männern nix als Pech.“

Bienzle hätte gerne gesagt, dass dazu immer zwei Seiten gehören. Aber er schwieg. Nach einer Weile blieb er stehen. „Haben Sie Feuer?“, fragte er den alten Mann. „Sie auch ein Zigarillo?“

„Danke.“ Meier bediente sich und riss ein Streichholz an. Zum ersten Mal konnte der Kommissar das Gesicht des Alten genauer sehen. Es gefiel ihm – ein schmales Gesicht, ernst. Tiefe senkrechte Furchen liefen in gerader Linie von der Stirn zum Kinn. Die Augen waren dunkel und wirkten traurig auf Bienzle.

„Ziehen Sie doch!“, sagte Meier. Das Streichholz erlosch.

Bienzle sagte: „Haben Sie gewusst, dass sich Herget bei Ihrer Tochter versteckt?“

Meier antwortete nicht.

„Wenn Sie in der Nacht den Kopf schütteln, seh ich’s nicht.“

„Ich hab ihn gar nicht geschüttelt.“

„Sie haben’s also gewusst?“

„Ja, seit drei oder vier Tagen.“

„Drei oder vier?“

„Drei!“

„Gibt’s hier irgendwo eine Wirtschaft, wo man noch a Viertele kriegt?“

„Ich hab en Moscht im Keller!“

„Des ischt besser – viel besser!“, sagte Bienzle.

Das kleine Bauerngehöft Meiers lag etwas außerhalb des Dorfes. Die beiden Männer hatten nicht gesprochen, bis sie es erreichten. Dann sagte Bienzle: „Ich dachte, Sie seien nicht vom Land?“

„Das stimmt. Wir sind erst vor acht Jahren hierher. Ich hab mit sechzig aufgehört und mir einen alten Traum erfüllt: die eigene Landwirtschaft."

Bienzle nickte. Das verstand er. „Wohnen Sie alleine hier?"

„Meistens, ja – auf dem Feld habe ich eine Hilfe – aber nur tagsüber, ich mein', abends geht der Gregor heim."

„Hilft denn Ihr Schwiegersohn manchmal?"

„Dass der meinen Betrieb au no kaputt macht? 's langt, wenn er sich selber ruiniert."

Die Küche war ganz ähnlich eingerichtet wie bei den Hägeles. Dieselbe gestaltende Hand. Bienzle sagte denn auch: „Die hat Ihnen Ihre Tochter eingerichtet, gell?"

Meier nickte und holte einen Steingutkrug aus einem alten Küchenschrank. Er hatte schon die Tür erreicht, als Bienzle fragte: „Ihre Frau lebt nicht mehr?"

„Nein, leider!" Meier ging hinaus. Bienzle hörte die Schritte auf der Holztreppe, die unter jedem Tritt ächzte. Was soll ich eigentlich weiter ermitteln, fragte sich der Kommissar. Herget hat sein Versteck ausprobiert, und dabei ist er erstickt, basta. Er hat sich selbst den Rest gegeben. Andererseits: Wenn der Atemschlauch sich so gedreht hatte, dass er unter die Oberflächen geraten war – warum war dann der Herget nicht einfach aufgestanden, warum war er dann nicht einfach hustend und prustend herausgestiegen und unter die Dusche gegangen? Schwer vorzustellen, dass er ohne fremde Einwirkung im Heizöl erstickt war.

Meier kehrte zurück und goss Apfelmost in zwei dickwandige, hohe Gläser. Bienzle sah auf die Uhr. Es war kurz vor Mitternacht. „Eigentlich Zeit fürs Bett", sagte Bienzle.

„In meinem Alter braucht man nicht mehr viel Schlaf." Meier trank dem Kommissar zu. Bienzle versuchte den Blick des Alten aufzufangen, aber das gelang nicht. Meier starrte in sein Glas.

„Oft sitz ich bloß so da und guck zu, wie die Zeit vergeht“, sagte der Alte leise. „Als wir damals hierher gezogen sind, hab ich gedacht, auf so einem Dorf wär’ man weniger allein, weil halt alles kleiner und überschaubarer ist, weil man sich kennt und miteinander redet. Aber ich glaub, das gilt nur für die, die schon immer hier gewohnt haben. Ein harter Kern von Uralt-Einwohnern.“

Er nahm einen großen Schluck. „Ich kann den Leuten nicht nachlaufen.“

„Jeder ist für sich allein“, sagte Bienzle.

„Schöner Trost.“

„Ich bin ein Leben lang Polizist gewesen und kein Pfarrer – übrigens, Ihr Most ist gut. Man spürt, dass der sauber ist und dass Sie mit dem Wasser g’spart haben.“

„Wasser ist gar keins drin.“

„Wer hat wohl den Herget umgebracht?“, fragte Bienzle unvermittelt.

„Als ob das wichtig wäre.“

„Natürlich ist’s wichtig. Wir können nicht damit anfangen, einen Mörder frei rumlaufen zu lassen, nur weil sein Opfer unsere Abneigung oder sogar unseren Hass verdient hat.“

„Hättet Ihr ihn net laufe lasse!“, sagte der alte Meier trotzig.

„Vorhin schon sind mir ein paar Sprüche meines Vaters eingefallen – der war Schulmeister in einem Dorf, so einem wie Eichenbach. ‚Bloß wer nix schafft, macht keine Fehler‘, hat er immer g’sagt.“ Bienzle setzte sich aufrechter und sah Meier ins zerfurchte Gesicht. Er konnte sich nicht dagegen wehren, dass ihm der Alte immer sympathischer wurde. „Jetzt mal ehrlich, Sie habet in letzter Zeit das Haus Ihrer Tochter nicht betreten?“

„Nein!“

„Den Keller auch nicht?“

„Der Keller g'hört auch zum Haus!“ Meier hob endlich den Kopf. Er sah Bienzle erstaunt an. „Ach, Sie denket, ich könnt's gewesen sein?“

„So wie's im Augenblick aussieht, kann's jeder gewesen sein, dem ich bis jetzt begegnet bin: Sie, Ihre Tochter, Anton Hägele. Jeder hätt' ein Motiv g'habt, net wahr?“

Meier fuhr sich mit der flachen Hand über die Stirn. „Der Christian hat doch zwei Banken ausgeraubt und den Kassierer vom Supermarkt überfallen, den er dabei erschossen hat. Das Geld muss doch irgendwo sein, oder?“

Bienzle lächelte. Er wusste, worauf der Alte hinauswollte.

„Richtig, Herget hatte mindestens einen Komplizen. Wir nennen ihn ‚den Fahrer‘, weil er bloß Schmiere gestanden und das Auto gefahren hat.“

„Also noch einer, der ein Motiv hat, oder?“

„Ja, sicher. Nehmen wir an, der Fahrer hat die ganze Beute an sich gebracht, dann musste er ein Interesse daran haben, dass Herget nicht wieder auftauchte.“

Für einen Augenblick sah Bienzle wieder die Leiche auf der braungrünlich schimmernden Öloberfläche schwimmen. Aber dann hatte er eine andere Idee. „Hat Anton Hägele ein Auto?“

„Das würde ihm wenig nützen – er hat keinen Führerschein mehr.“

„Drum, ich hab ihn um zehn heut … also, das ist ja schon gestern gewesen – also gegen zehn Uhr ist er in einen Wagen gestiegen, wahrscheinlich, um zur Schicht zu fahren.“

„Ach was, der Anton fährt mit dem Fahrrad ins Geschäft – es sind ja bloß zwei Kilometer.“

Bienzle war nun sehr aufmerksam. „Es war ein kleiner Wagen – ziemlich alt. Ich glaub, ein Fiat 500.“

„So einen fährt der Gregor.“

„Der, der Ihnen bei der Feldarbeit hilft?"

„Mhm."

„Ist der Gregor mit dem Hägele befreundet?"

„Der kann ihn nicht ausstehen."

„Und warum net?"

„Weil er's genaue Gegenteil ischt, der Gregor – fleißig, anständig, sparsam, freundlich."

„O jessas!", machte Bienzle, „wie alt?"

„Der Gregor?, vierundzwanzig."

Bienzle hatte eine Idee. „Und er ist verliebt in Ihre Annemarie?"

„Auf jeden Fall wär' mir der Gregor am Arsch lieber als der Hägele im G'sicht!"

„Vom Herget ganz zu schweigen, was?"

„Sie sagen es!"

Bienzle nippte an seinem Glas und beobachtete den alten Meier dabei. „Dann hätten wir gleich noch einen Verdächtigen. Eifersucht ist ein starkes Motiv. Aber warum fährt er mit dem Anton Hägele nachts durch die Gegend – vorausgesetzt, er war überhaupt der Mann am Steuer!"

„Da fraget Sie mich zu viel, Herr Kommissar."

„Sprechet Se mich lieber mit mei'm Name an, bitte."

Bienzle schob das leere Glas über den Tisch und ließ sich nachgießen. „Hat der Gregor den Herget gekannt?"

„Ja freilich. Der Gregor hat den Christian vom ersten Tag an bewundert. Am Anfang kamen die zwei fast jedes Wochenende zu mir raus. Sonst ist der Gregor nie am Samstag oder Sonntag hier aufgetaucht, aber das war auf einmal anders. Ich hab immer net g'wusst, kommt er wegen der Annemarie oder wegen dem Christian. Dabei war der Herget gar nicht freundlich zu ihm – eher abweisend. Überhaupt hat er so eine geschäftsmäßige Art gehabt, mit anderen Menschen umzugehen."

Bienzle nickte. „Ich weiß, ich hab ihn stundenlang verhört – nach seiner Festnahme. Könnte es denn sein, dass dieser Gregor ‚der Fahrer' war?"

Meier wiegte den Kopf. „Der Gregor ist schwach, und der Christian hat ihm imponiert." Bienzle stand auf. „Wo wohnt der Gregor?" Meier goss ein wenig Most auf den Tisch und zeichnete in feuchten Spuren den Weg auf.

Das Haus, das Meier ihm beschrieben hatte, lag dunkel vor ihm. Im schwachen Licht einer Straßenlaterne wirkte es noch hässlicher, als es am Tag wohl war – eine langweilige Fassade, zu schmale Fenster und zu kleine Balkone, dicht beieinander. Eineinhalb-, höchstens Zweizimmerappartements, dachte Bienzle. Gregor wohnte Hochparterre rechts, hatte Meier gesagt, sein Auto stehe normalerweise auf dem hauseigenen Parkplatz direkt davor. Der Platz war leer. Bienzle ging um das Haus herum. Eine schmale Treppe führte zu einem Umgang, von dem aus die Türen zu den Appartements führten. Der Kommissar drückte den Knopf des Zweiminutenlichts. An der zweiten Tür stand auf einem unordentlich abgerissenen Stück Packpapier, das mit Klebestreifen festgemacht war, „Gregor Keller". Bienzle klingelte lang und anhaltend. Hinter der Tür rührte sich nichts. Das Zweiminutenlicht erlosch. Bienzle dreht am Türknauf. Da hörte er plötzlich ein Geräusch. Er trat einen Schritt zurück. Hinter einer schmalen, schmutzig gelben Scheibe in der Tür flammte ein Licht auf. Dann meldete sich eine verschlafene weibliche Stimme: „Is'n los da draußen?"

„Ich möchte zu Gregor Keller", rief Bienzle.

„Nicht da!"

„Machen Sie bitte mal auf!"

Die Tür öffnete sich einen Spalt breit. Bienzle sah in ein junges, bleiches Gesicht, vor dem ein paar blonde Haarsträhnen herabhingen. Mit einer unsicheren Bewegung strich das Mädchen die Haare zur Seite.

„Tut mir leid“, sagte Bienzle. „Aber ich muss Herrn Keller dringend sprechen.“

„Ich auch!“, sagte das Mädchen.

„Wollen wir dann vielleicht gemeinsam warten?“

Das Mädchen hob die Schultern und ließ die Tür vollends aufschwingen. Der Kommissar trat ein. Dumpfe, verbrauchte Luft schlug ihm entgegen. Der kleine Korridor führte an zwei offenen Türen, die offensichtlich zu Küche und Bad gehörten, vorbei geradeaus in ein Zimmer, das Keller durch ein Regal unterteilt hatte. Gleich neben der Tür stand ein zerwühltes Bett, hinter dem Regal hatte sich Gregor Keller einen Arbeitsplatz eingerichtet.

Das Mädchen schlüpfte wieder unter die Decke und rollte sich zusammen. „Hat er gesagt, wann er wiederkommt?“, fragte Bienzle.

„Ich war nicht da, als er wegging. Ich hab einen eigenen Schlüssel!“

„Sind Sie Gregors Freundin?“

Das Mädchen lachte glucksend. „Ne, ne – ich bin seine Schwester.“

„Wohnen Sie hier?“

„Nur manchmal.“

Bienzle stand unschlüssig im Zimmer herum. Er zog den Mantel aus und warf ihn aufs Bett. Das Mädchen reagierte mit einer unwilligen Geste. Bienzle ging um das Regal herum und setzte sich an den Arbeitstisch, auf dem sich Notizen, Zeichnungen, Bücher und Hefte stapelten. Ziellos kramte er herum und zog schließlich ein Schulheft zu sich heran. Er blätterte beiläufig darin, während sein Blick immer wieder durch die Glastür fiel, die auf den Balkon hinausführte. Es hatte wieder zu regnen begonnen; gleichmäßig schmale, schräge Streifen schraffierten das trübe Licht.

„Ihr Nein klingt jedes Mal wie ein nur mühsam verdecktes Ja", las Bienzle. Er zog die Augenbrauen in die Höhe und las weiter in dem Schulheft. „Ein Ja ist immer nur ein Ja, wenn es hätte auch ein Nein sein können. Aber wie frei ist ein Mensch? Ist er frei genug, das selber zu entscheiden? Es gibt Abhängigkeiten – überall Abhängigkeiten. Sie muss es recht machen, das ist einzusehen. Aber wem? Ihrem Vater? Ihrer Herkunft? Ihrer Erziehung? Ich weiß, sie hätte lieber ja gesagt."

Bienzle klappte das Heft zu. „So eine Art Philosophie!", sagte er.

„Was ist los?", kam es vom Bett her.

„Ihr Bruder, was macht der beruflich?", fragte Bienzle in die Richtung Schlafnische.

„Er ist arbeitslos. Das sind viele hier."

„Und vorher?"

„Er hat eine kaufmännische Lehre gemacht!"

„Kennen Sie Anton Hägele?"

„Ja, aber jetzt will ich schlafen."

„Gut – ich meine, kennen Sie den Hägele gut?"

„Ziemlich gut."

„Lieben Sie ihn?"

Wieder ihr glucksendes Lachen. „Den Anton? Liebe! So ein Wort nehm ich gar nicht in den Mund."

„Wie alt sind Sie?"

„Neunzehn, warum?"

„Nur so!" Bienzle blätterte wieder in dem Heft.

„Ihr Bruder nimmt das Wort Liebe aber schon mal in den Mund, oder?"

„Ach, der ist doch ein hoffnungsloser Fall."

Der Kommissar hatte eine neue Stelle aufgeschlagen. Da waren ein paar Noten hingemalt. Darüber stand „Anatevka-Milchmann Tevje“ und unter den Noten las Bienzle den Liedanfang „Wenn ich einmal reich wär’, dideldideldideldum“. Er summte die Melodie leise, blätterte um und hielt inne. Denn auf der nächsten Seite fand er eine penible Zahlenaufstellung.

| | |
|---|---|
| DB-Filiale | 150000,– |
| S Raiffeisenkasse TÜ | 190000,– |
| Kasse Kaufhaus RT | 94570,– |
| An Anton | 250000,– |
| Fluggeld 2 Personen | 6800,– |
| Grundstück/Haus | 117000,– |
| Sonstiges | 12000,– |
| Rest | 125000,– |

Zinssatz 9,5 % jährlich – pro Jahr also 11894,– pro Monat 991,17

Es war für Bienzle kein Problem, die Rechnung zu entschlüsseln. Herget hatte nacheinander eine Deutsche Bank, Filiale Stuttgart, die Raiffeisenkasse in Tübingen und eine Reutlinger Kaufhauskasse ausgeraubt. Der Kaufhauskassierer hatte idiotischerweise Widerstand geleistet und mit seinem Leben dafür bezahlt. Auch der zweite Teil war leicht zu verstehen. „Er hat das Fell des Bären verteilt“, murmelte Bienzle, „die Frage ist – hat er es schon?“

„Ich versteh nicht“, sagte das Mädchen schläfrig.

„Wohin will Ihr Bruder?“

„Sie meinen auswandern?“

„Mhm.“

„Nach Costa Rica – ein tolles Land. Auf dem Hochplateau ist das Klima gemäßigt. Es gibt keine Armee dort und mehr Lehrer als Polizisten. Sein Geld kann man in Dollar anlegen. Und wenn man nur genug hat, kann man gut von den Zinsen leben.“

Sie hatte es richtig heruntergeleiert, wie jemand Aussprüche zitiert, die er immer wieder hören muss.

„Hat er denn Geld?"

„Ach, der Gregor ist einer, der ganz sicher weiß, dass er mal im Lotto gewinnt."

Bienzle klappte das Heft behutsam zu und steckte es heimlich in seine Brusttasche.

„Was will er denn machen in Costa Rica?"

„Landwirtschaft – Obst und Südfrüchte, was weiß ich. Er lernt ja richtig beim alten Meier. Sie züchten eine neue Apfelsorte."

„Interessant!"

„Find ich nicht. Mann, Sie klauen mir meinen Schlaf."

Bienzle schaute auf die Uhr. Es war kurz nach zwei.

„Wenn eine bestimmte Zeit überschritten ist, ist schon alles egal – The point of no return, sagen die Amerikaner. Der Punkt, an dem eine Umkehr nicht mehr möglich ist. Jetzt brauch ich bloß noch zu warten."

„Warten worauf? Was sind Sie überhaupt für einer?"

Das Mädchen hatte sich aufgesetzt und die Beine über den Bettrand geschwungen. Erst jetzt wurde Bienzle bewusst, dass sie außer einem einfachen Herrenhemd nichts anhatte.

„Ich bin Kriminalbeamter und untersuche den gewaltsamen Tod des Christian Maria Herget", sagte Bienzle gestelzt.

„Scheiße, 'n Bulle!"

„Na ja… nicht mehr so richtig. Haben Sie diesen Herget gekannt?"

„Durch den bin ich meine Jungfernschaft losgeworden, und zwar auf ausgesprochen fröhliche Art." Sie lachte ihr glucksendes Lachen. Bienzle wurde es unbehaglich, zumal sich das Mädchen nun im Schneidersitz auf dem Bett niedergelassen hatte. Das Herrenhemd war so weit zurückgerutscht, dass sich der Kommissar fast mit bloßem Auge hätte davon überzeugen können, ob das Mädchen mit der Behauptung recht hatte, sie habe ihre Jungfernschaft verloren.

„Aber jetzt ist er tot", sagte Bienzle.

„Der Christian hat sich immer überschätzt, das war sein Fehler." Gregors Schwester stand auf, ging in die kleine Küche und füllte Wasser in die Kaffeemaschine.

„Ich hab ihn gekannt", sagte Bienzle, der dem Mädchen nachgegangen war und nun am Türrahmen lehnte.

„Gregor hat im kleinen Finger mehr Verstand als Christian in seinem ganzen Hirn."

„Trotzdem war er ja wohl ein bisschen abhängig von Herget."

„Ein bisschen? Total! Aber das passiert anderen auch. Annemarie zum Beispiel, Hergets geschiedene Frau – wann immer Christian bei ihr auftauchte, schmolz sie hin. Der hatte so was wie ein geheimes Glockenspiel. An ihrem 26. Geburtstag zum Beispiel erschien er mit 26 stinkteuren Baccarat-Rosen und 26 Flaschen Sekt. Der Hägele war schon nach zwei Stunden so blau, dass man ihn einfach vom Stuhl kippen konnte. Wenn's was umsonst gibt, säuft der im Akkord. Mein kleiner Bruder saß die ganze Zeit nur da und glotzte die Annemarie an. Der denkt immer, er braucht seine Liebe nur zu zeigen, und irgendwann wird der Zauber überspringen. Aber sie hatte nur Augen für Herget. Mann, o Mann, gingen die ran! Die hatte uns ganz schnell vergessen. Und ich hab nachher Mühe gehabt, meinen guten Gregor daran zu hindern, von der Brücke zu springen." Sie drückte Bienzle zwei Tassen in die Hand.

„Warum erzählen Sie mir das alles so freimütig?", wollte der Kommissar wissen.

Das Mädchen stellte die Kaffeemaschine ab. „Kennen Sie das Gefühl, wenn man irgendwie nicht mehr atmen kann – keine

Luft mehr kriegt? Wenn alles so dumpf ist. Da denkt man dann, es müsste ein Gewitter kommen. Blitz und Donner und ganz kalter, frischer Regen. Gedonnert hat's nun zum ersten Mal, als Herget starb, aber das richtige Gewitter fehlt noch – das Gewitter, das reinigt, verstehen Sie. Das wäre toll, wenn mit einem Schlag die ganze Verlogenheit aufgedeckt würde und ein paar Wahrheiten ans Licht kämen."

„Welche zum Beispiel?"

„Zum Beispiel, dass der Anton und die Annemarie längst auseinander sind, obwohl sie noch immer so tun, als wären sie ein Paar. Oder dass der alte Meier ein rücksichtsloser, egoistischer Spießer ist. Gregors Luftschlösser gehören auch dazu. Costa Rica! Annemarie und das einfache Leben! Der reine Schwachsinn! Und dann: Halten Sie's denn für normal, dass einer arbeitslos ist und trotzdem immer so tut, als ginge er zur Arbeit?"

„Sie meinen Anton Hägele?"

„Wen denn sonst?!"

Das Mädchen ging dicht an ihm vorbei ins Zimmer zurück und stellte die Tassen auf einem niedrigen Tisch vor dem Bett ab.

„Derjenige oder diejenige, die den Herget ins Öl gedrückt hat, um ihn auf diese viehische Weise umzubringen, muss dafür bezahlen", sagte er grimmig. „Das war ein klar geplanter Mord, und der bringt den Täter ein halbes Leben hinter Gitter – mindestens."

„Na und?"

„Und wenn's Ihren Bruder träfe?"

Das Mädchen lachte hell auf. „Gregor? – ausgeschlossen!"

Bienzle setzte sich auf einen wackligen Korbsessel. „Ich bin fast 40 Jahre mit Mordfällen beschäftigt gewesen. Und wenn ich in der langen Zeit eines begriffen habe, dann das, dass jeder zum Mörder werden kann – jeder!"

„Wann ist es passiert?"

„Gestern gegen 11 Uhr."

„Da war Gregor draußen in den Heckenäckern – pflügen. Der alte Meier hat dort drei Felder."

„Und wo waren Sie?"

„Supermarkt Billigland, Stand für Dekorationsstoffe und Vorhänge – da arbeite ich nämlich."

„Also wissen Sie nur vom Hörensagen, dass Ihr Bruder zur fraglichen Zeit auf dem Feld war?"

„Hörensagen! Bullensprache!"

Bienzle nippte an seinem Kaffee. „Der weckt ja Tote auf!", sagte er und merkte erst Sekunden später, dass der Spruch jetzt gerade vielleicht nicht so angebracht war.

Vor dem Haus war ein Automotor zu hören. Scheinwerferlicht wischte über das verschmierte Glas der Balkontür. „Das wird er sein", sagte das Mädchen und kroch wieder unter die Decke. Kurz darauf ging die Tür auf. Ein hagerer junger Mann in Jeans und einem blauen Pullover kam herein. Die langen blonden Haare fielen bis auf seine Schultern hinab. Sein Körper wirkte sehnig und durchtrainiert.

„Rück ein Stück", rief er, noch bevor er ganz im Zimmer war, „ich bin hundemüde."

Er zog den Pulli über den Kopf. „Hey, wir sind nicht allein", rief seine Schwester.

„Was ist los?"

Bienzle trat hinter dem Regal hervor.

„Na, alles klar mit dem Geld?"

Gregor Keller hatte fast im gleichen Augenblick ein Messer in der Hand, und die Art wie er es – Spitze nach vorne – auf der flachen Handfläche wog, zeigte, dass er damit umzugehen verstand.

Bienzle lächelte gequält. „Der Mann, der keiner Fliege etwas zuleide tun könnte."

„Wer sind Sie?", zischte Gregor.

„'n Bulle!", rief das Mädchen vom Bett her.

„Hat er dir was getan?"

Wieder das lustige, glucksende Lachen.

Die Spitze des Messers war noch immer auf Bienzle gerichtet. Der ehemalige Kommissar fror an den Händen. Das war bei ihm immer so, wenn er Angst hatte. Bienzle stand mit dem Rücken zur Wand. Er war sich sicher, dass Hergets „Fahrer" vor ihm stand. Die sauberen Eintragungen in dem Schulheft bewiesen es, und die wilde Entschlossenheit, die der junge Mann an den Tag legte, ließ sich durchaus so interpretieren, dass er kurz vor dem Ziel seiner Wünsche stand, und das hieß, dass er das Geld hatte oder doch wusste, wo es zu holen war. Bienzle sagte: „Na, dann werde ich mal gehen, wenn ich hier so unerwünscht bin."

Gregor veränderte seine Haltung nicht. Bienzle ging zum Bett und holte seinen Mantel. Das Mädchen steckte seinen Kopf unter der Decke hervor. Bienzle sagte: „Wie heißen Sie eigentlich?"

„Sybille – Sybille Keller!"

„War nett – und vielen Dank für den Kaffee!", sagte Bienzle und ging Richtung Tür.

„Gute Nacht, schlafen Sie gut!", rief das Mädchen.

„Heute Nacht werd' ich wohl kaum mehr schlafen!"

Bienzle sah Gregor einen Augenblick an. Er empfand tiefes Mitleid für den jungen Mann. An der Tür blieb er noch einen Augenblick stehen und schaute in das Zimmer zurück. „Dass Sie mich bedroht haben, ist Ihnen ja sicher klar, und dass ich Ihnen daraus einen Strick drehen kann, auch. An Ihrer Stelle wäre ich ab jetzt äußerst vorsichtig. Keine falsche Bewegungen, junger

Mann, und das gilt nicht nur, wenn Sie ein Messer in der Hand haben!"

„Aprilwetter im März!", knurrte Bienzle und schlug den Mantelkragen hoch. Er warf noch einen Blick zu der erleuchteten Balkontür hinauf, dann ging er in die nasskalte Nacht hinein. Aber nur ein paar Schritte, da hörte er ein metallisches Klirren und einen leisen Fluch. Im gleichen Augenblick erlosch das Licht, das durch die Balkontür fiel. Bienzle bildete sich ein, bei dem kleinen Auto eine Gestalt gesehen zu haben. Aber er ging weiter die Straße hinunter und pfiff laut vor sich hin: „Wenn ich einmal reich wär' …" Er bog in die nächste Straße ein, blieb stehen, pfiff immer leiser, hörte dann auf und pirschte sich zur letzten Hausecke zurück. Inzwischen hatten sich seine Augen so gut an die Dunkelheit gewöhnt, dass er sehen konnte, wie die Gestalt an dem Auto hantierte. Der Größe und der Figur nach konnte es Anton Hägele sein. Vorsichtig ging der Kommissar näher heran. Der Mann im Dunkeln machte sich nacheinander an allen vier Rädern zu schaffen. Achtlos warf er danach den Schraubenschlüssel in den kleinen Kofferraum und drückte die Haube leise zu. Er schlug die Hände gegeneinander und machte sich auf den Weg, wobei er direkt auf Bienzle zukam. Der Kommissar ging hinter einem Müllcontainer in Deckung.

Es war Anton Hägele. Daran bestand jetzt kein Zweifel mehr. Bienzle ließ ihn passieren. Er wartete noch zwei Minuten, kam dann hinter der Mülltonne hervor und schlich sich zu dem Auto. Der Kofferraum ließ sich leicht öffnen. Bienzle griff sich den Kreuzschlüssel. Nacheinander kontrollierte er die vier Räder. Alle Schrauben waren abgedreht und nur lose wieder auf das Gewinde gesteckt. Bienzle zog sie nacheinander alle wieder fest. Dann folgte er Anton Hägele. Er hörte ihn, lange bevor er das Haus am Wiesenweg erreichte.

„Mach auf, du verdammte Hure!“, brüllte Hägele.

Klirren und Splittern von Glas war zu hören.

„Was fällt dir ein, dich einzuschließen, du Nutte, du elende?“

Bienzle stieß das Gartentor auf. „Morgen, Herr Hägele!“

„Was? Wie? Was ist los?“

„Darauf pflegte mein Vater zu sagen: ‚Alles was net festg'macht ischt!‘“

„Meine Frau hat den Schlüssel gesteckt von innen!“

„Sie wird ihre Gründe haben!“

„Saudummes G'schwätz.“ Er donnerte mit dem Fuß gegen die Tür. „Wo waren Sie heute Nacht?“, fragte Bienzle.

„Was ist los?“

„Wo Sie waren in den letzten vier Stunden – die Frage ist doch leicht zu beantworten, oder?“

„Das geht Sie gar nichts an!“

„Da wär ich an Ihrer Stelle nicht so sicher, Herr Hägele.“

„Ach, lasset Sie mich doch in Ruh!“

Jetzt ging im Haus ein Licht an. Aus dem Treppenhaus waren leichte Schritte zu hören. Der Schlüssel drehte sich im Schloss. Die Tür öffnete sich. Annemarie Hägele, geborene Meier, geschiedene Herget, stand vor ihnen. Sie hatte einen leichten Trenchcoat über die Schultern gehängt. Darunter trug sie ein zartgrünes Nachthemd. Hägele holte aus. Aber er kam nicht dazu, nach ihr zu schlagen. Bienzle war ihm rechtzeitig in den Arm gefallen
„Komm halt rein, Schatz“, sagte Annemarie Hägele.

Bienzle massierte sich die Nasenwurzel mit Daumen und Zeigefinger. Plötzlich war die Müdigkeit doch über ihn gekommen. Er hatte den Hägeles eine gute Nacht gewünscht und dem Mann mit den möglichen Konsequenzen gedroht, falls er gewalttätig würde gegen die eigene Frau. Wortlos hatte Hägele die Tür zugeworfen. Bienzle war ein paar Schritte gegangen und hatte sich an einen der Straßenbäume gelehnt. Offensichtlich lag das Schlafzimmer der beiden im ersten Stock. Einen Augenblick lang waren beide als Schattenrisse zu sehen. Und wenn das Bild nicht trog, umarmten und küssten sie sich. Annemarie trat ans Fenster und öffnete es ein wenig. Sie war nackt. Antons Hände umfassten sie. Der Mann stand massig hinter ihr, streichelte ihre Brüste und ihren flachen Bauch. Bienzle fühlte sich wie ein Spanner und zwang sich, wegzuschauen. Kopfschüttelnd ging er den Weg hinunter.

Nach ein paar Schritten blieb er stehen, holte sein Handy aus der Tasche und wählte. Zwischendurch schaute er auf das Display. Es war kurz vor vier Uhr. Er ließ es lange klingeln, legte dann auf, wählte die gleiche Nummer noch mal und zählte geradezu genüsslich die Freizeichen. Nach dem zwölften Mal hob sein Freund und Exkollege Günter Gächter ab. „Morddezernat – Gäch … ach Blödsinn, Gächter privat!" meldete er sich.

„Ja, hier Bienzle, sozusagen im Dienst."

„Sag mal, weißt du, wie spät es ist?"

„Drei Uhr siebenundfünfzig."

„Mensch, du holst mich aus dem tiefsten Schlaf!"

„Ich hab überhaupt noch nicht geschlafen, und ich red' mit dir auch nur so lang, weil ich hoff', dass du dabei wach genug wirst, alles mitzukriegen. Also pass auf …", und dann schilderte er den Fall, wie er sich zu diesem Zeitpunkt für ihn darstellte, in allen Einzelheiten.

„Ich weiß auch was Neues", sagte Gächter schließlich, „der Leichenkocher hat am Abend angerufen. Der Herget ist mit einem schweren, stumpfen Gegenstand aufs Haupt geschlagen worden, bevor man ihn im Öl ersäuft oder erstickt hat. Wahrscheinlich war er bewusstlos."

„Das überrascht mich nicht", sagte Bienzle, „einen Unfall habe ich von vornherein ausgeschlossen."

„Und wer hat den Herget nun auf dem Gewissen?", fragte Gächter.

„Das erfahren wir hoffentlich morgen, nein, heut noch natürlich. Also du kommst und bringst Verstärkung mit und möglichst auch gleich einen Staatsanwalt. Lokaltermin neun Uhr. Und alles wie besprochen." Bienzle schaltet rasch sein Handy aus.

Der Horizont wurde schon ein wenig heller. Bienzle ging langsam. Die Müdigkeit hatte sich in jedem Muskel seines Körpers eingenistet. Ein paar Minuten war er an seinem Auto gestanden und hatte überlegt, ob er auf dem Beifahrersitz ein wenig schlafen sollte. Aber dann war er doch weitergegangen, den Kopf tief zwischen den Schultern, die Hände auf dem Rücken verschränkt.

Der kleine Hof des alten Meier lag im Dunkeln. Bienzle ging ums Haus herum und kam zur Scheune. Die Tür war nicht verriegelt. Es roch herrlich nach Heu hier drin. Der Kommissar spürte nicht einmal mehr das Kitzeln der Halme, die sich leise vor Mund und Nase in der Heuluft bewegten, so schnell war er eingeschlafen. Geweckt wurde er durch einen erstaunten Ausruf. Er blinzelte und sah als Erstes drei metallisch blinkende Zinken einer Heugabel direkt vor seinem Gesicht. Der alte Meier lachte. Breitbeinig stand er über dem Kommissar, den Gabelstiel fest in beiden Händen.

„Da hätt' ich Sie doch um ein Haar aufgespießt und meinen Kühen zum Fressen vorg'worfen!"

„Wie spät ist es?", fragte Bienzle.

„Dreiviertelsieben!"

Der Kommissar rappelte sich auf und klopfte das Heu und den Staub aus seinen Kleidern. „Um halb neun müssen wir los."

„Wer wir? Sind Sie nicht allein?"

„Wir zwei – Sie und ich. Lokaltermin."

„Wo?"

„Bei Ihrer Tochter im Haus."

„Ohne mich!" Der Bauer stieß die Gabel tief ins Heu. Bienzle kramte in seinen Taschen herum. Kleine Staubwolken stiegen auf. „Wenn Sie's offiziell haben wollen, schreib ich eine Vorladung aus." Meier konnte ja nicht wissen, dass Bienzle das Formular nicht besaß.

Der alte Mann sah ihn aus schmalen Augen an. „Also gut!" Er riss mit der Gabel eine mächtige Ladung Heu heraus und schulterte die Gabel.

„Ein Glück, dass der, den Sie suchet, net g'wusst hat, wo Sie heut Nacht schlafet. Ein Streichholz hätt' ja genügt, die Scheuer, mit allem, was drin ist, anzuzünden."

Bienzle sah Meier hinterher. Der rief über die Schulter zurück, ehe er den Kuhstall betrat: „Mei Dusche ischt glei hinter der Küche. Handtücher sind im Weißzeugschrank, und der steht im Gang." Damit verschwand er im Stall.

Am Frühstückstisch trafen sie sich wieder. Bienzle hatte geduscht und fühlte sich erstaunlich frisch. Eine leichte Erregung hatte ihn gepackt. Er kannte dieses Gefühl, das ihn regelmäßig packte, wenn ein Fall in seine entscheidende Phase trat.

Meier hatte alles aufgeboten, was Küche und Keller hergaben: Eier, Schinken, Käse, selber eingekochte Marmelade. Hausmacherwurst und ein köstlich duftendes Holzofenbrot. „Eine richtige Henkersmahlzeit", sagte er, als Bienzle den reich gedeckten Tisch inspizierte. Sie aßen schweigend und ohne jede Hast. Erst als sich Bienzle mit der rot-weiß-karierten Serviette den Mund abwischte, sagte er: „Habet Sie des scho g'wusst, dass der Gregor auswandern will?"

„Ja freilich, nach Costa Rica. Da kommet Se mal her." Meier führte Bienzle zu einem Fenster. „Sehet Sie den Pflanzengarten da drübe?"

Bienzle nickte. „Spalierobst, gell?"

„Richtig – ich hab lang rumgekreuzt, aber jetzt habet mir eine enorm widerstandsfähige Sorte Äpfel, die mit wenig Feuchtigkeit auskommt und trotzdem richtig saftig wird."

„Gratuliere!"

„Die Stauden sind für dem Gregor sei Plantage in Costa Rica. No a Gläsle Moscht?", fragte Meier, „für die Verdauung?"

„Da sag ich net nein?!" Bienzle sah auf die Uhr. „Aber dann müsset mr los!"

Es war sehr warm geworden. Ein lauer Wind hatte die Wolken vertrieben. Die Sonne schien weißlich und stechend vom Himmel. „Das Wetter schlägt bald um!", sagte Meier, als er an der Seite Bienzles auf das Haus seines Schwiegersohnes zuging.

Das Gartentor stand offen. Auf einer Bank neben der Haustür saß Hägele und schnitzte an einem Stock herum. Erstaunt sah er seinen Schwiegervater an. „Grüß Gott, Hägele", sagte Meier.

„Ja, jetzt kann i gar nimmer", rief Hägele. „Annemarie, he, Annemarie!" Er stand auf, ging ums Haus und stieß das Küchenfenster auf.

„Dein Vater!"

Frau Hägele kam aus der Haustür. Sie wischte die Hände an ihrer Schürze ab. Die ersten Schritte rannte sie, stoppte dann aber plötzlich und ging nur zögernd weiter. Dann sah sie Bienzle an. „Was bedeutet das?"

„Es werden gleich noch ein paar Leute mehr kommen", sagte Bienzle, „Ich hoffe, dass wir den Fall heute abschließen können."

„Wer kommt denn noch?" fragte Anton Hägele.

„Ein Kollege von mir, der Staatsanwalt vermutlich, und Gregor Keller mit seiner Schwester Sybille."

„Und das alles wegen dem Selbstmörder?", fragte der alte Meier.

Bienzle schüttelte den Kopf. „Heut Nacht hat ein Kollege von mir, der am späten Abend noch mal mit dem Gerichtsmediziner gesprochen hatte, eine ganz interessante Information weitergegeben. Christian Maria Herget war bewusstlos, als das Öl in seinen Magen und in die Lunge eintrat. Er sei mit einem stumpfen Gegenstand niedergeschlagen worden. Der Täter muss ihm den Kopf ins Öl gedrückt haben. Der Versuch, das Öl anzuzünden, ist dann gescheitert, wie wir wissen."

„Aber wer hat denn überhaupt ein Interesse am Tod von dem Christian gehabt?", fragte Hägele.

„Na, Sie zum Beispiel."

„Ich?"

„Der Herget hat mit seinen Überfällen viel Geld gemacht. Fast eine Million. Nur, wie wollte er jetzt rankommen? Der Herget wusste doch ganz genau, sobald er die Nase rausstreckt, erwischen wir ihn. Also brauchte er einen Boten, einen Mann seines Vertrauens. In seiner prekären Situation konnte er freilich nicht wählerisch sein. Aber er hatte natürlich schnell raus, dass Sie arbeitslos sind, Ihrer Umwelt aber vormachen, Sie seien weiter in Lohn und Brot."

Bienzle hob beide Hände, als Hägle protestieren wollte. „Ich hab volles Verständnis dafür, verstehen Sie mich nicht falsch. Aber Herget, der schon immer ein ausgesprochen durchtriebener Mann war, konnte da seinen Hebel ansetzen. Er brauchte vor allem eine Verbindung zu Gregor Keller, dem Mann, der ihm bei seinen Überfällen assistiert hat."

„Was, der Gregor, das glaub ich nie!", rief der alte Meier. „Der hätte sich auf sowas nie und nimmer eingelassen!"

Bienzle nickte ein paarmal. „Sie können's mir ruhig glauben. Der Gregor hat zwar nie direkt an den Überfällen teilgenommen, aber er saß im Wagen, beobachtete die Gegend und brachte Herget immer geschickt aus der Gefahrenzone. Ein äußerst talentierter und beherrschter Autofahrer."

In diesem Augenblick kam Gregors kleiner Fiat den schmalen Weg heraufgeschossen. Hägeles derbe Hände umfassten zwei Zaunlatten. Bienzle beobachtete ihn genau und registrierte zufrieden, wie konsterniert Anton Hägele war.

Bienzle trat neben Hägele: „Es gibt Autofahrer, die fahren sogar noch sicher, wenn alle Radmuttern gelöst sind."

„Aber das ist ... das ist doch ..."

„Unmöglich, wollten Sie sagen. Das ist es aber keineswegs, wenn ein freundlicher Mitmensch den Schaden klammheimlich wieder behebt."

Hägele fuhr herum. „Sie?"

„Tja, manchmal lohnt sich's, nachts lang aufzubleiben."

Der Fiat stoppte vor dem Gartentor. Gächter stieg auf der Beifahrerseite aus, und es schien, als ob er sich für dieses Vorhaben eigens auseinanderfalten müsste.

„Mein Kollege Gächter", stellte Bienzle vor.

„Der Staatsanwalt ist unterwegs", rief Gächter zu Bienzle herüber, „und der Kollege Haußmann operiert wie besprochen." Bienzle verzog das Gesicht. So konnte man auch sagen, wenn einer für alle Fälle im Auto sitzen blieb, um eine eventuell notwendige Verfolgung aufzunehmen – (operiert wie besprochen).

Sybille Keller stieg als Letzte aus. Sie trug ein duftiges Sommerkleidchen und einen bezaubernden kleinen Hut.

Bienzle räusperte sich. „Bevor wir zum Tatort gehen, will ich noch schnell mit Herrn Hägele ein paar Sätze unter vier Augen sprechen." Er hakte den massigen Mann unter und ging im Gleichschritt mit ihm in den hinteren Teil des Gartens.

„Also", sagte Bienzle, „das heut Nacht war ein Mordversuch. Ich war Zeuge, und Sie Dackel habet sich noch nicht einmal die

Mühe gemacht, Handschuhe anzuziehen. Es wird also gar kein Problem sein, Ihre Fingerabdrücke nachzuweisen. Ein Dilettant sind Sie!"

„Verhaftet Sie mich halt!", sagte Hägele trotzig.

„Man soll nie den zweiten Schritt vor dem ersten tun, hat mein Vater immer g'sagt. Wer war gestern im Haus?"

„Alle, außer meinem Schwiegervater."

Bienzle blieb stehen. „O du liabs Herrgöttle von Biberach!"

„Der Gregor war schon da, als ich heimkomme bin – ich mein' am Morgen."

„Von der Schicht?"

„Sie wissen ja jetzt, dass das mit der Schicht nicht stimmt."

„Eine Frau also?" Hägele nickte und schaute auf den Boden.

„Gut, das geht mich nichts an. Was wollte Gregor Keller?"

„Ich hab ihn selber herbestellt, das heißt, eigentlich war's der Christian; er wollte mal wieder einen von seinen großen Auftritten."

„War Gregors Schwester auch mit von der Partie?"

„Sie hat mich hergefahren."

„Ach so!"

„Nein, net so. Sie war auf dem Weg zu ihrer Arbeit. Da hat sie mich aufg'lese und mitg'nomme. Aber dann hat sie das Auto von ihrem Bruder stehen sehen und ist schnell mit reingekommen – allerdings nicht lang!"

„Und dann kam also Hergets große Rede, ja?"

„Ja, er hat gesagt, er wüsste genau, dass wir's alle bloß auf sein Geld abgesehen hätten. Natürlich haben wir alle widersprochen."

„War da die Sybille noch dabei?"

„Nein!"

„Und weiter?"

„Nichts weiter."

Bienzle blieb erneut stehen und fixierte Hägele. Sie waren beide ungefähr gleich groß, aber Hägele wirkte athletischer, stärker. Über den Oberarmen spannte das Hemd, ebenso über der breit gewölbten Brust. Dennoch sah Hägele für einen Augenblick so aus, als ob er ängstlich zu Bienzle aufschauen würde.

Bienzle sagte: „Sie wissen ganz genau, dass ich Sie in der Hand habe, Herr Hägele. Ich biete Ihnen ein Geschäft an, bei dem allerdings ich alleine die Bedingungen stelle. Also!"

Hägele wand sich. „Na ja", sagte er schließlich, „richtig aufregend ist's geworden, als er dem Gregor gesagt hat, er wolle sich anschließen …"

„Anschließen, wobei – doch nicht etwa …? Herget wollte mit nach Costa Rica?"

„Ja, das wollte er."

„Und wie hat Gregor darauf reagiert?"

„Ziemlich gelassen. Bloß meine Frau, die ist plötzlich ausgeflippt. ‚Du willst dem Jungen sein Leben versauen, das willst du', hat sie geschrien. Und ein Glas hat sie nach ihm geschmissen. Also ehrlich, ich hab gedacht, ich spinn'. Kann ihr doch egal sein. Ich wollte für das, was ich für den Christian getan hab, meine Kohle, und danach aber bloß noch meine Ruhe."

Bienzle sah Hägele ins Gesicht. „Und warum wollten Sie dann den Gregor heut Nacht umbringen?"

Hägele lachte. „Umbringen? So 'n Stuss. Einen Denkzettel sollte er kriegen."

„Gelogen!", sagte Bienzle, der Hägele längst einschätzen konnte. „Ich probier's mal mit meiner Version: Sie wollten Gregor Keller zwar nicht umbringen, aber aktionsunfähig machen. Dabei sind Sie aber ein viel zu hohes Risiko eingegangen. Heute Nacht habt ihr ausbaldowert, wie ihr ans Geld rankommt. Vielleicht seid ihr gestört worden, was weiß ich. Heute Abend sollte es weitergehen – aber da wären Sie dann gern alleine gewesen, nicht wahr?"

Bienzle legte die Hände auf dem Rücken zusammen und stellte sich breitbeinig auf dem Gartenweg vor Hägele hin. „Sie sind kein Krimineller, ebenso wenig wie Gregor, Sybille oder der alte Meier. Sie haben sich auf was eingelassen, was viel Verstand, kühle Berechnung und taktisches Geschick verlangt. Deshalb kann man euch ja auch innerhalb von 24 Stunden überführen. Ihr habt an viel zu vieles nicht gedacht, und viel zu spontan gehandelt, aber das ist Gift für jedes Verbrechen."

„Sie reden grad so, als hätten wir Sie um was beschissen!"

„Na ja, so ähnlich ist's ja auch! Also Christian Maria Herget, der einzige mit ausgeprägter krimineller Energie und Intelligenz, hatte a) einen Plan, wie er an seine Beute kam, und b) eine Idee, wie er sich aus dem Staub machen konnte. Beim Punkt a) solltet ihr euch gegenseitig bewachen – Sie und Gregor. Bei Plan b) wollte sich unser toter Freund einfach anhängen – vielleicht wollte er aber auch an die Stelle von Gregor treten. Das Flugticket liegt vermutlich vor. Es lautet auf Gregor Keller … und eine Frau halt. Nehmen wir an, Christian Maria wollte Gregor beseitigen, seinen Pass an sich bringen, das Bild austauschen, was immer noch der einfachste Weg einer Fälschung ist – und ab dafür nach Costa Rica! In ein Land, in dem es weniger Polizisten als Lehrer gibt und keine Armee, wie ich grade gelernt habe."

„Dazu wäre der imstande gewesen!", sagte Hägele schlicht.

„Na, dann lassen Sie uns mal zu den anderen gehen."

Niemand wäre auf die Idee gekommen, dass in diesem Haus vor noch nicht ganz 24 Stunden ein Verbrechen entdeckt worden war. Friedlich plaudernd standen der alte Meier, seine Tochter und die Geschwister Keller in dem bunten Frühlingsgarten.

Gächter lehnte am Balken des Gartentores und drehte Zigaretten auf Vorrat. Er ließ dabei die Gruppe nicht aus den Augen.

Ein schwarzer Mercedes fuhr vor. Ihm entstieg der Staatsanwalt Dr. Keilmeier – ein Mann, von dem erzählt wurde, er schreibe in seiner Freizeit heimlich Kriminalromane unter Pseudonym. Er sah anders aus, als man sich allgemein einen Vertreter der Anklage vorstellte: klein, stämmig, sportlich, mit O-Beinen und einem wild gekräuselten schwarzen Haarschopf. Solange er noch im Dienst war, hatte Bienzle seine größere Erfahrung und seine Ermittlungsroutine gegen den „jungen Spund" ausgespielt.

„Na, da wollen wir doch mal zum Tatort schreiten", rief Keilmeier aufgeräumt.

„No nix narrets, wenn's pressiert!", sagte Bienzle.

„Wieder mal eine Weisheit Ihres Vaters?", fragte der Staatsanwalt fröhlich.

„Noi, der hat in so einem Fall g'sagt: ‚Gehe langsam und lächle', und das stammt nicht aus dem Schwäbischen, sondern von Haiti." Obwohl Bienzle und der Staatsanwalt herumflachsten, lag eine seltsame Spannung in der Luft.

„Wie weit ist denn nun die Weisheit in diesem Fall vorangeschritten?", fragte der Staatsanwalt Dr. Keilmeier.

„Nun", hob Bienzle bedächtig an, „wir wissen, bei dem Toten handelt es sich um Christian Maria Hergert, 32, gebürtig in Karlsruhe, zweimal vorbestraft, geschieden – übrigens von der jetzigen Frau Hägele. Der Mann hat zwei Banküberfälle, einen Mord und einen Raubmord begangen, wurde vor zwei Jahren von unserer Abteilung gefasst. Er saß in Stammheim bis zu seiner Verurteilung – lebenslänglich übrigens – und wurde dann nach Bruchsal verlegt, in ein ausbruchsicheres Gefängnis, wie's heißt. Er hat es geschafft, einen toten Wandschacht ausfindig zu machen und hat sich durch diesen Schacht bis in den Heizungskeller hinuntergearbeitet. Dort hat er vermutlich die Methode ausprobiert, in Öltanks zu überleben – mit einem einfachen Schnorchelschlauch. Als längst niemand mehr glaubte, er könne im Bruchsaler Knast sein – immerhin waren sechs Tage seit seinem Verschwinden vergangen –, schlug er den Hausmeister nieder, borgte sich dessen Kleider und Schlüssel und verließ als freier Mann das Gefängnis."

Bienzle wandte sich an Hägele. „Da können Sie sehen, was Kriminelle leisten, wenn sie taktisch geschickt und intelligent sind."

Der Staatsanwalt hob den Kopf. „Wie war das?"

„Wir wollen nicht abschweifen", sagte Bienzle, „das war nur ein kleiner Privatexkurs. Herget kam schnurstracks hierher nach Eichenbach. Wir wollen nicht untersuchen, warum niemand bei seiner Exgattin nachgeforscht hat" – und wieder zu Hägele gewandt – „auch bei der Polizei und der Staatsanwaltschaft gibt's nicht nur strategische Genies. So weit, so gut. Jetzt fing das Drama nämlich erst an. Herget wusste, hier würde er auch seinen Komplizen treffen, den Mann, den wir in unseren Akten den ‚Fahrer' nannten, weil er immer nur Schmiere stand und Herget nach der Tat fuhr. Ungeklärt ist für uns bis jetzt noch, wo das Geld geblieben ist. Aber keine Sorge, das wird sich finden. Herget schickte Hägele zu dem Fahrer. Er konnte und wollte dabei nicht in Erscheinung treten. Also machte er aus dem zweiten Mann seiner geschiedenen Frau und dem Fahrer ein Tandem – ein Team, wobei sich die beiden gegenseitig belauerten, was Herget schlau mit einkalkuliert hatte. Vermutlich hat er beide nur mit so viel Teilwissen ausgestattet, dass einer ohne den anderen niemals weitergekommen wäre."

Hägele nickte zustimmend.

„Aber auch der kluge Christian Maria Herget hatte einen wesentlichen Faktor übersehen“, fuhr Bienzle fort. „Die starke Zuneigung, die der Fahrer zu Annemarie Hägele, geborene Meier, hegte. Annemarie Hägele schenkte dem Werben des jungen Mannes zunächst keine Beachtung. Das änderte sich aber schlagartig, als der Fahrer sie in seine Zukunftspläne einweihte, in denen sie – zu ihrer eigenen Überraschung – eine entscheidende Rolle spielte.“

„Das ist doch Unsinn“, knurrte Hägele.

Und der alte Meier sagte: „Das kann ich mir auch nicht vorstellen!“

Bienzle war es gelungen, alle in seinen Bann zu ziehen. Der Staatsanwalt stand mit verschränkten Armen auf einem Rasenstück. Gächter lehnte unverändert am Zaun, hatte aber vergessen, die Zigarette, die er sich schon lange zwischen die Lippen gesteckt hatte, anzuzünden.

„Wer ist denn nun der geheimnisvolle Fahrer?“, fragte Annemarie Hägele schnippisch. Bienzle schaute die Frau verwundert an. So viel Kaltschnäuzigkeit hatte er ihr nicht zugetraut. „Na, der da!“ polterte Anton Hägele los, „der Apfelbaumpisser!“

Bienzle hob die Hand. „Zum Streiten gibt’s noch Gelegenheit genug. Es gab da einen denkwürdigen Abend, Ihren 26. Geburtstag, Frau Hägele. Sie erinnern sich?“

„Ich will mich nicht erinnern.“

„Aha, gut. Es ist auch unerheblich, wichtig ist mir nur, dass Sie wissen, dass ich es weiß! Nun – eines Abends eröffnete Christian seinem Fahrer, er werde sich ihm anschließen, wenn er auswandere. Damit brach eine Welt zusammen – vor allem für Annemarie Hägele. Sie hatte nämlich wirklich geglaubt, allem, was sie bedrückte, auf einmal entrinnen zu können: dem Mann, der sie quälte und den sie schon lange nicht mehr liebte, dem isolierten

Leben, der dumpfen Eintönigkeit ihres Alltags. Vielleicht auch dem immer vorwurfsvollen Vater. Dass sie Gregor Keller nicht liebte, war wohl nicht entscheidend. Er war ... entschuldigen Sie, er ist ein angenehmer junger Mann, war nie aufdringlich und – was das allerwichtigste war – er hatte eine Perspektive. Plötzlich war für Annemarie Hägele die Welt offen, ein neues Leben konnte beginnen, mit ganz neuen, unerwarteten Chancen. So war's doch, oder?"

Annemarie Hägele biss sich auf die Unterlippe. Ihre schmalen Hände hatte sie zu Fäusten geballt. Sie sah Bienzle an, aber sie sprach nicht. „Jetzt reifte der Plan." Bienzle schaute einen Augenblick einem Rotkehlchen zu, das dicht bei ihm in einem Busch saß und das Gefieder putzte. „Mit Glück und Geschick konnte Gregor an das Geld kommen und das nahezu gefahrlos, wenn man Christian Maria Herget beseitigte und Anton Hägele abfand." Bienzle griff in seine Brusttasche und holte das Schulheft heraus. Er schlug die Seite mit Gregors Zahlenspiel auf, reichte das Heft dem Staatsanwalt und sagte: „Eines unserer Beweismittel. Ich behaupte, den Mord an Christian Maria Herget haben Annemarie Hägele und Gregor Keller gemeinschaftlich begangen." Bienzle machte eine Pause und fügte dann noch ganz leise hinzu: „So leid mir's tut."

Es entstand plötzlich eine hektische Unruhe in dem schmalen Vorgarten. Alle redeten durcheinander. Anton Hägele wollte Gregor Keller an den Kragen. Sybille Keller warf sich dazwischen und verkrallte sich in die Arme Hägeles. Annemarie Hägele hatte sich in die Arme ihres Vaters geworfen. Und Gächter fand endlich Zeit, seine Zigarette anzuzünden. Plötzlich aber übertönte die Stimme des alten Meier das Stimmengewirr. „Das ist doch alles Unfug. Der Gregor war bei mir zum Pflügen, gestern den ganzen Tag."

„Waren Sie denn immer da?“, fragte der Staatsanwalt.

„Immer, außer zwischen halb elf und halb zwölf, da war ich nämlich hier.“

Dr. Keilmeier reckte sich in den Schultern.

„Das ist ja äußerst interessant.“

„Ich glaub Ihne kein Wort“, sagte Bienzle zu dem alten Bauern.

„Erzählen Sie mal, Herr äh … Meier. Und Sie, Herr Bienzle, darf ich bitten, sich ein wenig zurückzuhalten.“

Bienzle sah zu Gächter hinüber, aber der zuckte nur mit den Achseln.

„Also, schießen Sie los!“, sagte der Staatsanwalt zu Meier.

„Ich hab ja g'wusst, wie unglücklich die Annemarie ist. Und ich hab nie ein Geheimnis daraus g'macht, dass es mir viel besser gefallen hätte, wenn sie sich hätte mit dem Gregor anfreunden können. Der Gregor ist einer, der hat eine Hand für alle Pflanzen. Und so einer ist kein schlechter Mensch. Sie müssten ihm nur mal bei der Arbeit zuschauen. Man kann einen Menschen kennenlernen, wenn man weiß, wie er mit Pflanzen umgeht.“

„Und weiter?“, drängte der Staatsanwalt.

Meier warf Bienzle einen hilfesuchenden Blick zu, aber der starrte nur wütend zurück.

„Na ja, eines Tages hat mich Gregor eingeweiht. Er hat mir alles gestanden.“

„Was hat er gestanden?“, fuhr Bienzle dazwischen.

„Na ja, alles halt. Also, ich hab ihm versichert, dass ich zu niemand was drüber sag, weil der Herget hat ihn ja bloß neizoge, net wahr, Sie wisset, was i mein?“

Der Staatsanwalt nahm das Wort, um Bienzle zuvorzukommen. „Alles für das Glück Ihrer Tochter, nicht wahr?“

Bienzle verdrehte die Augen und stapfte zu Gächter hinüber. Meier fuhr fort.

„Ich bin hierher – gestern. Kurz vor elf war ich da. Von Gregor hab ich g'wusst, dass der Herget um diese Zeit seine – wie soll ich sage – seine Übungen macht. Ich bin runter, hab vorher einen Stein aufgehoben, dort drüben an der Mauer. Und dann ist alles wie im Traum gegangen. Ich hab zug'schlagen, als er grad rauswollen hat aus dem Tank. Er ist rücklings reing'fallen. Ich hab seinen Kopf 'nunterdrückt in des Öl. Furchtbar war des. Und dann bin ich weggelaufen wie von Furien gehetzt – so war's."

„Ein Geständnis!", jubelte der Staatsanwalt.

„Aber ein falsches!", sagte Bienzle. Er ging zu dem alten Meier und nahm dessen Hände in die seinen.

„Mit welcher Hand haben Sie den Herget runtergedrückt?"

„Mit der da!" Meier lächelte. Bienzle sah die schwarzen, ölglänzenden Ränder auf dem Fingernagelbett.

„Aber heut Morgen beim Frühstück..." Er sprach nicht weiter und ließ die Hand des alten Mannes sinken. Einen Augenblick lang hatten sich ihre Augen getroffen.

Gächter stieß sich vom Zaun ab und warf seine Kippe achtlos in ein Blumenbeet.

„Wenn Sie den Herget loswerden wollten, Herr Meier, warum haben Sie da nicht einfach die Polizei benachrichtigt?"

„Der wär' ja über kurz oder lang doch wieder ausgebrochen", erwiderte der alte Mann

„Und wo ist der Stein, mit dem Sie zugeschlagen haben?"

„Der ist in den Tank gefallen."

Gächter wandte sich ärgerlich ab und sagte zum Staatsanwalt:

„Sollen wir nach dem Stein suchen?"

„Das hat Zeit, der Raum ist ja versiegelt. Nehmen Sie den Mann fest, belehren Sie ihn über seine Rechte und machen Sie mir nur recht schnell Ihren Bericht."

Gächter nahm Meier am Arm. „Handschellen brauchen wir bei Ihnen ja sicher nicht." Bei Bienzle blieb Meier kurz stehen. „Sie könnet a Fass von dem Moscht habe." Bienzle schüttelte ärgerlich den Kopf. „Erst wenn Sie wieder drauße sind, denn dass Sie's net waret, ischt so sicher wie's Amen in der Kirch'." Dann trat er zu Annemarie Hägele. „Richten Sie Ihrem Vater das Wichtigste zusammen, dazu wird's ja noch reichen, bevor Sie abhauen."

Diesen Augenblick nützte Gregor Keller. Mit einem Satz war er über den niedrigen Zaun. Den Fiat hatte er so geparkt, dass er nicht wenden musste. Gächter hatte gerade seine Pistole gezogen, als der kleine Wagen startete.

„Lass das", sagte Bienzle, „der kommt net weit, und auf keinen Fall bis Costa Rica!"

Gächter ließ die Waffe sinken. Annemarie verschwand mit hochrotem Gesicht im Haus. Anton Hägele stand mit herunterhängenden Armen im Garten, während Gächter den alten Meier auf den Rücksitz des staatsanwaltlichen Wagens schob.

„Und was wird jetzt aus mir?", fragte Anton Hägele mit kläglicher Stimme.

Bienzle hatte keine Kraft mehr für Mitleidsgesten. „Ihne zahlt der Keller eine Ablösesumme von 250000 Mark."

„Was, ehrlich?"

„Also ehrlich auf keinen Fall!" Bienzle schritt müde den Gartenweg hinunter und stieß das angelehnte Tor mit einem Fußtritt auf. Langsam ging er das steile Sträßchen hinunter. Plötzlich war Sybille Keller neben ihm.

„Was werden Sie jetzt machen?"

„Jetzt steig ich in mein Auto, fahr nach Stuttgart, leg mich ins Bett und ärgere mich."

Gächters tüchtiger Assistent Haußmann folgte dem kleinen Fiat. Er war ganz sicher, dass der junge Mann in seiner Nuckelpinne ihm nicht entkommen konnte. Aber in Eichenbach gab es immer wieder schmale Durchgangswege als Verbindungen zwischen den Straßen – links und rechts gesäumt von engstehenden alten Häusern.

Gregor Keller, der es schon als Fahrer des schönen Christian immer geschafft hatte, der Polizei zu entkommen, nahm die Einfahrt fast im rechten Winkel. Ein paar Hühner flatterten gackernd auf. Der rechte Seitenspiegel blieb an einem herausstehenden Backstein hängen, aber nach drei Sekunden bog Keller in die andere Fahrstraße ein und preschte davon. Haußmann kollidierte bei dem Versuch, dem kleinen Wagen zu folgen, mit der Hausecke. Sein Auto hätte ohnehin nicht durch die Gasse gepasst.

Anderntags fand man im Öltank keinen Stein, dafür trieb Gächter gleich zwei Bauern auf, die dem alten Meier zwischen elf und zwölf auf den Feldern begegnet waren. Gregor Keller aber hatte niemand beim Pflügen beobachtet. Und auch jetzt schien der junge Mann wie vom Erdboden verschwunden zu sein. Er hatte zwar zwei Flugtickets gebucht, aber nicht benutzt. Annemarie Hägele hatte er einen Brief geschrieben, der Preis sei ihm zu hoch, außerdem habe er sich für ein ganz anderes Land entschieden. Seinen Fiat fand man – mit einem gestohlenen Nummernschild versehen – Wochen später im Hamburger Hafen.

Der alte Meier kam wieder frei. Es war schon Sommer, als Bienzle endlich seiner Einladung nachgab. Sie tranken und redeten. Meier führte Bienzle durch seinen gepflegten Bauerngarten. Das Spalierobst fehlte allerdings. „Ich hab's verkauft", sagte der alte Mann, „an einen Fachhändler. Der hatte einen Interessenten dafür."

Bienzle ließ sich den Namen des Händlers geben. Später kamen Anton und Annemarie Hägele. Sie fuhren in einem neuen Wagen vor und wirkten in ihren gediegenen Kleidern ziemlich fremd. „Anton muss manchmal nach Zürich“, sagte Annemarie Hägele, „da fahr ich dann mit, und wir kaufen gleich ein.“

„Wo hatte der Herget nun eigentlich das Geld versteckt?“, fragte Bienzle im Plauderton. Aber Anton hatte dazugelernt. „Ach wissen Sie“, sagte er, „wer kein taktisches Geschick und keine ausreichende Intelligenz hat, sollte sein Maul halten.“

„Der Spruch könnt von mei’m Vater stammen“, sagte Bienzle und trank seinen Most.

Als er spät am Abend zu seinem Wagen ging, warf er den Zettel mit dem Namen des Pflanzenhändlers auf den dampfenden Misthaufen hinter Meiers Haus.

# Nabelstiche

Als das Telefon auf dem Nachttischchen neben seinem Bett klingelte, reagierte Ernst Bienzle verstört. Er griff nicht gleich nach dem Hörer, sondern richtete sich steil auf. Nach ein paar Augenblicken, die er brauchte, um sich in dem Hotelzimmer zu orientieren, schwang er die Beine über die Bettkante und starrte den Telefonapparat böse an. Ohne dass er mitgezählt hätte, wusste er genau, dass die Klingel sieben Mal geläutet hatte, als er endlich abnahm. Das Erste, was er hörte, war ein unterdrücktes Schluchzen, das er in einer anderen Stimmung vielleicht eher für ein Lachen gehalten hätte.

„Bist du es, Barbara?", fragte Bienzle.

„Walter ist tot!", sagte die Frauenstimme am Telefon plötzlich sehr ruhig.

Bienzle sah auf die Uhr. Es war kurz nach Mitternacht.

„Ich komme!"

„Nein", sagte die Frau hastig, „das ist nicht nötig. Sag mir nur, was ich tun soll."

„Was du tun sollst?"

„Ja, du hast doch Erfahrung, und außerdem …" Sie ließ den Satz in der Luft hängen.

„Wie ist er gestorben?"

„Wie er … Was meinst du damit?"

Bienzle schwieg. Er wartete.

„Er fiel um und war tot“, sagte sie, nun fast trotzig.

„Wann war das?“

„Vor zehn Minuten.“

„War er da denn noch auf?“

„Ja, der Onkel hatte gerufen und wollte ein Glas Milch. Ich sag noch, ‚ich geh‘, aber da war Walter schon aufgestanden und in die Küche gegangen. Ich hab dir doch erzählt, dass der Onkel in der Nacht oft ein paarmal ruft. Ich muss ihm dann heiße Milch machen, oder Walter macht…“ Sie begann wieder zu schluchzen.

Bienzle hatte sich erhoben und den Schlafanzug ausgezogen. Jetzt stieg er in die Unterhose, was ihm schwerfiel, weil er sich nur mit einer Hand helfen konnte, während die andere den Hörer hielt. „Wenn ich ihm die Milch bringe, verlangt er meistens, dass ich ihm auch noch einen Psalm vorlese, das heißt, in letzter Zeit hat das ja meistens Walter …“

„Ja, ja, das hast du mir erzählt.“ Bienzle fuhr mit dem linken Arm in einen Hemdsärmel und wechselte den Hörer von der rechten in die linke Hand. „Dein Onkel ist über achtzig, nicht wahr.“

„Aber jetzt ist Walter tot“, sagte Barbara.

„Tut mir leid“, sagte Bienzle. Ihr tut es wahrscheinlich nicht leid, dachte er, während er versuchte, die Hemdknöpfe zu schließen. Barbaras Mann war gut 25 Jahre älter als sie, und er schien ein Haustyrann zu sein – gewesen zu sein. Und wenn sie ihn nicht belogen hatte, wetteiferte er darin sogar mit dem Onkel – hatte gewetteifert.

„Also, was soll ich tun?“, fragte Barbara.

„Ruf den Notarzt!“

„Aber er ist doch schon tot.“

„Barbara, hast du Medizin studiert oder was …?“

„Also gut, wenn du es sagst ...“ Sie begann zu weinen.

Bienzle runzelte die Stirn, wollte noch etwas sagen, legte aber schnell auf.

Erleichtert darüber, dass er beide Hände frei hatte, zog er sich schnell vollends an und verließ das Hotel, in dem er seit einer Woche wohnte. Die kleine Stadt am Bodensee hatte er vorher nur von der Karte gekannt, und das auch nur, weil Barbara seinerzeit hierher gezogen war, wo ihr Onkel eine kleine Werkzeugmaschinenfabrik besaß, die von einem angejahrten, aber gut aussehenden Prokuristen namens Walter Aigner geleitet wurde. Ihn hatte Barbara vor acht Jahren geheiratet.

Bienzle fröstelte in der Nachtluft. Er zog die Jacke dichter um die Schultern und schlug den Kragen hoch. Er hasste fremde Städte, reiste nur, wenn es gar nicht anders ging, und fühlte sich in fremden Umgebungen verloren. Vielleicht war das auch der Grund gewesen, dass er schon am zweiten Tag nach seiner Ankunft Barbara angerufen hatte, obwohl ihn die Vorstellung, einen Abend in ihrer Familie zu verbringen, eigentlich nicht besonders reizte.

Doch Barbara hatte ihn wie selbstverständlich gebeten, sie zum Essen in ein Restaurant nahe bei seinem Hotel einzuladen. Mit keinem Wort hatte sie am Telefon ihren Mann oder ihren Onkel erwähnt. Als er anbot, sie abzuholen, wehrte sie fast erschrocken ab. „Ich finde den Weg gut allein.“

Er hätte auch den Weg zu ihrem Haus gefunden; denn während des Lehrgangs, den er in der kleinen Stadt gab, hatte er gar nicht weit vom Hause Aigner gewohnt. Schon am ersten Tag hatte er das kleine, gelb gestrichene Haus gefunden, dessen Adresse er dem Telefonbuch entnommen hatte. Es hockte weit hinten in einem parkähnlichen Garten.

Als sie sich dann beim Essen gegenübersaßen, stellte sich schnell die alte Vertrautheit zwischen ihnen ein. Sie hatten rasch zwei Flaschen Kaiserstühler Tuniberg Weißherbst getrunken. Barbara hatte immer häufiger nach seiner Hand gegriffen, wenn sie etwas erzählte. Und so war er nicht einmal verwundert, als sie plötzlich sagte: „Eigentlich könnte ich doch noch mit in dein Hotel.“ Verwundert war er nur über den Klang ihrer Stimme.

„Das klingt, als bräuchtest du einen Komplizen.“

„Und wenn es so wäre?“

Er hatte sie angesehen. Genauer als zuvor. Sie hatte noch das gleiche wirre, rote Haar wie damals vor 23 Jahren. Ihr Gesicht war noch immer unnatürlich hell, aber man hätte es nicht bleich nennen können. Ihre Brüste waren jetzt voll und breit; früher waren sie klein und spitz gewesen. Damals hatte sie auch einen flachen, harten Bauch gehabt, jetzt wölbte er sich weich, spannte den Rock und zog ihn weit über die Knie hinauf.

„Du willst mich nicht?“, fragte sie.

Bienzle sah sie an und spürte, wie sehr es ihn danach verlangte, sie anzufassen.

Barbara versuchte einen Scherz: „Alte Liebe rostet doch nicht! Oder doch?“

„Ich lebe in einer festen Beziehung“, sagte Bienzle etwas steif. „Und außerdem, Mädle, i ben jetzt 67 Jahr alt.“

„Ja und? Niemand wird es erfahren. Ich meine nicht, dass du schon 67 bist“, sie lachte. „Sondern dass du mit mir wie damals…“ Sie ließ den Satz in der Luft hängen.

Bienzle lächelte. Die Erinnerung war es ja gerade, die ihn so erregte. Auch er versuchte es mit einem Scherz.

„Darf ich meinen Wein noch austrinken?“

Bienzle ging jetzt an der Kirche vorbei. In den vielfach gebrochenen Glasscheiben spiegelte sich unscharf der Mond. Einen Augenblick blieb Bienzle stehen, um sich zu orientieren, dann marschierte er langsam weiter.

Der Kellner war gekommen. Er hatte wissen wollen, ob die Herrschaften noch einen Wunsch hätten. Zu Barbara sagte er: „Wird Ihr Mann noch vorbeischauen?"

„Nein, heute nicht!"

Bienzle fühlte sich unbehaglich.

Barbara bestellte noch ein letztes Glas Wein.

„Was ist eigentlich mit deinem Mann?", fragte Bienzle. „Warum konnte ich nicht bei euch zu Hause vorbeikommen?" Barbara hatte gelacht. An dieses Lachen erinnerte er sich, als sie jetzt am Telefon gewesen war, es war ihrem Schluchzen zum Verwechseln ähnlich.

„Es wäre nicht gegangen. Walter ist auf seine alten Tage ziemlich wunderlich geworden. Er hat eine Art Verfolgungswahn. Ich lasse schon seit längerer Zeit niemand mehr ins Haus. Wenn wir ausgehen, merkt man ihm nichts an, aber daheim … Unser Haus ist völlig verwüstet."

„Verwüstet?" Bienzle nahm ihr Glas und trank einen kräftigen Schluck.

„Ja", plötzlich redete sie heftig und fast atemlos. „Seit vier Jahren sammelt er alles, was ihm unter die Finger kommt – Zeitungen, Zigarettenschachteln, Joghurtbecher, Brot …"

„Brot?"

„Ja, er schickt mich Tag für Tag in die Bäckerei – er selbst verlässt ja das Haus kaum mehr –, ich muss vier Kilo Brot kaufen. Jeden Tag!"

„Aber das kann doch kein Mensch …"

„Er hortet es, wie seine Zigarettenschachteln und die Zeitungen, und wenn ich einmal sage, ‚wir haben doch genug Brot im Haus', unterstellt er mir, ich wolle ihn verhungern lassen. Und dann schreit er mich an: ‚Bevor es so weit kommt, bringe ich mich selber um!'"

„Aber das ist ein Krankheitszustand", sagte Bienzle.

„Meinst du, das weiß ich nicht? Niemand weiß das besser als ich."

„Na also", sagte Bienzle, als ob der Fall damit für ihn abgeschlossen wäre.

„Was, na also?"

„Lass ihn entmündigen."

„Das geht nicht."

„Du bist seine Frau."

„Ich bin aber auch die Nichte meines Onkels. Er würde mich am gleichen Tag enterben. Walter hat es verstanden, ihn völlig für sich einzunehmen. Stundenlang hocken die beieinander. Und ich bin ihr Gesprächsthema. Walter hat meinen Onkel längst mit seinen Verdächtigungen angesteckt."

„Aber dein Onkel muss doch sehen ..."

„Er kommt ja seit Jahren nicht mehr aus dem oberen Stockwerk herunter. Der hat keine Ahnung, wie ich lebe, dass ich mein Zimmer als letztes eigenes Fleckchen wie ein bedrohtes Territorium verteidigen muss. Und wenn ich etwas sage, hält er das für eine Hinterhältigkeit gegenüber Walter."

Bienzle war vierzig Jahre lang Kriminalpolizist gewesen. Ihm waren während seines Berufslebens ähnliche Familiensituationen schon begegnet.

„Dich scheint das alles nicht besonders aufzuregen", sagte Barbara. „Du musst dir das einmal vorstellen. In unserem Haus gibt es inzwischen nur noch schmale Gassen zwischen Zeitungsmauern, Hohlwege durch Brotgebirge, ganze Joghurtbecherschluchten."

Außerdem – Barbara hatte schon immer zu Übertreibungen geneigt.

„Und dann diese ständigen Selbstmorddrohungen."

Bienzle hätte am liebsten gesagt: „Lass ihn doch!“, aber er schwieg nur.

„Früher warst du einfühlsamer“, sagte Barbara.

„Ich versteh dich nicht, wenn dich dein Onkel enterbt und alles Walter vermacht – darum geht's ja wohl –, dann beerbst du eben deinen Mann etwas später.“

„Nein, seine Kinder werden alles bekommen. Bis auf meinen Pflichtteil natürlich.“

„Er hat Kinder?“

„Aus erster Ehe, ja, drei Töchter. Die sind schon erwachsen und haben selber Kinder. Walter sagt oft genug, dass sie seine eigentliche Familie seien.“

„Das klingt allerdings mehr als verzwickt.“ Bienzle wollte die Unterredung langsam zu einem Ende bringen. „Aber dein Onkel ist alt und krank. Der macht's bestimmt nicht mehr lange.“

Barbara hatte eine Haarsträhne um den Zeigefinger gewickelt und Bienzle angesehen. „Er hat für nächsten Montag den Notar bestellt.“

Bienzle besaß ein gutes Gedächtnis. Gespräche und Verhöre konnte er noch nach Wochen fast wortgetreu rekonstruieren. Mit Barbara hatte er vor vier Tagen gesprochen. Jeder Satz fiel ihm jetzt wieder ein, während er durch die schlafende Stadt ging, wobei seine Schritte immer langsamer wurden. War es gut, sie jetzt noch aufzusuchen? Sie hatte es nicht gewünscht.

Es war fast die gleiche Zeit gewesen wie jetzt, als sie als letzte Gäste das Restaurant verließen. Der Kellner hatte sie hinausbegleitet und war unter der Tür noch stehen geblieben. Interessiert beobachtete er, wie Frau Aigner diesen Fremden plötzlich stürmisch umarmte und ihn auf den Mund küsste. Der Mann schien freilich nicht so recht bei der Sache zu sein.

„Ich begleite dich noch“, sagte Bienzle.

Barbara hakte sich bei ihm ein. „Dass du Polizist geworden bist …!"

„Das ist ein Beruf wie jeder andere."

„Kriminalpolizist", sagte sie. „Spezialist für Kapitalverbrechen, so sagt man doch. Suchst du hier eigentlich einen Mörder?"

„Nein, ich bin schon eine ganze Weile pensioniert. Hier unterrichte ich bei einem Fortbildungskurs junge Kollegen."

„Aber du hast doch immer mit Mord zu tun gehabt, oder?"

„Sicher."

Jetzt, da er in die Straße einbog, in der das Haus des Toten stand, bekam dieser Dialog für Bienzle eine neue Bedeutung.

„Was fasziniert dich an Mord?", hatte Barbara wissen wollen.

„Die Lebenden zu ertappen!" Er hatte es gesagt, ohne viel nachzudenken, und schnell hinzugefügt: „Aber die Täter sind häufig auch selber Opfer."

Barbara zog ihren Arm aus Bienzles Armbeuge und blieb stehen.

„Gibt es eigentlich den perfekten Mord?"

„Sicher. Du mischst deinem Opfer eine starke, aber ungefährliche Dosis Schlafmittel in den Tee. Wenn er dann schläft wie tot, spritzt du ihm eine Überdosis Insulin in den Nabel."

„In den Nabel?"

„Ja, Einstiche im Nabel sind kaum nachzuweisen. Dein Opfer wacht ziemlich spät auf und muss – darauf kannst du dich verlassen – sehr dringend Wasser lassen. Dabei gehen die Barbiturate mit ab, ohne Spuren zu hinterlassen."

„Und das Insulin?"

„Wirkt erst nach 24 Stunden, aber dann todsicher! Der Insulinschock sorgt dafür, dass der Tod fast unmittelbar eintritt. Und wenn du jeglichen Verdacht von dir ablenken willst, verreist du, nachdem du deinem Opfer das Insulin verpasst hast, für zwei oder drei Tage."

„Aber das Insulin findet man doch im Körper des Toten, oder?"

„Insulin findest du in jeder Leiche, außerdem ist die Untersuchung schwierig und teuer. Kein Arzt wird sie veranlassen, wenn er nicht einmal Einstiche gefunden hat."

Das Gartentor war nicht verschlossen. Bienzle ging auf das Haus zu. Ein Fenster im Erdgeschoss war erleuchtet, ein zweites im Obergeschoss ebenfalls. Das obere Fenster war einen Spalt geöffnet. Von dort hörte er ein leises an- und abschwellendes Wimmern.

Bienzle lehnte sich gegen einen Baumstamm und steckte die Hände tief in die Hosentaschen. Er wartete, ohne zu wissen, worauf. Seine Körperhaltung veränderte sich erst wieder, als er hinter dem Fenster im Erdgeschoss zwei Schatten wahrnahm, die sehr dicht beieinanderstanden. Kurz darauf flammte das Licht über der Haustür auf. Ein Mann mit einer Tasche trat heraus. Wenig später erschien Barbara im Morgenrock. Der Mann beugte sich zu ihr herab. Das Licht erlosch und ging nicht wieder an. Bienzle versuchte etwas zu erkennen, aber seine Augen gewöhnten sich nicht schnell genug an die Dunkelheit. Schritte kamen auf ihn zu. Er trat rasch hinter den Baum und wartete unbeweglich, bis der Mann das Gartentor hinter sich geschlossen hatte und auf der gegenüberliegenden Straßenseite in ein Auto gestiegen war.

Langsam ging Bienzle zum Haus.

„Du?" Barbara starrte Ernst Bienzle abweisend ins Gesicht.

„Wer war der Mann, der eben wegging?"

„Der Arzt."

„Aber nicht der Notarzt. Der da hatte ein Privatauto."

„Unser Hausarzt. Er behandelt Walter schon seit Jahren."

„Hat er einen Totenschein ausgestellt?"

Sie nickte. „An der Todesursache besteht kein Zweifel."

Bienzle nickte ebenfalls. „Herzversagen." Er betrat das Haus. „Wo liegt er?"

Barbara deutete mit dem Kopf auf eine Tür. Bienzle stieß sie auf. Es war ein groteskes Bild. Der Tote lag in einem verschlissenen Morgenrock auf einer Couch, die mit Zeitungspaketen förmlich eingemauert war. Altpapierstapel bildeten Säulen und Wände und ließen nur ganz schmale Durchgänge frei. Hinter der Couch waren die Zeitungen bis unter die Zimmerdecke aufgetürmt. Der Tote hatte ein schönes, schmales Gesicht mit buschigen graumelierten Augenbrauen, einer geraden Nase und einem sehr schmalen Mund, der verkniffen wirkte. Bienzle spürte Barbaras Körper in seinem Rücken und wandte sich um. „Der Arzt – ist er dein Geliebter?"

Sie sah ihm voll ins Gesicht. „Red keinen Unsinn, du könntest mein Geliebter sein, wenn du nur wolltest!"

Bienzle ging wortlos an ihr vorbei. Aus dem Obergeschoss hörte man das leise Wimmern des alten Onkels.

„Es scheint ihm nicht gut zu gehen", sagte Bienzle und deutete zur Decke.

„Ach Gott, seine Milch. Die hab ich vergessen." Sie lief durch den Korridor und riss dabei einen Turm aus Joghurtbechern um. Wütend trat sie gegen den Haufen Plastikgefäße.

Bienzle folgte ihr. Als er die Küche betrat, stand sie am Herd und zog mit einem Teelöffel Haut von der Milchoberfläche in einer bauchigen Kaffeetasse. Bienzle lehnte sich gegen den Türbalken. „Hast du ihn umgebracht?"

Sie sah ihn müde an. „Es ist bald drei Uhr." Mit der Tasse in der Hand kam sie auf ihn zu. Bienzle verstellte ihr den Weg. Sie stieß mit dem Kopf gegen seine Brust.

„Ich muss zum Onkel hinauf."

Bienzle nahm ihr die Tasse aus der Hand. „Die Milch ist kalt."

„Walter!" Die Stimme des alten Mannes aus dem Obergeschoss klang jetzt herrisch und fordernd. „Meine Milch!"

„Weiß er's noch nicht?" fragte Bienzle.

Barbara schüttelte den Kopf. Sie ging zum Herd zurück und kippte die Milch in einen Topf, dann schaltete sie die Elektroplatte ein. „Kannst du aufpassen, dass sie nicht überläuft?", fragte sie und ging, ohne eine Antwort abzuwarten, hinaus.

„Walter, was ist denn?" rief der Onkel wieder. „Ich hör euch doch da unten."

Bienzle starrte den Milchtopf an.

Barbara kam vom Korridor zurück. „Sein Schlafmittel müsste längst wirken", hörte er sie in seinem Rücken.

Die Milch quoll dick und schaumig gegen den Topfrand. Bienzle nahm das Gefäß vom Herd und goss die Milch in die Tasse.

„Ich bring deinem Onkel die Milch."

„Nein!"

Bienzle fasste die Tasse vorsichtig mit einer Hand und schob mit der anderen Barbara zur Seite. „Ursprünglich hattest du einen anderen Plan, nicht wahr?"

Sie sah zu Boden.

„Ursprünglich", begann er noch mal, „dachtest du nur daran, den Kommissar vom Landeskriminalamt auf deiner Seite zu haben, falls es zu Ermittlungen käme. Die Kollegen hier hätte der Bienzle wohl überzeugen können, dachtest du. Wer weiß, wie du Walter umbringen wolltest. Aber dann habe ich dir die Sache mit dem Insulin erzählt..."

„Die Milch wird kalt", sagte sie.

Bienzle ging an ihr vorbei. Der Duft ihres Parfüms überlagerte für einen Augenblick den modrigen Geruch, der das ganze Haus durchzog.

Der Onkel war leicht zu finden, denn er war wieder in seinen klagenden Singsang verfallen. Als Bienzle in sein Zimmer trat, saß der alte Mann aufrecht auf einem einfachen Stuhl am Fußende eines spartanischen Eisenbettes – ein Greis mit einem gelben, eingefallenen Gesicht und dünnem, strähnigem, grauem Haar. Er war nur mit einem langen Nachthemd bekleidet.

„Walter, bist du es endlich!“, sagte er müde.

„Walter ist tot!“, sagte Bienzle brutal.

Erst jetzt sah der Alte zu ihm auf. Er nahm die Nachricht scheinbar unbewegt zur Kenntnis. „Wer sind Sie?“

„Ich bin, das heißt, ich war Polizeibeamter.“

„Polizei?“ Der alte Mann starrte Bienzle aufmerksam an.

„Hat sie es getan?“

„Ich verstehe nicht.“ Bienzle stellte die Milchtasse vorsichtig auf einen niedrigen Hocker neben dem Stuhl des alten Mannes. „Hier, ich habe Ihnen Ihre Milch gebracht.“

Der Onkel trank in kurzen, schnellen Schlucken. Bedächtig setzte er die Tasse wieder auf den Hocker.

„Walter betet immer noch einen Psalm mit mir.“

Bienzle griff nach der Bibel, die auf dem Nachttischchen lag. „War der Arzt bei Ihnen?“

„Ja.“

„Hat er Ihnen etwas gegeben?“

„Tabletten gegen die Schmerzen.“

„Keine Spritze?“

„Gestern, das heißt heute Morgen, nein, das war ja nun schon gestern, also da hat er mir … Aber was geht Sie das an?“

Bienzle blätterte in der Bibel. „Welchen Psalm möchten Sie am liebsten?"

„Sie sagen, Walter ist tot?"

„Ja, Herzversagen."

Der alte Mann nickte. „Den 23. Psalm – den mag ich am liebsten." Bienzle suchte nach den Psalmen. „Haben Sie ein Testament gemacht?"

Der alte Mann fuhr hoch. „Was geht Sie das an, hä?"

„Ihre Nichte erbt alles, nicht wahr?"

„Nein, aber das will ich ja gerade ändern. Am Montag kommt der Notar. Lesen Sie endlich."

„Ich kann die Psalmen nicht finden."

Mit einer herrischen Geste riss der Alte Bienzle die Bibel aus der Hand. Zielsicher schlug er das Buch auf.

„Hier!"

„Was wollen Sie denn ändern in Ihrem Testament?", fragte Bienzle.

„Nun, Sie hat sich ja wirklich gebessert, die Bärbel, nicht wahr. Ja, sie hat sich Mühe gegeben in letzter Zeit ... Ach, da bist du ja, Kind." Barbara stand unter der Tür.

„Dieser Mann da erzählt, dass Walter gestorben sei."

Barbara nickte und drückte ein Taschentuch gegen die Augen.

„Ja, ja, rasch tritt der Tod den Menschen an!", murmelte der Alte

„Was hast du über dein Testament gesagt, Onkel?"

„Lass nur, Kind, lass nur, es wird alles gut werden. Ich setz dich wieder ein, so wie früher ..."

„Du hast mich ...?"

„Ich will's doch wieder ändern, Kind." Die Stimme des Alten bekam jetzt einen weinerlichen Klang. „Ich bin jetzt müde. Die

Tabletten wirken endlich. Er ist ein guter Doktor, das muss man ihm lassen. Bring mich ins Bett, bitte."

Bei den letzten Worten schien die Zunge des alten Mannes den Gehorsam zu verweigern. Er mühte sich, aufzustehen.

Bienzle begann zu lesen: „Der Herr ist mein Hirte, mir wird nichts mangeln …"

Der alte Mann sprach flüsternd mit, während ihn Barbara zu seinem Bett führte. Leise fragte sie: „Du wolltest also dein Testament ändern am Montag?"

„Ja, ja, du solltest alles bekommen."

„Und jetzt?"

„Jetzt erbt ja noch Walter."

„Beziehungsweise dessen Erben", murmelte Bienzle.

Barbara ließ den alten Mann abrupt los. Er torkelte gegen die Bettkante, fing sich aber selbst auf. Bienzle trat zu ihm und hob die dürren Beine aufs Laken.

„Aber Walter ist tot", schrie Barbara.

„Ja, ja", flüsterte der Alte mit ersterbender Stimme. „Es geht oft rascher, als man denkt. Lesen Sie weiter, bitte!"

„Er weidet mich auf grüner Aue und führet mich zum frischen Wasser …"

Der Onkel nickte zu jedem Wort, während seine Lippen den Text nur noch tonlos mitsprachen.

„Sein Stecken und Stab tröstet mich."

„Ernst, sieh doch!" Barbara konnte sich nur mühsam beherrschen. Die Lippen des Alten waren erstarrt. Bienzle sah auf ihn hinab. „Ich glaube, dein Onkel stirbt. Er hat den Tod von Walter eben nicht verkraftet. Nicht wahr – so sollte es doch aussehen."

„Ich muss den Doktor rufen!" Barbaras Stimme überschlug sich.

„Ja, das musst du wohl", sagte Bienzle.

Als er das Haus verließ, hörte Bienzle Barbara im Zimmer ihres toten Mannes telefonieren. Als er den Gartenweg hinunterging, wiederholte sich in seinem Kopf mit der Monotonie einer Gebetsmühle der Satz: „Der Herr ist mein Hirte, mir wird nichts mangeln …“

Bienzle zog das Gartentor hinter sich zu. Einen Augenblick blieb er stehen. Er schüttelte den Kopf und begann wütend zu pfeifen: „Fremder in der Nacht …“

# Schö gwä – oinaweg

Professor Dr. Dr. h. c. Hans Otto Lamparter war ein Mann, zu dem Bienzle stets aufgeschaut hatte, und zwar immer in dem Bewusstsein, nie einen solchen Status, ein solches Ansehen, vor allem aber ein solches Wissen erreichen zu können wie der andere. Bienzle verehrte Lamparter, aber er beneidete ihn nicht. Lamparters Empfindungen gegenüber Bienzle waren ähnlicher Art. „Du bist wie ein fest verwurzelter Baum, an den man sich anlehnen kann“, hatte er erst kürzlich zu dem einstigen Kriminalkommissar gesagt, „besser noch, an dem man sich festhalten kann, wenn es stürmisch wird.“

Kennengelernt hatten sie sich vor mehr als 30 Jahren. Bienzle war damals gerade zum Kriminalhauptkommissar ernannt worden und arbeitete im Dezernat „Delikte am Menschen“. Kurze Zeit Jahre später wurde er zum Leiter der Mordkommission ernannt. Ob das mit dem Fall Lamparter zu tun gehabt hatte, konnte er nur vermuten, denn auch der Präsident des Landeskriminalamtes, Bienzles alter Schulfreund Hauser, hatte sich nie dazu verleiten lassen, die Gründe für die Beförderung zu nennen – auch nach dem sechsten Viertele Trollinger nicht. Allerdings war auch Hauser ein Freund und Bewunderer des Germanisten und Literaturwissenschaftlers Hans Otto Lamparter.

Bienzle stieg aus seinem Auto und ging den schmalen Kiesweg zum Seniorenstift „Schönbuchblick" hinauf. Vor ein paar Jahren hatte das noble Altersheim noch „Haus Abendsonne" geheißen. Und es war Hans Otto Lamparters erste Tat nach seinem Einzug gewesen, so lange gegen diesen „lächerlichen Namen" zu kämpfen, bis er durch einen unverfänglichen ersetzt wurde, der nicht mehr als die geografische Lage der weitläufigen Anlage benannte. Da waren sie schon 25 Jahre befreundet gewesen. Trotz der langen Zeit und gut 3000 Viertel Wein, roten im Winter, weißen im Sommer, die sie gemeinsam getrunken hatten, waren sie immer beim Sie geblieben. (Jetzt, Anfang Mai, war die Frage, ob Weißwein oder Rotwein unentschieden.) Erst als Bienzle den Freund das erste Mal im Seniorenstift besuchte, bot der ihm das Du an.

Bienzle blieb stehen, wandte sich um und sah zurück auf das Tal, das sich hinter dem Parkplatz zu dem kleinen Fluss hinabsenkte. Die langgezogenen Kurven des Landsträßchens, das von gepflegten Obstbaumwiesen gesäumt wurde, mündeten in einen dichten Waldsaum und führten zu einem Sägewerk, von dem leise, gleichmäßige Geräusche einer Säge heraufdrangen. Einen Augenblick meinte Bienzle, den harzigen Geruch frisch geschlagenen Tannenholzes zu riechen. Er atmete ein paar Mal tief durch und drehte sich dann wieder um. Sein Blick ging zu dem flachen zweigeschossigen Gebäude mit den eng beieinanderliegenden Balkonen hinauf. Ganz rechts im zweiten Stock entdeckte er Lamparter, der bewegungslos da stand und zu ihm herunter sah.

Bienzle hatte dem Professor damals nicht zugeraten, seine Wohnung im Stuttgarter Westen aufzugeben und hierher zu ziehen, wo der Blick zwar schön und die Luft gesund waren, wo man aber auch weit weg war von der Welt, in der Lamparter sich gut 70 Jahre lang außerordentlich lebendig bewegt hatte.

„Es ist die Plötzlichkeit, mit der dich das Alter an irgendeinem frühen Morgen wachrüttelt", hatte Lamparter gesagt. „Du schlägst die Augen auf, und mit einem Schlag bist du alt. Dabei hast du dich selber die ganze Zeit noch immer jung gefühlt. Ich habe Angst davor, Herr Bienzle, was jetzt noch kommen wird. Viel Gutes kann es nicht sein!" Bienzle war eingefallen, dass der schwäbische Dichter Helmut Pfisterer das Alter einmal eine „Langzeitbeisetzung" genannt, gleichzeitig aber in einer Art Dankbarkeit gesagt hatte: „Schö gwä – oineweg!" (Schön gewesen – trotzdem!) Lamparter hatte genickt, als Bienzle den Dichter zitierte. „Ja, das Dasein ist nichts als die Frist vor dem Tod. Aber mit der Frage, wie meine restliche Zeit zu bewältigen ist, bin ich überfordert, so alleine wie ich bin."

„Blödsinn", hatte Bienzle grob geantwortet, „wer so gelebt hat, wird auch noch aus seinem Alter was machen. Sie sollten froh und glücklich sein, dass es Ihnen so gut geht."

„Glück? In Wirklichkeit geht es am Ende doch nur ums Zurechtkommen", hatte Lamparter geantwortet.

Jetzt hob er droben auf seinem Balkon die Hand und winkte verhalten. Bienzle winkte zurück und beschleunigte seine Schritte.

Hans Otto Lamparter hatte den Tisch auf dem Balkon gedeckt. Von einem Feinkostgeschäft in der Stadt hatte er sich ausgewählte Schinkensorten, Oliven, Gürkchen, Baguette-Brot und eine Auswahl köstlichster Käsesorten kommen lassen. Seinen Wein bezog er von dem schwäbischen Winzer Kuhnle aus Strümpfelbach. Der Chef selbst lieferte mit großer Zuverlässigkeit jeden Monat zwei Kisten mit je zwölf Flaschen und blieb jeweils für eine halbe Stunde, um mit dem Professor zu plaudern.

Den Rotwein hatte Lamparter bereits am frühen Nachmittag entkorkt, damit er die gute Schönbuchluft atmen konnte. Die bequemen Korbstühle hatte er so zurechtgerückt, dass beide Männer einen freien Blick ins Tal und über die sanften Hügel des Schönbuchs haben würden. Die Obstwiesen wurden von einem dichten Mischwald begrenzt, der sich über die sanften Erhebungen nach hinten ausbreitete. Im Abendlicht veränderte er seine Farbe von einem satten Grün in ein bläuliches Grau. Hoch darüber zogen träge ein paar Wolkenstreifen hin, die von der untergehenden Sonne noch etwas Licht einfingen und in einem zarten Rot erstrahlten. Lang konnte es nicht mehr dauern, dann entzog die Sonne auch ihnen das Licht, und sie erloschen in einem kaum wahrnehmbaren Grau.

Bienzle ließ sich mit einem Seufzer in einen der Korbsessel sinken. „Eigentlich ganz schön hier!"

„Ja, aber bloß eigentlich!", sagte der Professor mit missmutigem Gesicht. Er goss den Spätburgunter in zwei Gläser. „Greif zu, das Zeug ist zum Essen da, nicht zum Angucken."

Bienzle brach ein Stück Baguette ab und nahm von dem Schinken.

Unvermittelt sagte Lamparter: „Eckart Schlossarek ist gestorben."

Bienzle nickte. „Ich hab's in der Zeitung gelesen."

Der Professor lachte kurz auf. „Zwölf Zeilen Nachruf! Ich hab sie gezählt. Viel mehr werden's bei mir auch nicht werden."

Bienzle wollte keine Sentimentalitäten aufkommen lassen. Er wollte dem anderen auch nicht den Gefallen tun, ihm zu widersprechen. „Du wirst es ja dann nicht mehr lesen müssen!"

Lamparter nahm einen langen Schluck aus seinem Rotweinglas. „Ich hab grade ein altes Interview mit Doris Lessing gelesen. Weißt du, was die sagt …?"

Bienzle schüttelte nur den Kopf. Er hatte nie etwas von der britischen Schriftstellerin gelesen. Er wusste zwar, dass sie den Nobelpreis für Literatur erhalten hatte, mehr aber auch nicht.

„Sie sagt: Älter werden sei interessant. Viel gäbe es aber darüber nicht zu sagen. Das Schlimmste sei, dass die Kräfte nachlassen, ohne dass man etwas daran ändern könne. Das Schöne aber sei, dass man langsam davonschwebe und der Welt mehr und mehr zusehe wie einer großen Komödie."

„Na ja", brummt Bienzle, „bei mir sieht es zum Glück a bissle anders aus."

„Spannen dich deine Kollegen immer noch in ihre Arbeit ein?"

Bienzle nickte und schnitt sich ein Stück alten Tiroler Bergkäse ab.

„Denkst du denn noch manchmal an meinen Fall?", fragte der alte Professor unvermittelt.

„Selten."

„Und dir sind nie Zweifel gekommen?"

„Wie bitte?" Bienzle saß plötzlich ganz aufrecht auf der vorderen Kante seines Korbstuhls.

„Ich frag nur so. Überhaupt frage ich mich manchmal, wie oft du dich wohl geirrt und den Falschen hinter Gitter gebracht hast."

„Ich?" Bienzle setzte sein halb volles Rotweinglas hart zwischen Brotkorb und Käseplatte ab. „Sag mal, was ist denn jetzt los?" Er spürte, wie sein Atem kürzer ging.

„Reg dich nicht auf. Ich frag doch nur ganz harmlos."

„Harmlos nennst du das?"

„Ja, natürlich. Sagst *du* denn nicht immer: ‚nur wer nicht arbeitet, macht keine Fehler'?"

„Aber doch nicht solche! Ich hab immer nach bestem Wissen und Gewissen …" Bienzle musste neu ansetzen. „Die Schuldfrage wurde am Ende immer von den Gerichten entschieden, nicht von uns Ermittlungsbeamten." Er wunderte sich selbst über den scharfen Ton, der plötzlich in seiner Stimme lag. „Schlossarek ist mit einer Bewährungsstrafe davongekommen."

Lamparter hob abwehrend seine flachen Hände. „Jetzt lass es gut sein, Ernst. Magst du einen Nachtisch?"

„Nein, aber ein Schnäpsle zur Verdauung, wenn du eins hast."

„Ich hab eine erstklassige Vogelbeere."

Lamparter erhob sich schwerfällig, griff nach seinem Stock und verschwand mit unsicheren Schritten in seinem Appartement. Bienzle stand ebenfalls auf und trat an die Brüstung des Balkons. In dem parkähnlichen Garten jagten sich zwei Eichhörnchen. Ein Rollstuhlfahrer kam den gewundenen Kiesweg herauf. Das leise Brummen seines Elektromotors war das einzige Geräusch, das zu vernehmen war. Drunten im Sägewerk hatten sie längst Feierabend gemacht. Am Himmel über dem Schönbuch traten erste Sterne aus dem noch immer lichten Blau hervor.

Was hatte Lamparter bloß darauf gebracht, Bienzle nach seinen möglichen Fehlern zu fragen? Warum hatte er angedeutet, in seinem eigenen Fall habe es möglicherweise Zweifel gegeben, die Bienzle ja dann damals entgangen wären. Eckart Schlossarek war unglücklich gestürzt. Da hatte niemand nachgeholfen. Der Verdacht von Schlossareks Frau, Lamparter sei an dem Unfall ihres Mannes schuld gewesen, hatte sich als unbegründet erwiesen. Zumindest hatten Bienzle und seine Leute keinerlei Hinweise dafür gefunden. Gut, ein Motiv hätte Lamparter vielleicht gehabt. Die beiden Literaturwissenschaftler hatten mehrere Monate eine Fehde ausgetragen, die nicht nur an der Stuttgarter Universität, sondern bundesweit unter ihresgleichen Furore gemacht hatte. Aber dass der feinsinnige Lamparter eines Mordversuchs fähig sein könnte, hatte Bienzle von Anfang an für ausgeschlossen gehalten. Jetzt dachte er einen Augenblick darüber nach, ob das vielleicht ein Fehler gewesen war.

„Hab ich von einem Schnapsbrenner in Unterjesingen." Der Professor hielt eine schlanke Flasche und zwei Gläser in den Händen und kam ohne seinen Stock zurück.

„Hat es denn aus deiner Sicht Zweifel gegeben?", fragte Bienzle.

„Bitte? Was?" Lamparter schien nicht zu wissen, worauf sich die Frage bezog.

„Damals, am 18. November 1984."

„Ach so. Ich hab das nur so vor mich hin gesagt."

„Du hast noch nie etwas nur so vor dich hin gesagt. Seit ich dich kenne, ist noch kein unüberlegtes Wort aus deinem Mund gekommen."

„Jetzt hör aber auf. Dein Respekt vor uns Akademikern ist einfach zu groß, Bienzle!" Lamparter goss den Schnaps in die Gläser. Seine Hand zitterte ein wenig dabei, aber er vergoss keinen Tropfen der kostbaren Flüssigkeit, auch nicht als er eins der Gläschen hob und das andere dem Freund reichte. „Trinken wir auf die spärliche Zukunft, die wir noch vor uns haben, Ernst!"

Bienzle nahm einen vorsichtigen Schluck aus seinem Glas. Er spürte, wie der Schnaps heiß durch die Kehle floss und sich angenehm in seinem Magen ausbreitete. Lamparter trank die Vogelbeere in einem Zug und goss sich sofort nach. Sie standen beide noch an der Balkonbrüstung und betrachteten die Landschaft, die wie in einem Scherenschnitt aus schwarzem und dunkelblauem Papier vor ihnen lag. „Ich mach's nimmer lang", sagte der Professor.

„Jetzt schwätz ned raus, du bist doch richtig gut beieinander für dein Alter", antwortete der Kommissar.

„Ich hab Krebs. In der Leber. Und ich werd ihn nicht behandeln lassen."

Bienzle fuhr zu seinem Freund herum. „Das meinst du jetzt nicht im Ernst!"

„O doch. Hab ich alles schon mit meinem Freund Kuhn besprochen, du weißt schon, der Professor am Robert-Bosch-Krankenhaus. ‚Davonschweben', hat Doris Lessing gesagt. ‚Kuhn meint, mit der richtigen Dosis Morphium kann man das ganz gut erreichen. Und ich denk nicht dran, mich rumzuquälen.'"

Danach sprach lange keiner der beiden ein Wort. Erst als sie sich wieder setzten und Bienzle sich selbst ein zweites Glas eingeschenkt hatte, sagte Lamparter: „A bissle anders war das damals schon."

„Was denn?"

„Na, die Geschichte mit Schlossarek."

Bienzle wollte etwas sagen, aber Lamparter stoppte ihn, indem er schnell weitersprach. „Schlossarek war ein ganz mieser Zeitgenosse. Und dir verdanke ich, dass er meine akademische Karriere nicht zerstört und seine eigene auf meinen Ruinen aufgebaut hat."

Bienzle nickte. „Viel hat tatsächlich nicht gefehlt." Er erinnerte sich. „Ich hab ja damals erst langsam begriffen, wie wichtig das für euch alle war."

„Ich war der Meinung, ich sei auf eine Goldader gestoßen, und zwar ich ganz allein. Und ich habe den gleichen Fehler gemacht, den auch sonst manche Goldgräber machen: Ich hab darüber geredet."

Das dauert, scheint's, länger, dachte Bienzle. Laut sagte er: „Ich nehm mir noch ein Glas von dem Spätburgunder. Du gestattest?" Er schenkte sich selber ein. „Wer Christoph Martin Wieland war, hab ich damals noch gar nicht so recht g'wusst. Ich hatte den immer für einen Frömmler gehalten."

Lamparter lachte. „War er zu Anfang auch, aber als er dann die Aufklärer gelesen hat, Voltaire zum Beispiel, hat sich das geändert. So um 1760 rum. Da hat er auch den bezeichnenden

Satz geschrieben: ‚Nicht Liebe und Geist, sondern Geld und Verstand herrschen in der Welt.' Wer mit seinen Idealen wirklich ernst mache, werde mit Sicherheit elendiglich enden." Und dann hat er auch bald schon mit seinen Shakespeare-Übersetzungen begonnen, die das Theaterleben in Deutschland ganz stark beeinflusst haben. Er hat Goethe und Herder und Schiller kennen gelernt ..."

Bienzle unterbrach den Freund: „Du musst jetzt hier kein Seminar abhalten, Karl Otto. Das alles hast du mir seinerzeit schon ganz ausführlich erklärt."

„Hab ich dir auch erzählt, dass Wieland sich sein Englisch selbst beigebracht hat und keine Hilfsmittel außer einem lausigen französisch-englischen Wörterbuch hatte?"

Ja, auch das. Und auch dass er eine Zeit lang Briefe von Verstorbenen an hinterlassene Freunde geschrieben hat ..."

„Hast du dir gut gemerkt", sagte Lamparter anerkennend. „‚Briefe aus dem Reich der Toten voller Seligkeit, Tugend. Freundschaft und voller feinster Empfindungen', hat ein Zeitgenosse geschrieben. Richtige Schmachtfetzen, hab ich immer gesagt."

„Und du hast dann die anderen gefunden ..."

„Ja, in einem Kellerraum im ehemaligen Komödienhaus in der Schlachtmetzig in Biberach – Wieland war ja bekanntlich Biberacher ..." Wenn Lamparter einmal begonnen hatte, kam er so leicht aus dem Dozieren nicht mehr heraus. „Dort wurde übrigens 1762 erstmalig in Deutschland ein Shakespeare-Stück aufgeführt. In der Übersetzung Christoph Martin Wielands natürlich. Die Komödie ‚Der Sturm'."

Bienzle nickte und nahm einen kräftigen Schluck aus seinem Weinglas. Er hatte das alles noch im Kopf, aber er wollte den Freund jetzt nicht mehr unterbrechen, zu offensichtlich war dessen Freude daran, wieder einmal seine Geschichte zu erzählen.

„Ich hatte eigentlich nur die Räume besichtigen wollen, weil ich für mein Buch ‚Christoph Martin Wieland – Dichter, Übersetzer. Philosoph' recherchierte. Und dazu gehörte natürlich eine möglichst genaue Beschreibung seines Geburtshauses in Oberholzheim, sein Elternhaus in Biberach, wo die Familie bald schon hingezogen war, das wunderschöne Wieland-Gartenhaus in Biberach und natürlich das wirklich zauberhafte Komödienhaus. Dass da im Untergeschoss Räume waren, die eine Zeit lang als Archiv gedient hatten, wusste ich. Aber, was soll ich dir sagen …"

Bienzle schmunzelte. Mit dieser Formulierungen hatte Lamparter schon immer seine kleinen Sensationen in seinen Erzählungen eingeleitet.

„Was soll ich dir sagen? – Hinter einem Verschlag, hinter dem eigentlich die Holz- und Kohlenvorräte für die Heizung lagerten, stand diese alte Truhe, vergraben unter allerlei Gerümpel und niemals von jemandem beachtet."

„Mit genau den gleichen Worten hast du mir das damals, vor 30 Jahren, beschrieben. Und da hast du also die späteren Briefe von Verstorbenen an hinterlassene Freunde gefunden."

„Ja, nur dass die keinesfalls lieb, voller Seligkeit und feinster Empfindungen waren, sondern böse, sarkastisch und scharfzüngig. Und die sogenannten Verstorbenen müssen zum Zeitpunkt der Entstehung noch gelebt haben. Ein ganz anderer Wieland tritt uns da entgegen."

„Und der Schlossarek …" Bienzle wollte nun doch den Vortrag etwas abkürzen.

„Jetzt wart' halt!", fuhr ihm Lamparter in die Parade. „Immer schön eins nach dem anderen!"

„Entschuldige!" Bienzle griff nach der zweiten geöffneten Weinflasche, die erste war inzwischen leer.

„Zu Beginn des Wintersemesters im Herbst 84 hatten wir, wie immer nach den Ferien – also bei uns sind das ja keine Ferien gewesen, sondern nur vorlesungsfreie Zeit, in der Wissenschaft arbeitet man ja immer! Also: Als wir alle wieder an der Uni waren, hatten wir unser traditionelles ‚fröhliches Beisammensein', so hieß das damals, heute würd man's wahrscheinlich Meeting nennen... Also: Wir trafen uns im Konferenzraum, Professoren, Dozenten, Mittelbau. Ich hab ein paar Flaschen Kuhnlewein spendiert, andere haben das Essen organisiert. Jeder erzählte, was er in den Semesterferien getrieben, beziehungsweise gearbeitet hatte. Schlossarek allerdings war mit seiner Frau in Sizilien gewandert, von Tempelruine zu Tempelruine, ich hab's noch im Ohr. Sieben Wochen lang."

„Und du hast von deinem Fund in Biberach gesprochen."

„Ja, blöd wie ich manchmal bin."

Inzwischen lag der Himmel tiefschwarz über der Landschaft. Bienzle wurde bewusst, dass die Sterne hier viel besser zu sehen waren als drunten im Stuttgarter Talkessel, wo er mit Hannelore wohnte. „Ich hab auch gesagt, dass ich das Material gesichtet und bewertet, aber in der Obhut des Stadtarchivars belassen hatte. Er und ich wollten gemeinsam ein großes Ereignis, heute würde man sagen: ein Event, daraus machen."

„Und was soll ich dir sagen? Schlossarek muss schon am nächsten Morgen nach Biberach gefahren sein. Der hat sich auf den Weg gemacht, da habe ich noch meinen Rausch ausgeschlafen. Am Abend ist er dann in mein Büro gekommen. Dieses scheinheilige Schweinchen schlau! ‚Ich wollt es gestern Abend nicht drüber reden', sagte er, ‚aber ich kenne Wielands Briefe schon länger.'"

„Mir hat es buchstäblich die Sprache verschlagen, und, du weißt, wie selten das bei mir passiert."

Bienzle lächelte. Von da an hätte er die Geschichte selber erzählen können. Nach Aktenlage sozusagen. Trotzdem lauschte er nun gespannt, hatte der Freund doch zu Beginn gesagt: „A bissle anders war das damals schon."

Lamparter stemmte sich mit einiger Mühe aus seinem Korbsessel heraus, hielt sich mit einer Hand am Balkongeländer fest und bewegte sein rechtes Bein ein paar Mal in der Luft hin und her. „Ich kann nimmer so lang sitzen." Jetzt lehnte er sich mit dem Rücken gegen die Brüstung und fuhr fort: „Ich bin dann gleich tags darauf nach Biberach gefahren. Und was soll ich dir sagen?..."

„Der Archivar hat Schlossareks Version bestätigt", übernahm Bienzle. „Ich weiß es ja, schließlich hab ich den damals drei Stunden lang verhört." Er lachte. „Geld und Verstand, gell! Net Liebe und Geist herrschen in der Welt, hat Wieland g'sagt oder g'schrieben. Schlossarek hat diesen Biberacher Nasebohrer damals bestochen."

Lamparter nickte. „Geld hatte er ja genug. Sein Vater besaß eine florierende Fabrik für medizinische Geräte in Wuppertal, die Schlossareks älterer Bruder übernehmen sollte. Aber es war natürlich genug Geld da, um Eckarts akademische Karriere – sagen wir mal – finanziell kräftig zu unterstützen und den Jüngeren so auszustatten, dass er am Killesberg eine der schönsten Villen bewohnen konnte."

„Des nützt ihm jetzt alles au nix mehr", sagte Bienzle trocken.

Aber Lamparter wollte sich nicht mehr drausbringen lassen. „Was ihm fehlte, war ein großer wissenschaftlicher Erfolg. Er hatte bis dato kaum etwas veröffentlicht..."

„Ganz im Gegensatz zu dir", warf Bienzle ein.

„Und was er veröffentlich hat, waren bessere Schulaufsätze. Jedenfalls nichts, was die Fachwelt besonders interessiert hätte.

Und irgendwann ist gar nichts mehr von ihm erschienen. Wir Kollegen haben damals gewitzelt: ‚Sein Vater wird eines Tages eine Literaturzeitschrift gründen, damit der Sohn veröffentlichen kann.' Aber dann kam er mit dieser epochalen Entdeckung heraus ..."

„Deiner Entdeckung! Die bösen Briefe von Verstorbenen an hinterlassene Freunde."

„Die waren ja weg, als ich wieder nach Biberach kam. Der Archivar hat mich mit seinen treuen Augen angesehen und gesagt: ‚Ich hab mir nix dabei denkt. Der Herr Professor Schlossarek arbeitet ja scho so lang mit dem Material'. Ich hätt den Kerl erschlagen können. ‚Was hat er Ihnen bezahlt?', hab ich ihn gefragt. Und er: ‚Wenn Sie so weiter machen, zeig ich Sie an, wegen böswilliger Verleumdung!' Ich hab ihn angebrüllt: ‚Wir zwei haben doch eine Abmachung!' Und er: ‚Wir? Ich kenn Sie ja kaum, Herr Professor!'"

Bienzle, bemüht, den Vortrag seines Freundes abzukürzen, sagte: „Steht alles so in den Akten Karl Otto!"

„Und dann war da der Einbruch in mein Büro ..."

„Den du damals nicht angezeigt hast."

„Ich war mir ja nicht sicher. Ich hab nicht mal mehr gewusst, ob ich mein Büro am Abend abgeschlossen hatte. Aber dass meine Notizen und Texte über Wielands Brief aus dem Totenreich, wie ich sie nenne, am nächsten Morgen rechts auf meinem Schreibtisch lagen und nicht links, wie ich es gewohnt war, ist mir dann doch aufgefallen. Aber hätte ich deshalb zur Polizei gehen sollen?"

„Ja, du hättest uns damit viel Arbeit erspart, Karl Otto."

„Ich bin ja erst so richtig wach geworden, als dieser Artikel Schlossareks angekündigt wurde. In den ‚Horen'. Musst du dir vorstellen! Der wichtigsten Zeitschrift für Literatur, Kunst und

Kritik. Professor Dr. Eckart Schlossarek, der neue leuchtende Stern am Himmel der Literaturwissenschaften, wird demnächst einen der wichtigsten Funde der Literaturgeschichte in einem Themenheft vorstellen. Eine ganze Ausgabe der ‚Horen' sollte nur diesem Betrüger gewidmet werden. Dass er den Text nicht selber verfasst hatte, war ein offenes Geheimnis. Später war es nicht schwierig, anhand von Stilvergleichen herauszufinden, dass seine Assistentin Kathrin Faber den Löwenanteil geschrieben hatte. Und trotzdem wurde an der Uni ein rauschendes Fest für diesen Dieb und Schmarotzer vorbereitet. Er würde der strahlende Mittelpunkt dieser Fête sein. Und dann ..."

Bienzle kannte den Fortgang. Aber entsprach das, was er kannte, den wirklichen Ereignissen an jenem 18. November 1984? Genau das fragte er nun Lamparter. Der setzte sich wieder, atmete ein paar Mal tief durch und schüttelte den Kopf. „Nein!"

„Du hast damals ausgesagt, du hättest nach dem Abend, als Schlossarek dir gegenüber behauptet hatte, seit langer Zeit an Wielands Briefen zu arbeiten, nie mehr ein Wort mit ihm gewechselt. Du seiest ihm bewusst aus dem Weg gegangen ..."

„Das stimmt. Aber an dem 18. November hab ich noch bis spät am Abend über einer Doktorarbeit einer Studentin gesessen. Eine ausgezeichnete Arbeit übrigens über das Verhältnis Klopstocks zu Wieland. Vielleicht weiß du, oder ich hab's dir mal gesagt, dass Wielands vier Gesänge seines Heldenepos' ‚Hermann' reinster Klopstock sind."

„Nein, wusste ich nicht, und du hast es mir auch nicht gesagt, oder ich hab's vergessen."

„Jedenfalls war ich an diesem Abend nolens volens wieder bei Wieland, verstehst du? Ich hatte mich ja bewusst nicht mehr mit ihm beschäftigt, nachdem ich gemerkt hatte, dass mir kaum einer der Kollegen glaubte, die meisten sich aber förmlich an den neuen Star Schlossarek ranschmissen, dessen Vater neuerdings sogar großzügig Fördergelder für literarische Studien auswarf – ein wahrer Mäzen, verstehst du?... Also ich hatte beschlossen, die Geschichte für mich abzuhaken. Aber nun war plötzlich alles wieder da. Ein unbändiger Zorn packte mich, wie eine Spirale, die tief unten im Bauch beginnt und hinauf steigt bis ins Hirn. Ich war plötzlich so erregt, als hätte ich einen schweren Fieberanfall. Ich konnte nicht weiterarbeiten. Ich hab das Licht über meinem Schreibtisch ausgeschaltet, bin zur Tür gegangen, und als ich sie öffnete, trat Schlossarek aus seinem Büro auf der anderen Seite des Korridors. ‚Nun? Ist dein großes Werk fertig?', fragte ich ihn so beiläufig, wie es mir in meinem Zustand möglich war.

‚Ein paar kleine Korrekturen noch', antwortete er und blieb auf dem Treppenabsatz stehen. ‚Hinrichsen hat gegengelesen ...'" Lamparter unterbrach seine Geschichte kurz: „Du weißt, wer Hinrichsen ist, beziehungsweise war?"

Bienzle nickte. „Ich hab damals auch mit ihm gesprochen. Bin extra nach München gefahren. Ich wollte wissen, ob er die Arbeit Schlossarek zutraute, und was er von der Geschichte hielt, dass du der eigentliche Entdecker der Briefe gewesen seist. Aber der berühmte Herr Professor hat sich ganz schön bedeckt gehalten."

Lamparter fuhr fort: „,Hinrichsen, so, so'", sagte ich zu Schlossarek." „Und? Was sagt er?" „,Großes Lob, Respekt, Anerkennung!' Jedes Wort war wie ein Jubelschrei. Ich sage: ‚Eckart, jetzt wo wir unter uns sind, könntest du doch einfach zugeben, dass du mir die Geschichte gestohlen hast.' Und er: ‚Mein Gott, Karl Otto, du warst so lange der Star an unserer Fakultät, was sage ich – der ganzen deutschen Literaturwissenschaft. Da versteht doch jeder, dass du es nur schwer ertragen kannst, wenn dich ein jüngerer

Kollege – sagen wir mal – überholt und die Aufmerksamkeit der gesamten Fachwelt auf sich zieht.' Ich hab ihn angestarrt und gedacht: Der glaubt das tatsächlich. Der hat sich so lange eingeredet, es sei seine Leistung, bis er am Ende selber davon überzeugt war. Er sagte noch ‚Gute Nacht!', trat auf die erste Treppenstufe, und in diesem Augenblick trat ich ihm mit meinem rechten Fuß so heftig in den Arsch, dass er das Gleichgewicht verlor, vornüber fiel und die ganze Treppe hinunterstürzte. Er blieb auf dem nächsten Treppenabsatz liegen. Regungslos. Ich hörte im gleichen Augenblick Schritte von oben und zog mich in mein Zimmer zurück. Ich schloss die Tür ab, blieb dicht dahinter stehen und horchte auf das, was im Treppenhaus geschah. Kathrin Faber war, es, die vom Oberstock herunterkam. Sie reagierte sehr besonnen. Sie rief den Notarzt, und es dauerte genau elf Minuten, da war die medizinische Hilfe da. Ich war sehr froh, als ich am anderen Tag hörte, Schlossarek habe nur eine schwere Gehirnerschütterung und ein paar Knochenbrüche. Jeder glaubte, dass er gestürzt sei, zumal auf seinem Schreibtisch eine zur Hälfte geleerte Whiskyflasche stand. Wie es zu dem Sturz gekommen war, wusste er nicht mehr. Er erinnerte sich auch nicht daran, dass er mir auf dem Korridor begegnet war."

„Er hatte eine Gedächtnislücke", bestätigte Bienzle. „Er wusste noch genau, wie er seine Arbeit an dem Abend beendet und sein Büro verlassen hatte. Und dann wieder, wie er im Krankenhaus zu sich gekommen war. Dazwischen war ein schwarzes Loch, wie er es ausdrückte."

Lamparter nickte. „Hätte seine Frau nicht plötzlich durchgedreht und behauptet, ich hätte ihren Mann die Treppe hinuntergestoßen, kein Mensch wäre der Sache weiter nachgegangen und Schlossarek hätte seinen unverdienten Ruhm doch noch eingefahren."

„Ja, die Dame hat uns ins Spiel gebracht", sagte Bienzle. Sie hat Anzeige erstattet und sobald eine Anzeige erstattet wird, müssen wir – also mussten wir – der nachgehen. Verfolgungszwang nennt man das. Der Präsident hat mich mit den Ermittlungen beauftragt. War ja immerhin eine Anzeige wegen eines möglichen Mordversuchs, nicht wahr. Allerdings hat mich niemand beauftragt, die ganze Hintergrundgeschichte zu recherchieren. Aber sie hat mich interessiert. Schließlich bekam man ja nicht jeden Tag so einen Fall auf den Tisch, in dem man die interessantesten Leute kennenlernen kann." Plötzlich begann nun auch Bienzle zu dozieren. „Du glaubst ja gar nicht, wie trist der Arbeitsablauf in so einem Kommissariat sein kann! Das Meiste ist Bürokram. Man sammelt mühselig Fakten, schreibt Protokolle, berät in kleinen und größeren Gruppen. 80 Prozent der Arbeit ist banale Bürokratie oder ein langweiliges Puzzlespiel. Aber dann kommt plötzlich so ein Fall, in dem man der Wahrheit nur nahekommt, wenn man sich mit den beteiligten Menschen beschäftigt." Bienzle hob sein Glas. „Mir ist es dann gelungen, den Biberacher Archivar zum Reden zu bringen. War nicht einfach. Ein ziemlich verstockter Kerl. Der Professor in München – wie hieß der gleich noch mal ...?"

„Hinrichs!"

„Der hat damals ausgesagt, er hätte Schlossarek diese Arbeit nicht unbedingt zugetraut, aber manch einer wachse über sich hinaus, wenn plötzlich eine besondere Herausforderung auf ihn zukomme. Was er über dich gesagt hat, hab ich immer für mich behalten."

„Könntest du mir jetzt, nach so langer Zeit, aber sagen."

„Ja, warum eigentlich nicht? Nachdem du mich offenbar so hinters Licht geführt hast. Er hat gesagt: ‚Der Lamparter ist ein großartiger Germanist und Literaturwissenschaftler, vielleicht der Beste, aber ...'"

„Aber was?“

„„Er ist auch so sehr von sich überzeugt, dass er alle anderen für Dilettanten verschiedenen Grades hält. Eigentlich ein umgänglicher Mensch, aber nicht gegenüber seinen Kollegen.‘“

„Damit könnte er recht gehabt haben.“ Ein selbstgefälliges Grinsen breitete sich auf Lamparters Gesicht aus.

„Und noch eins hat er gesagt: ‚Für einen besonderen Effekt, für eine richtig gute Pointe, pfeift er auch schon mal auf die strenge Wissenschaftlichkeit. Ich will nicht sagen, dass er zur Scharlatanerie neigt, aber die Wirkung ist ihm allemal wichtiger als die Wissenschaftlichkeit.‘“

„Das hat er gesagt, der alte Schlaumeier? Nicht schlecht. Ich hab ja gewusst, der traut mir nicht.“ Wieder lachte der Professor. Dann sah er Bienzle direkt in die Augen. „Aber das hat dich damals nicht weiter interessiert, oder?“

Irgendetwas in Lamparters Stimme ließ Bienzle aufhorchen. „Hätte es das sollen?“

„Vielleicht.“

„Ich hatte das Gefühl“, sagte Bienzle, „dass der Münchner Professor gewisse Zweifel an der … – wie sagt man …?“

„An der Authentizität der Wielandbriefe …?“

„Ja. Er schien sich nicht sicher zu sein, ob die tatsächlich von Wieland stammen. Er sagte zum Beispiel: Wieland habe seine ersten Briefe an die Hinterbliebenen in Hexametern geschrieben. Die späteren nicht mehr. Deshalb hatte er wohl gewisse Zweifel.“

„Aha!“ Lamparter lachte. „Ich sag ja, er war ein Schlaumeier. Leider ist er schon kurz nach der Geschichte gestorben. Oder sollte ich sagen: Gott sei Dank?“

„Du meinst, er hatte etwas herausgefunden …?“

„Wir können ihn nicht mehr fragen.“ Lamparter hob sein Glas an den Mund, trank aber nicht, sondern setzte es behutsam wieder ab. „Es waren handgeschriebene Dokumente, und die Blätter waren in keinem sehr guten Zustand. Wieland hatte eine sehr ausgeprägte Handschrift, aber es soll Schüler von ihm gegeben haben, die sie nachahmen konnten …"

„Und du meinst …?"

„Ich meine gar nichts. Ich habe eine Arbeit vorgelegt, die mir viel Anerkennung eingebracht hat …"

Bienzle nickte. „Anerkennung und Ruhm!"

„Und neben Wieland habe ich das dir zu verdanken, Ernst Bienzle", sagte Lamparter fast feierlich. Dabei sollten wir es bewenden lassen. Ich sitze jetzt schon so lange hier oben in diesem beschissenen Altersheim. Die Welt, auch die literarische Welt, hat mich längst vergessen."

Bienzle wollte protestieren. Aber Lamparter ließ ihn nicht dazu kommen. „Doch, doch", sagte er mit verstärkter Stimme. „Lass gut sein, Freund!"

Bienzle verließ den alten Professor erst kurz vor Mitternacht. Er bereute es schon auf dem Weg zu seinem Auto, die alte Geschichte um Schlossarek und Lamparter noch einmal ausgegraben zu haben.

Vierzehn Tage später lag die Todesanzeige in seinem Briefkasten. „Jetzt hat er seinen Frieden", sagte Bienzle zu Hannelore.

„Und du?", fragte sie zurück.

Er hob die Schultern. „Weiß nicht!"

Die Erzählungen *Ein Birnbaum in seinem Garten stand, Mord im Schloss* und *Schö gwä – oinaweg* sind Originalbeiträge für diesen Band. Die anderen Kurzgeschichten sind bereits früher in verschiedenen Anthologien erschienen, wurden aber vom Autor, der über die Rechte an den Erzählungen verfügt, für diesen Band stark überarbeitet.

Bibliografische Informationen der Deutschen Nationalbibliothek
Die Deutsche Nationalbibliothek verzeichnet diese Publikation in der Deutschen Nationalbibliografie; detaillierte bibliografische Daten sind im Internet über http://www.dnb.d-nb.de abrufbar.


Projektleitung: Dirk Zimmermann M. A.
Redaktion und Lektorat: Dirk Zimmermann M. A.
Korrektorat: Erwin Tivig M. A.
Gestaltung und Produktion:
Verlagsbüro Wais & Partner, Stuttgart, Rainer Maucher
Druck und Binden: Print Consult, München



www.belser.de

ISBN 978-3-7630-2704-0

FSC www.fsc.org MIX Papier aus verantwortungsvollen Quellen FSC® C084279